U0855098

无名者之国

KINGDOM ANONYMOUS

清华大学学生科幻协会◎编著

SPM
南方出版传媒
广东经济出版社
·广州·

图书在版编目（CIP）数据

无名者之国 / 清华大学学生科幻协会编著. — 广州：广东经济出版社，2022.1

ISBN 978-7-5454-7526-5

Ⅰ. ①无… Ⅱ. ①清… Ⅲ. ①幻想小说—小说集—中国—当代 Ⅳ. ① I247.7

中国版本图书馆 CIP 数据核字（2020）第 261086 号

出品机构：博峰文化
装帧设计：尚世视觉
责任编辑：周　炜
策划编辑：张　丽　孙光雨

无名者之国
WUMINGZHE ZHI GUO

出版人	李　鹏
出　版 发　行	广东经济出版社（广州市环市东路水荫路11号11～12楼）
经　销	全国新华书店
印　刷	北京欣睿虹彩印刷有限公司 北京通州区潞城镇贾后疃村委会南300米
开　本	710毫米×1000毫米 1/16
印　张	19.5
字　数	265千字
版　次	2022年1月第1版
印　次	2022年1月第1次
书　号	ISBN 978-7-5454-7526-5
定　价	68.00 元

北京营销中心地址：北京市东城区夕照寺街14号富瑞苑大厦201
电话：（010）67138865　　邮政编码：100061
如发现印装质量问题，影响阅读，请与本社联系
广东经济出版社常年法律顾问：胡志海律师
·版权所有　翻印必究·

序

2015年8月22日，当刘慈欣在加州捧起雨果奖的奖杯时，在大洋彼岸，恐怕没有多少人知道这个号称“科幻界的诺贝尔文学奖”的奖项究竟是什么来历。在文化博弈和自古以来的宏大叙事的影响下，我们恐怕很难想象：像这样声势浩大的国际盛会，竟然诞生在一群二十岁上下的年轻人手里，而首届主席在大会召开时仅有十九岁。

把目光收回到国内，我们所熟知的科幻史大抵是这样的：中国科幻始于荒江钓叟，经吴研人、梁启超、鲁迅和新中国成立以后的两次高潮和两次低谷，沿着叶永烈、郑文光、王晓达、王晋康等作者的足迹，进入新生代，最终伴随着刘慈欣和郝景芳获得雨果奖，成为世界科幻星云里的璀璨新星。在这条坎坷的道路上，被提及的人会被塑造成形形色色的英雄；更多的人则不见踪影，成为科幻杂志和图书版权页上的一个个难以考据的名字。而大众眼中的科幻迷，也不过是一些默默无闻地购买、阅读科幻读物，观看科幻电影和电视剧，偶尔会去大会上讨要些签名回来收藏的外围人士而已。

但是这段历史还有另一个版本。在这个版本里，我们会看到二十世纪八九十年代的职业作家和爱好者在笔会上畅所欲言；看到今天的《科幻世界》杂志主编在职业技术学校里创办《星云》杂志和中国科幻爱好者协会；看到在二十一世纪的第二个十年，全国的大学生科幻协会联合举办的征文比赛一届届演化成未来科幻大师奖，而这些学生又各奔东西，成为当今科幻世界的中流砥柱……

在这个版本的故事里，科幻是建立在人际交往之上的社群文化，科幻人的故事也是如你我一般的普通人的故事。在这个版本的故事里，科幻作家能创造钢铁苍穹，也会和朋友在西门外的苍蝇馆子里撸串；如今在航天科工一线工作的专家，也会在草坪上和同学一起吹拉弹唱，一言不合，便创造了已经走过近二十载的科幻社团。志同道合的爱好者会自发形成协会或俱乐部。这些组织所积攒下的资源和它们的社员们的内在凝聚力，又会继续吸引更多的科幻迷加入其中。一些社团因为各种各样的原因倒地不起，更多的社团则开始和其他的同类组织建立往来，直到联盟成立，大会召开。科幻迷摇身一变，成为作家、翻译、编辑、评论家、画家、音乐家、创业者，甚至成为史学家、收藏家、活动家、目录学家……所有人都有各自的故事，都能在科幻史上留下自己的足迹。

不幸的是，我们鲜能听到这些故事。很多人并不知道同他们一样的科幻迷曾经做过什么，说过什么，也往往不知道身为科幻迷的自己能做些什么。也正因为如此，我们才会面临如幽灵般萦绕在中国科幻界上空的“公交车现象”：科幻迷会仅仅将科幻视作一种无关人生的游手好闲，在大学毕业时，面对令人目不暇接的人生抉择，心安理得地放下科幻，并颇为伤感地补上一句“不好意思，我到站了”。

我们不能左右这些人的决定，但是亲历科幻史的我们至少能够讲出科幻社群里曾经发生过的故事。这便是我们制作本书的初衷。如果你是科幻迷，书中的内容将会为你的科幻迷生涯提供丰富的启发；而如果你只是一名普通人，你也会领略到科幻爱好者的热情，和他们所能取得的灿烂成就。

全书将从“世界”和“我们”两个角度展现科幻社群的魅力。前者讲述世界科幻社群发展史上最激动人心的若干事件，后者着眼于呈现清华大学学生科幻协会的社团风貌。标题则全部取自经典幻想文学作品，内容顺次为：路边野餐（微科幻速读）、我不属于他们（幻迷日常）、太空序曲（科学与科幻）、幻想嘉年华（奇思妙想集锦）、乌有乡消息（科幻迷的架空世界）和无名者之国（协会文化展览）。

针对世界科幻文化，本书从三方面呈现科幻社群的主要发展轨迹。《美国科幻圈的诞生》梳理了二十世纪三十年代美国科幻迷从零到一举办首届世界科幻大会的来龙去脉；《技术宅的天梯：30 年代的载人登月计划》介绍了同时期以阿瑟·克拉克为首的英国科幻爱好者所制订的史上首份载人登月计划；《微型国家漫游指南》则讲述了科幻人因千奇百怪的理由建立微型国家的文化变迁历程。从三篇作品中，读者能清晰地看到科幻在文化、科技和政治经济领域中发挥的丰富作用。

清华大学学生科幻协会始创于1996年，历经一次断代，至今已有二十四年的历史。在本书中，我们还将从多个角度介绍我们自己的社团文化。《寻找旦旦》和《那些神秘的社员们》是协会内历史最悠久的一项活动的成果：在活动中，社员会以其他社员为对象创作幻想故事，借此增进对彼此的了解；“幻想嘉年华”一节会展览协会原创部的成员在笔会上的即兴幻想，包括一套科幻菜谱、一套异星生物志和一篇景观短文；《清华北大异闻录》则集结了2018年清华北大联合征文活动的优秀作品，以全国两所顶尖高校为舞台，展现了别样的大学生日常；而在本书的最后，我们梳理了协会二十四年来的大事件。这将是国内第一份公之于世的高校科幻社团史。

除此之外，本书还收录了近年来协会成员创作的优秀作品。这包括短篇小说《蓝溪之水》《毕业讲稿》和《奇观的终结》，短中篇小说《寻找旦旦》《它曾活着：一个齿轮故事》和《生而为人》，以及一篇别具一格的书评《最后的西游》。这些作品水平专业，风格多样，内容飘逸脱俗，其中不乏往年获奖作品。它们曾经为我们带来了欢乐和泪水，相信读者也能够感受到它们的魅力。

在那些缔造了世界科幻文化的头号科幻迷的眼中，科幻是一种生活方式。通过上述内容，我们希望将这种生活方式传达给更多的人，让更多对科幻感兴趣的人摆脱大刘所感喟的“现实引力”，享受科幻的乐趣，让科幻成为生活的一部分。

这是他们的故事，这是我们的故事，这也是你们的故事。

这是所有科幻人的故事。

清华大学学生科幻协会

2020年3月24日

目录
CONTENTS

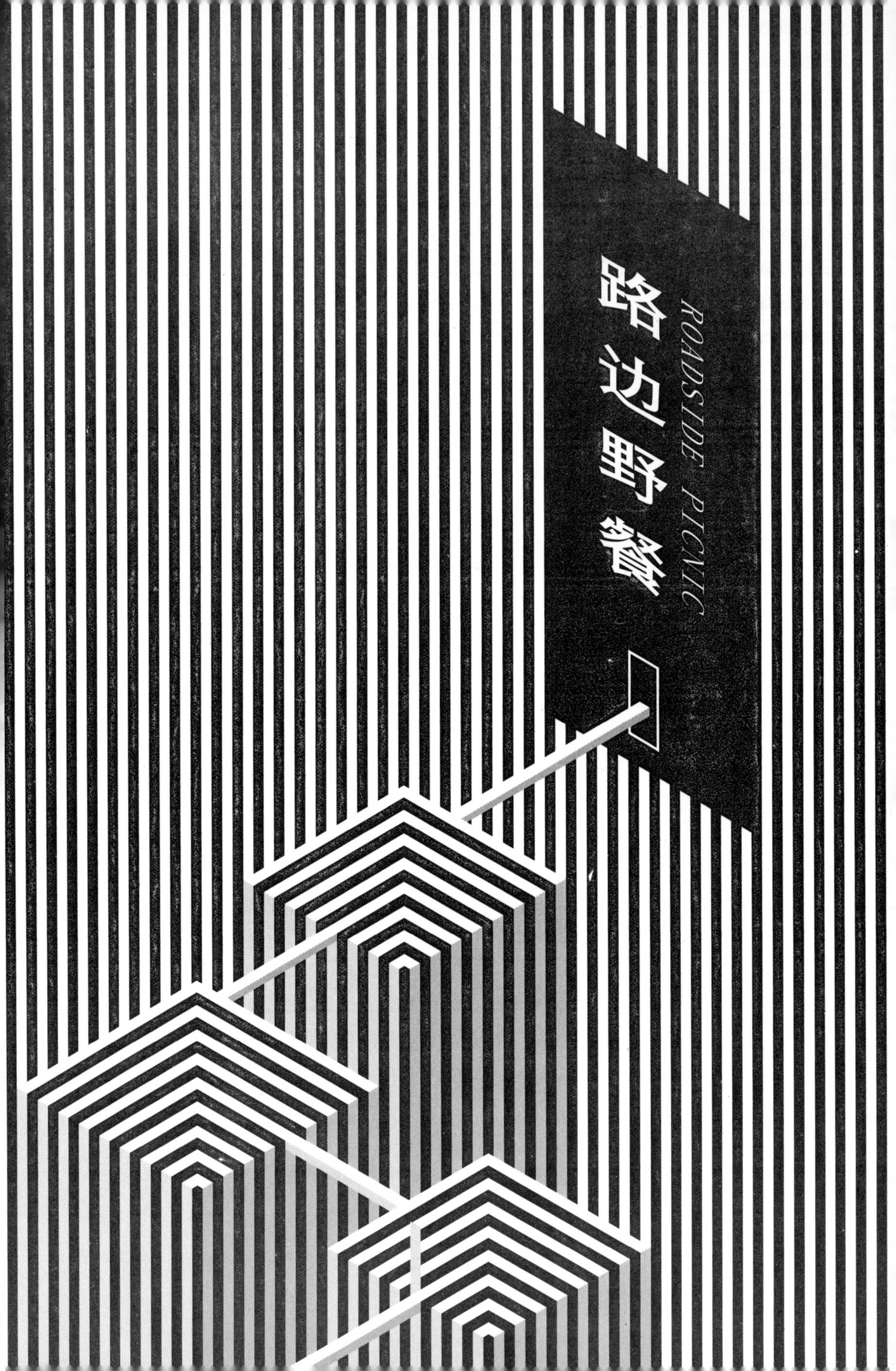
路边野餐
ROADSIDE PICNIC

蓝溪之水

WATERS OF INDIGO RIVER

文 / 修新羽

蓝溪之水厌生人，身死千年恨溪水。

——[唐] 李贺《老夫采玉歌》

狂风四起的时候，他们躲在矿井深处，想象着天空的样子：诡异混乱，然而美丽。

蓝色沙尘从蛰伏已久的黑暗中扬起，旋转，遮蔽光线，绞碎云雾。在这个蓝色星球上，孤独伴着呼呼风声灌入他们的双耳。先是疼痛，继而麻木。

徐远弯着腰，尽可能地缩起身子，慢慢向更深处前进。他按住自己的防护面罩，小心翼翼地呼吸着，以免那些无处不在的矿尘损害自己的肺部：聊胜于无而已。他们从来用不起更有效的防护品。

勉强移动几米后，他听到了昌林的声音。“差不多了吧？”他摸索着伸出手去，接下了那块沉重、冰冷的矿石，估摸着它的重量，然后把它装在自己身后的箱子里。不知道为什么，它摸上去好像有些潮湿。“最后一块了。”

黑暗中他什么都看不清楚。但他知道，这些矿石是暗淡的蓝色，就像宣传画册上的海洋。经过初步的加工，它们就会变成光彩夺目的蓝色晶体。有人说它们是化石，它们曾经是生命。而现在它们将会成为价格高昂的装饰品，或超光速飞船的电路板。

徐远吃力地向外移动着，来到较为宽敞的矿道中才直起腰。脊椎里的酸痛直接压迫着他的大脑，带来隐约的眩晕。他不该这么容易疲惫的，毕竟他才十七岁。或许因为这些天的工作量太大了，而他休息得并不好。天气越来越冷了。

按照地球上的历法来算，今天是元旦。本该放假的，但载矿船竟来了六十多艘，他的工作量比平日大了几乎一倍，唯一值得欣慰的是，酬金多了三倍。

他们用命换钱，能换多少是多少，至少这里有吃有喝，还提供住的地方。这几乎是他们仅有的选择了，只要坚持几十年，他们就能积攒起一些微薄的资本，在年老后，在回到地球后，不至于饿死。

徐远向矿井出口走去。光线很暗，斜坡上还有些碎石。刚来的时候他经常摔倒，但现在就算闭着眼睛也能顺利前行。昌林跟在他身后，他们抬着最后两只箱子，来到整理中心，和其他人一样熟练地称量，分拣，打磨，清洗……等所有工作都结束，已经是夜里十一点。

最后一块晶石被放上传送带，最后一艘载矿船向天空驶去，红色尾焰消失在无尽的黑暗中。徐远感觉自己可能要晕倒了，矿尘与夜晚的寒冷混合在一起，在他喉咙里结成可怕的硬块，让每一口呼吸都变得困难。

“我去抽支烟。”昌林低声说。他的声音也比平常更沙哑。

徐远点点头，不言不语，用尽所有力气向宿舍走去。他走到门口，才意识到钥匙还在昌林那里。幸亏这里的元旦从来不下雪，气温也还可以让人忍耐。

他瘫坐在地上，静静等待着。

按惯例，元旦要亮灯一天一夜，为新年祈祷好运。

隔壁的几幢房子却和往常一样，漆黑而安静。如果运气不好的话，徐远过几年或许也会住到那里去：没有集体供暖，租金便宜。在矿难中变成残疾的人都住到了那里，他们无法下矿工作，只好做些分拣矿石的任务勉强度日，没有多余的电量能去浪费，哪怕仅仅是几小时也不行。何况他们也没有什么需要祈祷与期盼了。

而仅仅一光年外，有五六颗星球正闪烁着奇异的光彩，生活在安逸中的人们在庆贺与狂欢。他们年迈的父母、妻子与孩子都在那里，依靠他们每日辛苦劳作的薪酬勉强生活在星球最底层的黑暗里。毕竟是活下来了。

徐远在连绵的黑暗中等待着。

远远地出现了一道光束，有七八个人正向这里走来，是些年长些的矿工。走近后，他们互相又祝福了几句，就散往各自的房间。昌林关上手电筒，坐到徐远旁边，毫不客气地从他口袋里掏了根烟，自顾自点上。在火柴划亮的瞬间，徐远看见昌林左手绑着脏兮兮的绷带。

他决定不问关于伤口的问题："最近几天还挺冷的。"

"冷呗。"昌林继续抽着烟，朝远处看，"别盯着我绷带看了。"

徐远闭上嘴。他很想回去休息，但又不太敢开口，就只能坐在昌林旁边，把视线从绷带上移开，看着那遥远的地平线。这是颗很小的星球，小而美。

他们都清楚。这里曾经是个非常美丽的星球，被蓝色的植物、蓝色的土壤填满的梦幻之地。他们也都清楚是什么毁掉了那些美丽：实验，探查，开采，数不尽的矿坑。被掏空的星球。据说人们在其他星球上为它制作了小小的复制品，还建立了什么主题游乐园。

即便被掏空，这里也依旧有着独特的美丽。矿坑凹陷后，没过多久就形成了湖泊，湖泊与湖泊间是蓝色溪流，永不结冰的溪流映着满天星斗，璀璨而美丽。

昌林说："全都是蓝的。"

徐远点点头："对，全都是蓝的，太好看了。"

昌林朝空气里吐了口烟，把烟头摁灭在地上："好看吧。你说，会不会外星人创造了这里，明天就有蓝色的外星妖怪来把我们抓走了？"

徐远迟疑了会儿，继续点头："对，也有可能。"

昌林笑了，伸过手在他头上胡乱揉了几下："有可能个屁。溪水是蓝色的，因为里面的藻类是蓝色的。水藻有毒性，但你不去碰它们就不会有事儿。这个都不知道，你稀里糊涂就跑到矿上来了？"昌林笑起来的时候，眼睛会弯弯地眯起来，很像徐远那个失踪在矿场的哥哥。据说是因为生产事故，至于是什么事故，也没人说得清。那年徐远才十岁。矿场补贴给他们家一笔钱，不少，但也不多，只够让徐远读完初中。

初中毕业之后，徐远就报名参加了培训，几周后被送到了这座星球上来。培训里教过他们怎样测量矿石的大小，怎样评估矿石的品质，怎样更快地用溶液清洗矿石。但培训里没有说，蓝色矿石为什么是蓝色的。

和他不一样，昌林在高中毕业后才不得不退学，来矿场赚钱养活家人。和他不一样，昌林没有父母，只有一个也在念高中的亲妹妹。高中生，懂的东西自然更多些，昌林或许自己也是有些得意的，平日里就经常跟他讲些奇奇怪怪的事情，什么 DNA 啊，染色体啊，牛顿三定律啊，就像神话一样。昌林还说，这都不算什么，只能算常识，一百年前人人都知道。

这些奇奇怪怪的知识让徐远总是有些怕昌林，又有些羡慕他。来到这座星球之后，他几乎一个人也不认识，最熟悉的人就是这位室友了。他的目光又一次落在了昌林的绷带上。

像是感觉到了徐远的关心，昌林低下头，用右手整理着左手上的绷带："前天不小心蹭了下，今天矿井里有点渗水，我怕它感染了，就去卫生所包扎了一下，没什么事的。"

徐远点点头，继续朝远处眺望。

他们在外面待了一段时间，才回到了自己的宿舍。说是宿舍，其实不过是勉强搭起来的棚屋，不过七八平方米，塞满了他们的物品。标准的硬板床，几个世纪来从未改变过。徐远侧过身去，把腿斜斜地抵在墙上，便陷入了死亡一般的昏睡。

在他猛然醒来的一瞬间，他觉察到了很多件事——腰背的僵硬与疼痛，晕眩，刺目的灯光，闷响，痛苦的抽泣声。

对面的床铺空空荡荡。一个消瘦的人影正蜷缩在地上，微微颤抖。

昌林似乎出现了幻觉，呼吸沉重，双眼空洞，目光越过这间狭小的房子，投向了某个遥远到并不存在的地方。他手上的绷带早就松脱开来，原本苍白的胳膊竟整个变成了淡蓝色。他浑身颤抖，牙关紧咬，仿佛正在忍受着巨大的疼痛。徐远不得不用皮带将昌林的四肢紧紧捆在床上，再把床单塞进他嘴里，以免他咬伤自己的舌头。

现在已经是早上，这里的“太阳”就要升起，天空变成了铅灰，蓝色大地不再沉郁，所有景物都苍白而脆弱，宛如在黑夜里刚刚熬过一劫，重获新生。现在还没人知道昌林生病了，徐远需要出去找至少一个人来支援。但他不知道这个病有没有传染性，如果有的话……

不过几分钟之内，在他犹豫的同时，昌林痛苦的喘息声迅速变得微弱。徐远把耳朵贴上昌林的胸口，只听见了无尽的寂静。

他跌跌撞撞地跑出房间。敲了几扇门，没得到任何回应。矿场里空空荡荡，没有机器声，也没有矿尘飞扬时发出的窸窣响声。今天载矿船没有出现。矿工们谁都不在。

寂静……

只有矿场旁边的食堂亮着灯。经营者老王在二十年前就来到这座星球做矿工，五年前退休后才开始经营这座食堂。在短暂的休闲时光中，这是他们唯一的去处。

他闯进门，发现所有人都在这里。有聊天、喝酒的，有放音乐、跳舞的。有在一旁欢呼鼓掌的。

“能不能跟我回宿舍看看，昌林生病了。”徐远随便拉住一个从他身边走过的人，是个很面熟的工友。然而那人只是笑了笑，把他的手挡开了。他们依旧聊天，喝酒，放音乐，跳舞。

“怎么了，怎么了？”有人拽了下他的胳膊，是老王，“你折腾什么？”

“昌林病了。”徐远说。

老王摇摇头，把他拽到了食堂门口那个巨大的公告栏前。疫情公告，说是昨晚有几十个人高烧不退。不可能出去治疗，因为这里作为重疫区被封锁了……

今天早上发布的通知。所以没有载矿船来，没有像从前那样的对矿物的需求。

“还不知道有没有传染性呢！”

“万一有呢。”老王用一种太过平淡的语气与他交谈，“成熟点儿吧，小徐，外面这些人的命都金贵着呢，也就咱的命不值钱。”老王漫不经心地转身，朝那些醉生梦死的矿工们大喊：“酒不够了下面还有，今天随便喝！”

营救成本太大了，而且几乎毫无价值。一次古怪的瘟疫不值得人们付出太多，所以不会有工作，只有无聊与狂欢。只有难得一遇的闲暇，补贴照发。

他们把酒窖里所有的酒都搬了出来。

他们喝着酒，大声哄笑着，猜测着那些患者的家人这次能收到多少赔偿金。有些人互相拥抱着唱歌，然后昏头昏脑地倒在地上陷入沉睡。酒吧的门开着，有些人在外面漫无目的地奔跑，或者互相追逐。有人在挖坑，且兴高采烈地哼着愉快的曲调在地面上挖出一个个赤裸的伤痕。

寂静……

蓝色大地是这一切混乱的背景。蓝色溪水在阳光下熠熠闪烁。不知道为什么，从昨天夜里开始，水位似乎一米一米地涨了起来。出现幻觉、开始尖叫到喉咙沙哑的人也越来越多：那些尖叫声从外面传来，掺在酒吧的嘈杂中，不仔细听的话很难发现。

而仔细听的话，那些尖叫声又消弭不见了。

徐远躲在食堂的角落里，一整天都没能摆脱焦虑，不安而无所事事。随便吃了点东西，也喝了几杯酒，没喝醉。也没唱歌。每次想起昌林，他总感到一种尖锐的疼痛在内心深处回荡。当这种疼痛加深至无法忍受时，他偷偷溜回到他们那间小小的宿舍。

打开门后，他看见了它。

它正在闪烁着，美丽、光滑、昂贵。

寂静……

它折射着夕阳的光辉，就像任何一块被他们从深暗的地底深处开采出的蓝晶。躺在床上的不是昌林，而是一块人形蓝晶。有那么一瞬间，徐远知道这是什么了。世界就像是梦境一般混沌不清，但逻辑却清晰得可怕。

“嗯？”有人大力地拍上了他的肩膀，是住在隔壁的工友，显然他醉了。那人倚靠在他身上来勉强保持住平衡，然后几乎是有些羡慕地朝屋里扫了一眼：“还挺好看的，这么大块儿。”

徐远捏住他的胳膊，觉得自己全身的血液正在迅速地变冷：“怎么回事？”

那醉鬼推开他，骂骂咧咧地走进了房间，倒在徐远的床上睡得不省人事，散发出浓重的酒气。平日里徐远会觉得这种味道让他头晕，而现在他不在乎。

现在他什么都不在乎。

黑夜再次淹没了这座被隔绝的星球。

重新回到食堂的时候，狂欢依旧在继续，只是里面的人比之前少了些，不知道是都回去休息了，还是醉倒了，抑或是不知病倒在了何处。徐远没有进去，只是盯着里面的人看。他看见人们在唱歌，拥抱，跳舞。他看见这温暖明亮的地方就像是燃烧着烈火的地狱。昌林告诉过他什么是地狱，很久很久之前，人们相信恶人在死后会到地狱里接受惩罚。

“吓着了？”老王微笑着递过来一瓶烧酒，“发现什么小秘密了？”

“有点儿。”徐远发现自己的双手微微颤抖。于是他集中了注意力，慢慢放松。然后，呼出一口气，说道：“昌林死了。”

“没死，没死。”老王拍了拍他的肩膀，“失踪人口嘛。”

是那些蓝色的溪水，是那些溪水中蓝色的藻类。它们顺着昌林手上的伤口悄悄潜入他的体内，将生命变成了永恒的美丽晶体。这就是为什么在被开采了几十年之后，这座星球的蓝晶矿藏依然没有枯竭……而他们也依旧有工作可做。被埋葬在黑暗中的并不是时光留下的化石，而是尸体，这座星球上所有生物的尸体，遇难者与祭献者的尸体。

这座发现时只有植物没有任何动物的蓝色星球，这座外人一无所知的蓝色星球。在他们看来，昂贵而美丽的蓝晶充满神秘，体力工作者的生命廉价到根本不值得关注。在“发生瘟疫”之后，他们永远不会到来，也不会认真调查。所以，他们永远也不会知晓这个秘密。

或许他们早就知晓了，只是他们并不在意。

昌林，总是会抢他的烟，总是和他一起下矿。昌林，就像哥哥一样关心他。可他永远不会醒来了，永远不会回来了。就像他哥哥一样。

那些蓝色的外星怪物吃掉了他，什么都不剩下。

“谁知道呢。得过且过吧。”老王叹口气，他知道这些事情，见过这些事情，很多次了。

徐远抿了一口烧酒，就把酒瓶小心翼翼地递还给老王，然后竖起衣领，用围巾紧紧裹住。那些酒精让他略微暖和了一点，打结的舌头慢慢吐出些字句。

“或许这次医疗援助会来的。”

“或许吧，或许。”老王的语气很敷衍，显然不想在这个问题上继续纠结，只是耸耸肩，转身回了食堂大厅。人们正待在这温暖而明亮的地方，无忧无虑地享受着酒精带来的幸福。人们唱歌、拥抱，在门口的地面上点燃了一堆篝火，火苗发出噼里啪啦地声响。挖坑的人依旧在挖坑，依旧是兴高采烈。那土坑已经很深了，仿佛张着大口的无底之洞，正在等待着埋葬希望。

在星辰下，在暗夜中，徐远又是孤身一人。他朝食堂看了几眼，朝远方凝望了很久，然后走向那不断涨起的溪水。

毕业讲稿

A LECTURE FOR GRADUATION

文 / 杨枫

……

解码记忆的第一步，是注入液态的纳米探针。探针经组织液穿过血管与隔膜，沿中枢神经形成均匀分布的传感网络。密集的监控将使大脑化作一台结构精密的服务器，解码请求，编码响应。

想一想两年前的某个周三，酒吧里刚分别的老友便立刻出现在终端画面里；困惑于睡前把钥匙丢在了何处，紧跟着便会听到洗衣房里滚筒的轰鸣。叩开门的那一刻，我们方才知道，大脑的库存竟如此清晰而丰富。月光自晨曦向往昔流淌数十年，童年时踩碎的浪花，在海滩上漫步撒欢，直到我们寿终正寝。

计算机的使命是模拟大脑。量子计算机可以承载部分回忆。

商人迅速意识到技术背后的商机，科学家则更早觉察其缺陷，政客着手立法，文人就伦理问题喋喋不休，直至一项兼容并包的服务，应世人亘古不变的需求，诞生在以技术问世的跨国实验室里。

人们死去，在他人的回忆里沉入永恒。

而名为“昔日”的系统，捞起永恒之海中的一日，在虚拟世界中筑成声势浩大的幻象。

有人借此走出悲痛的幽谷，尽管万般皆为虚构，逝者永远无法复生。

有人抱怨它让记忆变得廉价，因为每还原一天，只需一年两万美元。

……

和解洒落在清明节的雨中。两个女孩在墓碑前握手言和。四个月前，其中一人带头骂另一人野种。

在你同学母亲的葬礼上，我看到两个版本的你。象征旧版的你的那孩子悲痛欲绝，看到你时，泪眼里写满恐慌。

你的老师邀请了我。家访时，她得知我在研发“昔日”时的身份。我同意了，那女孩的母亲因而得以再次以生前的姿态出现——我带来了 Beta 测试阶段的增强现实装置，赠给那孩子一次与家人道别的机会。

逝者终将成佛，永诀后，父亲拉着女儿，女儿放声大哭。

然后她看到了你，你们面对面，看着彼此。

你上前抱住了她。

邻居张姐说，看幼苗破土，花苞舒展，是种花最大的乐趣。

回学校的路上，你告诉我，你原谅她，是因为你在她身上看到了过去的自己。

“嗯。”我点点头。往事历历在目，无须解码也足够清晰。四个月足以构成人生中最大的转折。我曾看到放学后你哭着跑回家，告诉我有人说你是没妈的孩子；我也曾见到过你在付出两万美元后，在虚幻中舔舐伤口时的悲伤……

但是现在，坐在后座的女孩告诉我，她不允许同样的事情发生第二次，她会保护那孩子。

又过了一会，你看着窗外，背诵起杜牧的诗句。

清明时节雨纷纷，路上行人欲断魂……欲断魂……欲断魂，你重复着这几个字，眉间拧出一朵花。

借问……我试探性地提醒你，你却告诉我不要碍事。

送你回学校后，我从后视镜里看到你撑伞的背影，从车窗上看到自己在笑。

我哭了。

种子沉入土壤，吸纳养分，柔嫩的枝桠离开种皮的保护，在碎石与尘土间摩擦，直到子叶伤痕累累地伸出大地。

那一年，你额外支付了两万美元，把这一天覆写在对你母亲的追忆上。时间终于开始流淌。我的女儿长大了。你妈妈去世后，这是你赠予我的至高幸福。

……

历史在重复自身中演进，仿佛上帝也会编织毛衣。

回顾软件工程师的发展史，不难看出梦魇师不过是程序员的翻版。操作系统最初用作计算服务，后因开发者接口与图形化界面而蓬勃发展；微软与苹果之后，开源软件与编程社区成就了 Linux 与 Android，也让 Github 成为遥指未来的秀场。半个世纪过去了，量子计算机取缔集成电路，Dream OS 成为新时代的 DOS。缔造“昔日”的公司汇总了旗下的研究成果，抽象出以大脑为内核的操作系统。因果流转，又一个轮回。

应用程序诞生在操作系统上，二十世纪初，《计算机导论》上如是书写。

而作为第一款应用程序，“昔日”的成功让大脑应用软件研发成了再度深陷人工智能寒冬的开发者们的最好归宿。游戏与引擎、社交和网络、共享及计算、轻工或重工……应用市场蓬勃发展，除却法律政策，阻碍工程师改造世界的，只有他们的想象力。

历史在重复自身中演进，仿佛上帝也会编织毛衣。

五十年前，极客们于浪潮之巅从零到一。

五十年后，三千万梦魇师，在头脑风暴中开启造梦的时代。

……

你继承了你母亲的一切，她的成熟，她的聪敏，她的笑。

“爸爸，快过来，给你看个东西。”初中毕业后，我带你去烟台度假。深夜，在大海起伏的呼吸声中，你把我拉出木屋，要我把大脑切至AR模式。

“我什么都没看到。”照做后，我举目四顾。夜空中繁星满目，棕榈树的轮廓仍在随风摇摆。

“别急，想些开心的事情。”你的声音有些发颤。

接着，一枚流星自海平面升起，巨大的粉红色烟花在半空中绽放。

我愣了一会，转身看向你。

“你做的？”

“嗯，一个心理辅导用的小工具。我把情绪映射到了向量空间，然后用Dusk引擎转换成对应的可视化映像。现在还只是半成品，只有烟花。”

你拉住我的手，看着我的眼睛。

“我打算成为梦魇师，和爸爸一样。”

在那之后，我们沿海滨路走了很远。你收起叛逆心，我敛去控制欲，一直聊到东方既白。

你告诉我你的决定诞生在多年前的清明节。那天，你意识到帮助别人也是一种自我救赎，而在这个时代，成为梦魇师是贯彻你信念的最好手段。

“给我讲讲你是怎么想出这个点子的吧。”我说。

于是你开始回忆我管教你时你的情绪波动。一个孩子在挣脱父亲束缚的道路上，原来会用这种方式来排解自己的苦闷。在我听你解开那些我不曾觉察的心结时，天边的烟火也渐渐变成了淡紫色的微小云团。

“不用道歉。”你告诉我，弄坏我的手表的那次，你也见到了同样的紫色云团。

“等你完成以后，我会帮你做市场宣传。”我选择用这种方式表达我的愧疚。

你又讲起对你的作品的期待，谈吐间毫不遮掩骄傲和兴奋。我静静地听着，听你讲述 W3C 标准色卡与星空连线间的艺术性关联，一一列举你打过五星的上市作品。远方的烟火从暗紫色渐渐变为蔚蓝色的彩带，少顷又化作满怀希望的红色彗星。当我意识到自己已经泪流满面时，粉红色的烟花又一次在我眼中绽放。

一颗，两颗，三颗。

“爸爸，怎么了？”

你正讲到利用计算资源的配比改变虚拟世界中的时间流速。

“没事，我很高兴。”我在慌乱中抹去泪水，“很高兴后继有人，你喜欢我的工作？”

“那是当然，”你笑了，“梦魇师无所不能。”

又是一轮浑圆的花火。

你打了一个大大的哈欠。我送你回去睡觉，自己继续在海滩上漫步。

天泛青了，焰火表演仍然在继续。不久后，太阳与月亮共舞，晨星在薄雾里穿行。

在彻夜长谈里，我曾告诉过你，你妈妈也说过同样的话。重大表演当头，当我因特效编排创意不足而被导演呵斥时，正是她那份恨不得改变宇宙的自信鼓励了我。

我没有告诉你的，是那个群星寂灭的夜晚，是我和你妈妈的第一次邂逅。

那天我只是普通人，而她也不过是见习梦魇师。

我停下脚步。

滩头花火如梦，樱花颜色的流火下，你的眼睛和你妈妈一样闪亮。

……

物极必反，巅峰必然紧邻谷地。

信息安全构筑了梦魇师时代的基石。然而一个漏洞便足以将其推回谷底。

沙箱、防火墙、加密信道……造梦时代的人们将这一切悉数写入大脑。但是大脑是远比计算机精密的仪器，损坏的后果亦无比惨痛。在初代产品诞生前的数年内，许多人的生命曾消逝在黑帽与白帽的刀锋下。

直到一家专职安全研发的新创企业获得了联合实验室与政府的双重授权，以大量的实验为代价，换来了固若金汤的大脑防护系统。

但是铁壁铜墙绝不代表绝对安全——现代密码学理论如此定义。

黑暗的历史换来短暂的黄金时代。梦魇师诞生于黄金时代。

紧接着，上帝穿针引线，双刃的剑戟锋芒倒转，黑暗再度降临。

……

飞机坠毁时，你在电话里激动得半天说不出话。

“中了！”影像中，你手里拿着地平线公司的offer。缔造整个时代的公司，是我多年前的东家。

博士生的毕业典礼将在两天后召开。麻省理工学院邀请我去致辞——作为优秀生代表的父亲。在与你建立联络前，我正在和退休前的老板叙旧。现代医学使人健康长寿，他是你母亲的导师，已经八十八岁了，却仍然活跃在岗位上。

“我会现场演示你的第一个作品。”我笑着说。

“那个太稚嫩啦……”你显得有些局促。

“不要担心，你所做的一切，都值得为之骄傲。”我安慰你。

就在那个瞬间，一声巨响，右翼的引擎爆炸了，飞机开始急速下坠。

你的笑容凝固了。

“爸爸，发生什么了？”

“没什么，有熊孩子在闹。”我摆摆手，机舱里已经天旋地转。前排乘客的电子笔戳中了我的脸，顿时血流了下来。你看不到这一切。引擎崩溃的那个瞬间，我在通信进程中启用了影音修正程序。事故新闻很快便会铺天盖地，但在这之前，我并不想破坏你我眼前的快乐。

“还记得你和我说的那句‘梦魇师无所不能’吗？”我抓住座椅，把氧气面罩扣在脸上，“我后天打算以这个为主题，因为私下里，我并不认同这个观点。”有人在哭。弹射装置失灵了，最后的希望已经消逝。

“记得，我们后来还为这个争论过。你还用人死不能复生来抬杠。不过我们已经在重新定义这个结论了。”

你恢复了镇静，告诉我那位老人已经告诉过我的事情——意识上传，数字人格，永生。

你的脸上写满了骄傲，正如年轻时的我。过去同你的争论已让我精疲力竭。争论也没能改变你我的立场。我们虽然思想对立，却也都做出了不少成果。平心而论，从那一系列把你推向今天的作品来看，你的贡献要更加卓越。

于是我告诉你我拥有充足的理由，只是还没有组织好思路。下飞机见面聊。

“好啊，晚上机场见。我给你炒了瓜子，五香味的。”

“还是女儿懂我。晚上见。”

我结束了通话。机舱裂解，座椅支架瞬间折断，把我抛向万里长空。

大地在我脚下舒展。四十一年前，我曾在VR环境下体验过高空坠落的绝望。

但是在这一刻，我的思绪却无比清晰，不仅因为我启用了强制镇静服务，还因为我终于知晓要如何向你传达我的驳论。

你曾提到过利用计算资源的配比改变虚拟世界中的时间流速。学习新事物时我常用它来加快效率。穿过一朵拦路的乌云后，我切换了大脑模式。虚拟现实模式将隔绝真假两个世界。坠地之前，我大约拥有三天时间。

从地平线公司离职时，作为对老员工的照顾，老板允诺部分服务将向我免费开放。我进入为我专设的虚拟空间，将在此留档的数据一一过目。首先是两万美元换来的清明节回忆，然后是与你共度的烟花之夜。为此我浪费了三天中的两天，这将是我生前最后的奢侈。

然后，我来到最后一日。

多年前，我曾告诉你，你的母亲因车祸罹难，就像那女孩的妈妈一样。

很抱歉，女儿，为了呵护你的理想，这是我最大的谎言。

因为她为理想而活，却因职业而死去。

红蝗病毒，由知名网络恐怖组织研发，爆发后造成六百万人丧生，史称红蝗事件。

政府预先逮捕了恐怖组织的负责人，却因为对方预载了大脑加密机而陷入僵局。惨剧如期发生。我不打算再沿用纪实文学的口吻来描绘这段历史，因为咱家也是这场攻击的受害者。

我不是搞安全的，对病毒如何攻破进程调度程式亦是一概不清，只是从网上广为传播的一篇科普文章中得知，红蝗是古老蠕虫病毒的变种。侵入信息系统后，病毒将不断复制自身，直至吃光所有系统资源。

你的母亲死于与病毒的抗争中。她所组建的 NGO 是第一个尝试攻破它的组织。

那天，一个男孩被送进她所负责的帐篷。

我那时在上班。事后，我只能靠三维影像回顾虚拟世界中发生的事。在十八小时的开始，她接入了男孩的意识，在那里，病毒以红色蝗虫的姿态出现。她找到了他残缺不全的精神内核，但为时已晚。预先假定的病毒结构是错误的，她为自己编写的保护伞没有奏效。她无法离开那个世界，只能带着男孩夺命奔逃。

而在意识到逃跑不过徒劳后，她停下了脚步，调度两人残存的大脑资源，开始调整时间流速。她为男孩争夺到了五年的虚拟时间，并尽全力为他塑造了与现实一模一样的世界。

因无法在此重现那样的倍率，我只重构了最后一天。那是一个阳光明媚的早上，孩子十八岁生日。她以他母亲的身份出席。派对结束后，早已知晓结局的男孩挥挥手，擦除了一切幻影。蝗虫纷纷跳上餐桌，她走到他面前，同他拥抱在一起。

最终影像消失，红色霸占整张屏幕。我站在另一个时空，手里拿着誊写的遗愿。

“照顾好我们的孩子。”生日派对前夜，你妈妈在破晓前哭泣。

“对不起。”

“没关系。”

音轨的末尾，我听到你妈妈最后的声音。

在那之后，鲜血自破裂的脑血管倾泻而出，熄灭了男孩的灵魂。

数秒钟后，同样的命运降临在她的身上。

再然后，我结束回顾，时间还剩七十分钟。

于是用剩下的时间，我写下这篇毕业讲稿，希望你能在毕业典礼上代我讲话。

现在你应该已经知道，梦魇师并非无所不能。我拦不住你的母亲，正如她未能从灾厄中带回那个男孩，而你无法在三千公里外，阻止我的高速坠落。

人永远是脆弱的。即便科技在进步，我们已能在虚拟世界中为所欲为，凭自己的意愿去塑造属于自己的宇宙，但是回到现实，在面对命运时，个体永远只是向量空间中的孤点，星海里的一粒尘埃。事实上，机器远远比人短命，我的老板很清楚这一点。在可见的未来，你所描绘的数字永生技术要面对的问题，远远不止于此。

但是人又是强大的。因为我们拥有生活，我们用生活来抵抗命运。我们的感情、我们的回忆、我们的物质与精神诉求，正是它们让个体踽踽前行，让文明的车轮滚滚前进。

三言两语缺乏足够的说服力，因此，我将这三份档案一并留给你。在演讲时，记得更换人称。

没办法陪你走到理想实现的那一天，爸爸很抱歉。

但是我相信你。

我爱你。

我不属于他们
AMONG OTHERS

美国科幻圈的诞生

THE GENESIS OF AMERICAN SF FANDOM

文 / 杨枫

雨果·根斯巴克说：要有光

谈及科幻的起源，人们的第一反应往往是玛丽·雪莱的《弗兰肯斯坦》，或赫伯特·乔治·威尔斯与儒勒·凡尔纳这两位“世界科幻之父”。这种唯作品论的观点自有其道理，然而，科幻作为一种亚文化走上历史舞台，却比科幻小说的诞生晚了整整一个世纪。

一切始于 20 世纪 20 年代，始于大洋对岸的美国。受凡尔纳、威尔斯等作家的影响，《大商船》和《故事会》等美国杂志都开始零零散散地发表科幻小说。

1818 史上第一部科幻小说
玛丽·雪莱《弗兰肯斯坦》出版。

1882 美国第一份纸浆杂志
《大商船》创刊。

1884 “科幻杂志之父”雨果·根斯巴克出生于卢森堡。

1912 埃德加·赖斯·巴勒斯
开始连载《火星公主》。

凡尔纳将“科学冒险小说”和“失落的世界”融合在一起，由此产生的惊险刺激的异域探险故事为后来的纸浆冒险小说奠定了基础；威尔斯在创造了许多科幻故事原型的同时，在作品中融入了对社会和政治的关怀；埃德加·赖斯·巴勒斯则通过《火星公主》和《人猿泰山》唤起了年轻人对异星和密林的憧憬……这些科幻巨匠初步塑造了 20 世纪初科幻迷对科幻的印象。但是受到作者少、作品少等原因的限制，科幻尚且不成气候，没有产业，更没有文化氛围。

打破局面的是一本名叫《诡丽幻谭》的杂志。《诡丽幻谭》虽然主营怪谭故事，但是为其供稿的作者却是霍华德·菲利普·洛夫克拉夫特、克拉克·阿什顿·史密斯、奥古斯特·德雷斯和罗伯特·霍华德等作家。他们向惊悚恐怖故事里注入了超自然元素和科学元素。洛夫克拉夫特开创的“宇宙恐怖”和“克苏鲁神话”更是凭借“超越性的不可知”而影响了科幻、奇幻和恐怖领域。凭借这种早期类型跨界，《诡丽幻谭》同时将科幻迷、奇幻迷和恐怖迷汇集到了它的旗下。

不过，科幻迷和其他类型文学的爱好者却有着一项本质区别，即科幻迷更看重作品中的科学和技术元素的真实性。而《诡丽幻谭》的定位势必让它无法永远只满足科幻迷的兴趣。雨果·根斯巴克，这位被后世誉为“科幻杂志之父”的科幻编辑，就是在这样的背景下开辟出科幻的新天地的。

同《诡丽幻谭》的政策不同，根斯巴克信奉“科技哺育科幻，科幻推动科技发展”的原则，具体而言，即“科幻小说必须以坚实可信甚至有可行性的科

1919 H.P. 洛夫克拉夫特发表《大衮》，为“克苏鲁神话”的第一篇作品。

1920 第一世代科幻迷大部分已经出生。

1922 著名奇幻 / 恐怖杂志《诡丽幻谭》创刊。

1926 《惊奇故事》创刊，为美国首份科幻杂志。

学事实为基础”。本着这样的原则。他先后推出了《电学实验者》和《科学与发明》等科普杂志，并最终凭借《惊奇故事》和《奇异故事》两本纯科幻杂志，让科幻正式成为了一项文化产业。在 20 世纪 30 年代前后，根斯巴克的信条非常成功。《惊奇故事》的销量峰值更是高达 15 万册，根斯巴克在该杂志破产以后创办的《奇异故事》也拥有 2.5 万册的不俗销量。销量上的成功又进一步鼓舞了其他出版公司涉足科幻领域。但是即便如此，科幻读物却依然供不应求。

根斯巴克的杂志改变了许多人的一生。在 20 年代末，科幻小说的读者们大多是被人孤立或拥有童年阴影的孩子。雷·布拉德伯里高度近视，不善运动；朱迪斯·梅丽尔的父亲不堪病痛，选择了自杀；艾萨克·阿西莫夫每天忙于帮家人照看糖果店；唐纳德·沃尔海姆和弗吉尼亚·基德因小儿麻痹症而瘫痪在床；弗雷德里克·波尔因百日咳和猩红热而退学……对这些与同龄人格格不入的年轻人来说，根斯巴克的杂志就像火箭的条条尾焰点亮了他们心中的夜晚，在大萧条横行的时代，为他们指明了一条脱离困境的出路，并且让许多科幻爱好者开始相信：科幻拥有推动科技进步，推动人类文明前进的力量。

为了贯彻这份信念，科幻迷们开始采取行动。起初，他们的行动不过是收集科幻杂志和出版物，但是渐渐地，有些科幻迷开始尝试创作科幻小说，有些科幻迷开始从事科学实验，还有些科幻迷试图发行业余杂志，甚至与专业杂志分庭抗礼。杰瑞·西格尔、杰罗姆·舒斯特、莫蒂默·魏辛格、朱利叶斯·施瓦

古生代

1927 《惊奇故事》设立“讨论”专栏，科幻迷开始互相写信。

1928 E.E. 史密斯发表《宇宙云雀号》，是为史上第一部太空歌剧小说。同年，科学通信俱乐部成立。

1929 根斯巴克破产，失去《惊奇故事》。同年，《奇异故事》创刊。最早的科幻迷社团科学人俱乐部成立。

1930 最早的爱好者杂志《行星》问世。《惊异科学故事》杂志开始发行。

茨、斯坦利·温鲍姆等后来闻名于世的科幻先驱，便是在这一时期开始投身科幻事业的。

然而单枪匹马终归势单力薄。电话尚未普及，远距离交通费用高昂。不论在幻想世界如何驰骋遨游，在现实世界中，这些年轻人的活动范围都很难离开自己栖居的城镇。科幻迷对彼此的存在通常一无所知。

1927 年 1 月，改变一切的时刻降临了。《惊奇故事》在当月发行的月刊上正式设立了“讨论”专栏，用于刊登读者写给编辑部的信件。杂志随信公开信件作者的名字和通信地址。通过该栏目，分散在全国各地的科幻迷首次知晓了彼此的存在。他们起初只是给编辑部写信，但很快便开始在专栏上和其他科幻迷你来我往，并通过书信、电报等方式建立私交。

不仅如此，同城的科幻迷们还在线下举行聚会，集体活动不再是天方夜谭。

1929 年 12 月 11 日，一群通过《奇异故事》互相结交的纽约市笔友们在哈莱姆的一栋公寓楼里齐聚一堂，宣告了科学人俱乐部的诞生。俱乐部诞生后的第一场会议在 1930 年 1 月 4 日召开，官方杂志《行星》在同年 7 月问世。清晰的组织结构，定期发行的爱好者杂志，付费会员制度以及例行召开的线下会面让科学人俱乐部成为了名副其实的全美首个科幻爱好者组织。自此，美国的科幻圈正式登上历史舞台，并进入了科幻史学家杰克·斯皮尔所定义的“古生代”。

1930 9 月 27 日，因根斯巴克失信，科学人俱乐部陷入财务危机，分裂为两派。

1931 《怪异故事》杂志问世，同《诡丽幻谭》展开竞争。

1932 《时间旅人》《科幻文摘》问世，魏辛格、施瓦茨、格拉瑟、阿克曼等人崭露头角。

1933 因文伦·格拉瑟被曝抄袭，魏辛格和施瓦茨等人与其决裂。

探索与发现：从古生代到第一世代

在杰克·斯皮尔的比喻中，古生代的科幻迷和科幻组织就像刚刚离开水面的海底怪形，贪婪地从地表植被——为数不多的科幻小说——中吸取生命。在科幻圈进入第一世代（1933—1936）前，科幻迷一直在摸索前行。其间发生的重大事件对后世科幻圈的风貌产生了重要的影响。

1930 年中下旬，雨果·根斯巴克在《奇异故事》上发起了一场征文比赛，主题是“为了推广科幻，我正在做些什么”。科学人俱乐部的图书管理员艾伦·格拉瑟在投稿中提到了他在俱乐部的工作。俱乐部的理念打动了根斯巴克。于是，他在纽约市自然历史博物馆安排了一场科幻迷与职业人的见面会，并邀请俱乐部成员免费参加。

根斯巴克的这一举措让科幻迷欢欣鼓舞。不仅如此，9 月 27 日，35 名俱乐部成员亦兴高采烈地参加了这场见面会。然而根斯巴克会后却言而无信，致使科学人俱乐部不得不亲自支付场地租赁费用。严重的财务危机不仅让科幻迷对根斯巴克十分失望，也让俱乐部内部产生了严重的意见分歧，并最终造成了俱乐部的分裂。雪上加霜的是，同年 4 月，科学人俱乐部的主席沃伦·菲茨杰拉德离开了俱乐部，投身于火箭科学，彻底退出了科幻圈。

1933 查尔斯·霍尼格发行《奇幻爱好者》，借此被根斯巴克雇佣，担任《奇异故事》主编。

1934 《奇异故事》杂志 4 月刊宣布成立科幻联盟，是为全美首个国家级科幻社团。

第一世代

1934 唐纳德·沃尔海姆和威尔逊·谢帕德创办环球幻科会。该社团是一个工会性质的组织。

科学人的上述遭遇不仅勾勒出了科幻迷渴望得到专业人士认可的心理，也暗示了科幻迷组织所面临的主要问题：意见分歧严重内部核心人员的流动，资金的匮乏等。

由此种种，使得科学人俱乐部分裂为两派，其领袖分别是莫蒂默·魏辛格和艾伦·格拉瑟。魏辛格后来和新加入俱乐部的朱利叶斯·施瓦茨结为搭档，开始从事严肃科幻编辑与出版代理工作。格拉瑟派则迎来了一位名叫威廉·西克拉的年轻人。此人热忱地信奉着根斯巴克的理念，行动力也很强。1935 年秋，他在纽约长岛试射了两枚自制火箭。火箭内各装有 255 封信，每封信的信封上盖有一枚绿色邮戳，上书“出自美国首次火箭飞行”。

科学人俱乐部虽一分为二，但是俱乐部的成员却引领着科幻圈走进了第一世代。在这一阶段，科幻迷始终严肃对待科学和科幻。诸如火箭学先驱威利·雷开始在一本名叫《宇宙学》的杂志上发表科普文章；弗雷斯特·阿克曼开始撰写海量的书信与评论，由此拉开了他“头号科幻迷”人生的序幕。除此之外，魏辛格和施瓦茨则与已分道扬镖的格拉瑟联合发行了《时间旅人》，并在一位名叫康拉德·鲁珀特的出版人的慷慨帮助下，发行了《科幻文摘》（该杂志后来发展成了《奇幻杂志》）。不仅如此，科幻迷还自己撰稿投递给这些杂志，以期专业人士能够发表他们的作品。参与其中的很多科幻迷后来都成为了著名的科幻大家，例如世界科幻大师杰克·威廉森、超人缔造者杰瑞·西格尔与乔·舒

1934 威廉·西克拉开始着手复兴国际宇宙科学俱乐部，结识米切尔和沃尔海姆。

1934 沃尔海姆曝光根斯巴克的拖欠稿费问题，并联合部分作家，雇佣律师，准备诉诸法律。

1934 国际宇宙科学俱乐部官方杂志《国际观察者》创刊，约翰·B. 米切尔担任编辑。

斯特、科幻编辑雷蒙德·帕尔默、著名科幻作家斯坦利·温鲍姆等。

1933 年夏，施瓦茨前往位于纽约市皇后区的牙买加住宅区，帮助康拉德·鲁珀特校对并装订杂志。与他同行的还有一位 17 岁的科幻迷，名叫查尔斯·霍尼格。等待他们的是 250 本杂志，每本 12 页。这位科幻迷在施瓦茨的鼓励和帮助下于 1933 年初开始筹备为《奇幻爱好者》的杂志。该杂志实现了霍尼格的梦想。该杂志发表了包括洛夫克拉夫特在内的许多知名怪谭作家的作品，包括洛夫克拉夫特的论文《文学中的超自然恐怖》。不过，在畅享鲁珀特的母亲准备的德式土豆沙拉时，不论是霍尼格还是施瓦茨，他们都没有预料到，他们正在制作的这本杂志，改变了霍尼格的一生。

《奇幻爱好者》第一期问世以后，兴高采烈的霍尼格向所有他知道的科幻界人士寄出了自己的杂志，其中一本杂志出现在了雨果·根斯巴克的办公桌上。根斯巴克对这本杂志印象深刻，当即邀请霍尼格到他的办公室面谈。此时，根斯巴克的副手大卫·拉瑟沉迷社会运动，对编辑工作兴致缺乏。根斯巴克自己则又一次深陷财务危机。于是，在会见过霍尼格后，他做出了一项顺理成章的决定。1933 年 11 月，霍尼格被根斯巴克破格录用，取代了拉瑟，成为了《奇异故事》的主编，也成为了有史以来最年轻的职业科幻编辑，薪水为每周 20 美元（拉瑟的工资为每周 75 美元）。

家住纽约的另一位科幻迷却远没有霍尼格这般走运。唐纳德·沃尔海姆，

1934 科幻联盟开始在全美乃至世界范围内建立分部，在美国有布鲁克林分部、洛杉矶分部、纽约市分部、费城分部、芝加哥分部、底特律分部等数十家分部，在英国有利兹分部、纳尼顿分部、贝尔法斯特分部、格拉斯哥分部等，在澳大利亚有悉尼分部和墨尔本分部。

1934 以幽默著称的科幻迷鲍勃·塔克创办了“反对用线装本装订科幻小说杂志协会”（SPWSSTFM）。沃尔海姆针锋相对，成立“国际赞成并坚持用金属钉装订美利坚合众国的科幻小说杂志联合组织”（IAOPUMUMFSTFPUSA）。字母协会战争打响。

1914年10月1日出生，5岁时同时染上了小儿麻痹症与流感，以致半身瘫痪，大病痊愈以后，又因反应迟钝而被同龄人孤立，日夜与奇幻故事和玩具士兵相伴。1927年，一本《惊奇故事》杂志深深吸引了13岁的沃尔海姆。7年后，他给根斯巴克寄去了他自己的一篇名叫《来自白羊座的人》的科幻小说，并成功发表在《惊奇故事》1934年1月刊上。然而，根斯巴克却并没有向沃尔海姆支付稿费。同年，沃尔海姆和阿拉巴马州的威尔逊·谢帕德共同创办了环球幻科会，组织的主要工作是打击科幻出版物交易中的恶意抬价行为。针对拖欠稿费一事，沃尔海姆联合其他拥有相同遭遇的作家，在环球幻科会的会报上公布了此事，还聘请了律师，准备诉诸法律。纠纷最终以庭外和解的方式收场。根斯巴克支付了75美元的赔款，其中10美元被用作律师费。

沃尔海姆发起的这场运动得到了国际宇宙科学俱乐部的支持。该组织的领袖不是别人，正是信奉根斯巴克理念的西克拉。国际宇宙科学俱乐部的前身是1932年成立的爱迪生科学俱乐部，理念与根斯巴克的信仰一脉相承，即所有科幻迷都应该是科学爱好者。西克拉在俱乐部改组后注册成为会员。此前，他已经凭借《一项科学悖论》等科普文章屡次获奖，并立志要继承一个名叫国际科学协会的早期科幻组织的遗志，靠社群和爱好者杂志来贯彻根斯巴克的理想。

国际宇宙科学俱乐部的运营理念完全符合西克拉的胃口，但是在成为会员以后，他却发现该组织死气沉沉，不仅杂志停止发行，招新也进展迟缓。于是，

1935 沃尔海姆创办咕咕教（Ghughuism），宗教性质与飞天拉面神教类似。

1935 国际科学协会与科幻联盟产生冲突，霍尼格从联盟驱逐了沃尔海姆、米切尔和西克拉，双方的矛盾最终演变成了肢体冲突。

1935 3月10日，在西克拉的主持下，国际科学协会发射了四枚火箭，并拍摄了火箭发射纪录片。

他立刻开始试图接管整个俱乐部，并取得了成功，不仅成为了俱乐部的管理委员会的成员，还担任了重获新生的俱乐部官方杂志《国际观察者》的出版人。

在此过程中，西克拉得到了一位名叫约翰·B. 米切尔的科幻迷的帮助。米切尔出生于 1917 年，是这一时期最重要的科幻迷之一。童年时期，他因白喉而瘫痪在床。他从他父亲那里继承了对艺术的热爱，并在 14 岁时入围了《奇异故事》的故事大纲竞赛（故事终稿由雷蒙德·加仑完成，发表在《奇异故事季刊》夏季号上）。米切尔参与推动了爱迪生俱乐部的改组，是西克拉加入俱乐部的媒人，也是他掌权的最大推手之一。《国际观察者》的首期杂志封面也由他设计。

国际宇宙科学俱乐部同环球幻科会的合作让西克拉、米切尔和沃尔海姆三人走到了一起。他们很快便将成为科幻圈最具影响力的重要人物，在行业内掀起一场惊涛骇浪。风波由三个名字组成，分别是科幻联盟、国际科学协会以及美国国家科幻大会，又名东部地区科幻大会。

全美利坚的科幻迷，联合起来！

虽然与科幻迷之间存在种种过节，但是雨果·根斯巴克依然十分信任科幻迷的力量。早在他创办《电学实验者》等杂志时，他就试图通过成立读者联盟

1935 10 月，科幻联盟费城分部改组为费城科幻协会。

1936 2 月 21 日，根斯巴克破产，将《奇异故事》出售给标准出版社。杂志更名为《惊险奇异故事》，魏辛格担任主编。科幻联盟陷入停滞，部分成员创办独立科幻联盟。

1935 11 月，《科幻评论家》和《行星人》创刊，詹姆斯·布利什进入科幻圈。

1936 科幻发展协会成立。《科幻新闻》创刊。爱好者杂志的内容开始转型。

来推动杂志的发展。

在前文中，他聘用了霍尼格担任《奇异故事》杂志的主编。霍尼格的《奇幻爱好者》杂志让根斯巴克印象深刻，但是这不过是当时众多爱好者杂志中的一本。《奇幻杂志》《时间旅人》《国际观察者》等杂志虽然未能获得同等待遇，却也拥有相当规模的读者群体，其内容也足够有趣。这些杂志的繁荣和《奇异故事》杂志本身出色的销量让根斯巴克开始相信美国已经拥有了很多科幻迷，而这些科幻迷也拥有足够强的创作能力。于是，在他的建议下，霍尼格和根斯巴克在《奇异故事》的 1934 年 4 月刊上联名发表了创办“科幻联盟”的宣言。联盟的野心极大——让“所有对科幻感兴趣的人联合在一个国际组织里”，以“促进科幻艺术的发展和进步”。

科幻联盟的组织结构与此前出现的民间科幻组织极为不同：民间组织以爱好者杂志为核心，其会员即杂志的编辑部成员和订阅该杂志的读者们。而科幻联盟却是一个专业杂志方面出资赞助的松散的社团联盟，以霍尼格为唯一的最高领袖。联盟的每个地方分部只要会员人数不低于三人，即可联名写信给《奇异故事》编辑部，申请正式建部。编辑部批准建部请求后，会回寄授权书和组织章程。此后，分部成员便可以遵照章程在当地运营社团，发行自己的杂志。《奇异故事》上则专设了“科幻联盟”专版，以发表联盟的最新动向。创建分部的门槛极低，因此，自从联盟成立的消息公布以后，分部便开始在全美范围

1936 10 月 22 日，首届科幻大会在费城召开，共有 8 人参会。

1937 2 月 21 日，第二届东部地区科幻大会在纽约市波希米亚大厅召开。大会期间，科幻迷决定在1939年召开首届世界科幻大会。

1936 年底，独立科幻联盟解体。国际科学协会成为美国最大的科幻社团。

1937 3 月 15 日，H.P. 洛夫克拉夫特去世，享年 46 岁。

内如雨后春笋般野蛮生长起来。科幻联盟的触手伸向路易斯顿、伊利、洛杉矶，伸向芝加哥、林肯、费城、丹佛……最终伸向大洋彼岸，在英国和澳大利亚扎根。在这只庞然巨兽的中心纽约市，联盟甚至创办了多个分部，包括皇后区分部、布鲁克林分部、华盛顿高地分部、纽约市分部……以《奇异故事》为中心，松散的分部让科幻迷的势力遍及全国。借此，科幻联盟不仅拉动了《奇异故事》杂志的销量，还让科幻圈中的人意识到了一个统一且版图辽阔的圈子的存在。

科幻联盟改变了数以千计的科幻迷的人生轨迹，成为了美国科幻圈的重要基石。但是联盟却迅速遭遇了挫折，不仅因为很多地方性分部迅速走向沉寂，也因为霍尼格的一系列错误决策让另一个国家级的民间科幻社团——国际科学协会——走到了联盟的对立面。两个组织的碰撞是二十世纪三十年代美国科幻圈发生过的最大派系冲突，在这场冲突中，许多科幻迷反目成仇。一些科幻迷甚至对整个圈子失望透顶，彻底隐退。

科幻联盟诞生后，纽约的大量科幻迷都汇聚到了联盟旗下，却并没有停止他们各自的科幻活动，更没有解散他们曾经创办的杂志或社团。沃尔海姆、西克拉和米切尔便是如此。沃尔海姆在 1935 年参与了两场大规模社群运动，首先同另一位颇为幽默的科幻迷威尔逊·塔克打了一场字母协会战争，接着创办了科幻圈第一个娱乐性质的宗教——咕咕教。西克拉则和米切尔继续发展国际宇宙科学俱乐部。他们做了两项努力，其中一项将俱乐部同雷蒙德·帕尔默的

1937 4 月，国际科学协会内部矛盾激化。西克拉辞职，沃尔海姆解散协会。

1937 1 月，领衔科幻爱好者杂志《奇幻杂志》停刊。

1937 奇幻爱好者报刊协会成立。沃尔海姆、米切尔、弗雷德里克·波尔、罗伯特·朗兹组成“四人行”。

国际科学协会合并，继承了后者的名字和“光辉历史”，另一项则是希望霍尼格能够在《奇异故事》上为新的国际科学协会做宣传。

不幸的是，国际科学协会的第二项努力失败了——霍尼格断然拒绝了他们的请求，发表了如下声明：

> 鉴于我们的读者已经能通过科幻联盟获得所有所需资源，我们将不会推荐他们加入另一个科幻组织——更何况科幻联盟对一切爱好者开放，也包括那些负担不起某组织高达 1.5 美元的会费的读者。
>
> 与科幻联盟相比，我们看不到你们的组织有任何优越之处，如果真的有，请不吝赐教，我们将很乐意进一步合作。

此事让国际科学协会的成员们倍感沮丧与恼火。1935 年 2 月 13 日，西克拉当选协会主席。协会从此开始和环球幻科会通力合作。沃尔海姆在《环球幻科会公报》的 1935 年 4 月刊上重新提起根斯巴克拖欠稿费的事，并借自家协会的民主章程攻击科幻联盟，称它是一家独裁组织。他们给《奇异故事》上的小说写负面评论，还把科幻联盟称作“苏维埃的性感科幻跟班”。忍无可忍的霍尼格最终在《奇异故事》的 1935 年 9 月刊上公开宣布将沃尔海姆、西克拉和米切尔三人逐出科幻联盟。双方的敌对关系就此确立。三人组正式走上了“摧

1937 6 月，萨姆·莫斯科维茨创办《太阳神》杂志。开始活跃在科幻圈中。

1937 9 月，小约翰·W. 坎贝尔出任《惊异科学故事》主编，美国科幻的黄金时代拉开帷幕。

1937 在阿克曼的领导下，洛杉矶科幻协会持续活跃。吸纳了雷·布拉德伯里、雷·哈利豪森等成员。

1937 9 月 21 日，J.R.R. 托尔金《霍比特人》出版。

毁科幻联盟”的道路。

国际科学协会本应不堪一击，但是三件事让该协会有力地向科幻联盟发起了反击。其一是《奇异故事》的对手杂志《惊异科学故事》的编辑 F. 奥林 · 特莱梅因对国际科学协会的工作表示赞许，在自家杂志上公开为其做起了广告；其二是美国的许多科幻迷此时都处在脚踩两只船的状态，同时是两家组织的会员；其三是 1935 年，国际科学协会发射了四枚火箭，邀请了许多科幻联盟分部的代表前来参观，还出色地完成了纪录片的拍摄和报道的撰写。三件事让国际科学协会获得了很大的影响力。于是，在你来我往的互相攻击中，两个组织的矛盾不断激化，最终从纸面上转移到了现实中。国际科学协会的领袖们在科幻联盟纽约市分部第二次会议上带着一群年轻人控制了会场，压制了霍尼格的话语权，列数科幻联盟的罪状：商业化、独裁、拖欠稿费，声称科幻联盟已经完蛋了，国际科学协会才是新的希望。此事撼动了科幻迷对科幻联盟的信心，造成了纽约市科幻联盟的解散和独立科幻联盟的诞生。霍尼格本应有足够的时间应对此事，但是随着根斯巴克的经济状况的恶化和《奇异故事》杂志销量的下滑，根斯巴克在 1936 年 2 月 21 日被迫将《奇异故事》卖给了标准出版社。霍尼格的编辑职位被魏辛格取代，科幻联盟的事务遭到了新东家的无视，致使许多分部迅速自行瓦解，只有洛杉矶和费城两地的分部仍然屹立不倒。至此，科幻联盟彻底垮台，国际科学协会取得了最终的胜利。

1937 10 月 30 日，第三届东部地区科幻大会在费城召开。会上，主办方宣布将主办世界科幻大会。沃尔海姆发表讲话《要么转变，要么死亡》，米切尔主义诞生。

1938 5 月，奇幻爱好者报刊协会举行干部竞选，米切尔主义者和其他幻迷展开竞争。

第二世代

1938 1 月，雷 · 布拉德伯里在阿克曼的《想象力！》杂志上发表处女作《郝勒伯钦的两难境地》。

解体的科幻联盟的部分成员自立门户，成立了独立科幻联盟。新联盟和国际科学协会的会员重合度非常高，于是，国际科学协会的成员集体退出了独立科幻联盟，强制解散了后者，成为了全国范围内影响力最大的社团。此时，协会的成员除了西克拉、沃尔海姆和米切尔外，还有弗雷德里克·波尔、大卫·凯尔和赫伯特·歌德凯特等人。受协会领袖的影响，国际科学协会的意识形态与科幻联盟截然相反，强调科幻迷的独立性，对职业界抱有敌意，甚至曾抨击《奇幻杂志》，理由是该杂志和职业界走得太近了。

在国际科学协会南征北战的背后，1935—1936 年间，美国的科幻圈依然在继续发展。俄克拉荷马州的丹尼尔·迈克菲尔创办了《科幻新闻》和俄克拉荷马州科幻协会，其成员包括著名科幻迷杰克·斯皮尔；科幻联盟倒台后，费城分部同一个名叫“男孩们的科幻俱乐部”的社团合并，更名为费城科幻协会，收纳了罗伯特·马德尔、约翰·巴尔塔多尼斯等爱好者；在未被纽约的硝烟席卷的西海岸，克莱尔·贝克创办了《科幻评论家》，并鼓励一位名叫 C.汉密尔顿·布鲁默的科幻迷建立了科幻发展协会，发行了爱好者杂志《超立方体》；该杂志经常收到一位热情科幻迷的来稿，这位科幻迷还自己发行了一本名叫《行星人》的杂志。他叫詹姆斯·布利什。

在这一时期，科幻爱好者杂志的志向也逐渐从对标专业杂志转向投科幻迷所好。1934 年中期，朱利叶斯·施瓦茨和莫蒂默·魏辛格转行去做文学经纪人，

1938 5 月 29 日，纽瓦克科幻大会顺利召开，参会人数高达 125 人。西克拉提议组建新的世界科幻大会委员会。

1938 9 月 18 日，沃尔海姆等人创办未来派科幻文学协会。开始向职业科幻领域进军。

1938 6 月，超人在《动作漫画》上首次亮相。创造者为老牌科幻迷杰瑞·西格尔和杰罗姆·舒斯特。

1938 7 月 17 日，新科幻圈成立，通过兼并其他社团，获得了 125 名会员，并宣布竞标首届世界科幻大会的主办方。

《奇幻杂志》在经历了一段时间的低迷后，最终在 1937 年初停刊；一些相对弱势的杂志则因难以支付职业作家的稿费等经济原因而逐个倒闭，其中便包括布利什的《行星人》。幸存下来或新兴的爱好者杂志的内容则逐渐从发表专业小说转向发表粉丝小说、评论和八卦。受这种趋势的影响，热衷于收藏爱好者杂志的科幻迷们往往能够迅速了解整个圈子的动向和生态。

在这样的背景下，在 1936 年的某天，米切尔提议："让我们出去见见其他地方的科幻迷吧。"

该提议得到了通过。接着，在沃尔海姆的建议下，科幻联盟纽约市分部派出了代表团去费城和当地的科幻迷们见面。于是，在 1936 年 10 月 22 日，沃尔海姆、波尔、米切尔、西克拉、凯尔、歌德凯特和一位名叫乔治·R. 哈恩的科幻迷组成的代表团抵达了费城，见到了费城科幻协会方面的米尔顿·罗斯曼、马德尔和奥斯瓦尔德·特莱因。虽然这场会面只有八人出席，但是却被历史学家称作首届科幻大会。会上决定明年在纽约举办一场规模更大的科幻大会，大会主办方同样是国际科学协会。

1937 年 2 月 21 日下午的第二届东部地区科幻大会规模更大，形式也更加正式。大会在纽约市的波希米亚大厅召开，设立了大会委员会：沃尔海姆担任主席，米切尔担任秘书，其他两名委员会成员是波尔和凯尔。会议议程分七个阶段：①开幕式；②主席致欢迎辞；③重要嘉宾演讲；④电影放映，包括巴克·罗

1938 12 月，鲍勃·塔克创办爱好者杂志《还魂尸》。该杂志是美国最长寿的爱好者杂志之一。

1938 10 月 16 日，第二届费城科幻大会召开。新科幻圈获得世界科幻大会主办权，未来派成员未出席大会。

1938 12 月 25 日，捷克著名科幻作家卡雷尔·恰佩克去世，享年 48 岁。

杰斯动画和歌德凯特带队制作的火箭实验纪录片；⑤歌曲表演；⑥自由讨论暨自助晚宴；⑦闭幕式。国际科学协会还为大会发行了《国际观察者》大会特刊。特刊一反科技文章和科幻作品平分秋色的特点，完全投身科幻，其质量堪比专业杂志，作者几乎全部是职业作家，除洛夫克拉夫特等人外，还有杰克·威廉森、艾德蒙·汉密尔顿等。

这届大会为后来的世界科幻大会打下了基础——讲座、讨论、音乐会、电影放映和场刊等都是后者的重要组成部分。同时，这届科幻大会也成了科幻迷和好的地方：虽然此前纷争不断，但是查尔斯·霍尼格却依然出席了大会；国际科学协会此前一直攻击《奇幻杂志》，但是在会上，沃尔海姆也和《奇幻杂志》方面的负责人施瓦茨握手言和了。而最重要的是，在大会上，组委会做出了一项重大决定——在1939年纽约举办世界博览会期间，国际科学协会将主办首届世界科幻大会，让英国和加拿大的科幻迷也加入到世界科幻的大家庭中。

吃瓜纪元：科幻圈内战

国际科学协会似乎来到了一个黄金时代。西克拉野心勃勃，掌控着几乎整个科幻圈；沃尔海姆仿佛一个临近爆炸的火药桶，四处攻击协会的敌人，至死方休；同科幻联盟一样，协会也以纽约为中心，在全国各地设有分部。在其他

1939 4月30日至10月27日，世界博览会在纽约召开，主题为“建设明日世界与和平”。

1939 7月2日，首届世界科幻大会在纽约市卡拉万会议厅开幕，代号为 Nycon I。有200人出席了大会。

协会或爱好者杂志依然处在朝生暮死的状态时，国际科学协会的地位几乎不可撼动。

但是第二届东部地区科幻大会结束后，国际科学协会却迎来了它最大的危机：协会业务范围宽广，但是许多科幻迷却并不真诚地认同根斯巴克的信条。科技爱好者和科幻爱好者的理念在大会开始时已经产生了严重的分歧，一派认为科幻应当成为更加严肃的科研事业的开门砖，另一派却把科幻视作娱乐活动，把创作科幻本身当成终极目标，日常活动便是讨论科幻和讨论科幻圈的八卦。两派的矛盾在吞并独立科幻联盟时便初见端倪——彼时，沃尔海姆发文称布鲁克林分部的科学实验不过是在“玩票”。这无疑是自爆式发言，因为国际科学协会也在做着同样的科学实验。

西克拉受到了侮辱，但二人的矛盾直到大会结束才抵达高潮。《国际观察者》的编辑权限并不完全在西克拉手中。大会结束后，他本想让该杂志恢复旧日的政策，但是科幻小说却依然持续占据杂志的大部分版面，科幻活动也依然是协会活动的主旋律。这让西克拉感到极度不满：协会虽然依然在蒸蒸日上，却变质了。

在多次不成功的努力后，西克拉做出了一项突如其来的决定。在一个星期日，下午两点，沃尔海姆去西克拉的家中开会时，发现米切尔和波尔被赶出了屋子，理由是他们是协会的敌人。西克拉没有解释原因，但是 1937 年 4 月中

Nycon I

弗雷斯特·阿克曼打扮成巴克·罗杰斯出席大会，开了在世界科幻大会上 Cosplay 的先河。

杰克·斯皮尔发行《直至今日》，是为美国最早的科幻圈历史文献。

六名未来派成员被主办方拒之门外，史称“驱逐决议”。

旬，他油印了一份传单，发给了协会的所有成员。传单上宣称“科幻和国际科学协会的宗旨关系薄弱，但是科幻迷却越发沉浸在纸浆杂志的制作中。在协会里，科幻就是一个错误”。他对此感到十分失望，决定辞去国际科学协会的主席职务。

西克拉的批评并非没有道理，但是他批评的对象却覆盖了几乎所有科幻迷。他的所作所为还让他的好友们感觉遭到了背叛。沃尔海姆恰好是一名极度记仇的人。在多年的科幻活动中，他虽然树敌颇多，却同样收获了很多友谊，除了米切尔、波尔和凯尔外，还有哈利·多克韦勒、罗伯特·朗兹等。在西克拉辞职以后，凭借人脉和政治手腕，他很快便同时当选主席、副主席、秘书兼财务主管。而刚一当选，他便立刻以“国际科学协会不国际，不科学，也不像协会”为由，宣布协会就地解散。接着便开始联合他的朋友开始从各种渠道对西克拉展开攻击，直到西克拉“身败名裂”，在科幻圈彻底名誉扫地。

国际科学协会消失以后，美国科幻圈短暂地出现了一个真空期。社群内火热的氛围冷却了。科幻史学家萨姆·莫斯科维茨将这一时期夸张地称作“科幻圈的黑暗时代”，理由是缺少有影响力的组织，各家爱好者杂志也纷纷倒闭。然而事实却并非如此。实际上，在这段时间，很多人都在摸索新的出路。在经济低迷的背景下，约翰·米切尔开始接触共产主义思想；沃尔海姆也开始考虑从事严肃的科幻事业；二人联合多家科幻俱乐部建立了奇幻爱好者报刊协会，允许

1939 8月，罗伯特·海因莱因发表处女作《生命线》；第三届费城科幻大会召开，芝加哥的两家社团开始争夺第二届世界科幻大会的主办权。

1939 9月1日，德国闪击波兰，英法对德宣战，第二次世界大战爆发。

1939 12月，奥古斯特·德雷斯创办阿卡姆出版社，为史上首家专营奇幻小说并取得成功的图书出版公司。

协会的成员社团共享印刷设备、稿件和邮寄渠道，以降低各组织的出刊难度。

1937 年 6 月，一名住在纽瓦克市的科幻迷发行了爱好者杂志《太阳神》。他叫萨姆·莫斯科维茨，是科幻联盟纽瓦克分部的创办者之一。他在 1938 年初做了一件和奇幻爱好者报刊协会类似的事：宣布成立莫斯科维茨手稿管理局，汇总科幻迷来稿，提供给所有有需要的出版人。虽然经验尚浅，但莫斯科维茨却具备成为资深科幻迷应有的一切潜质，甚至更为优秀。他体格健硕，擅长拳击，积极参加科幻活动，以发行杂志、撰写评论和活动报道为科幻主业。在后两年的科幻界，他将成为沃尔海姆的“头号敌人”。

此时，科幻联盟仅存的两家分部都已经完成了转型，分别更名为洛杉矶科幻协会和费城科幻协会。洛杉矶科幻协会在阿克曼的领导下，开始邀请职业作家参加协会活动。1937 年秋，一个名叫雷·布拉德伯里的中学生在克利夫顿咖啡馆加入了协会，不久后在阿克曼的《想象力》杂志上发表了人生中的第一篇小说。费城科幻协会则通过一级邮件系统向全国宣布：第三届东部地区科幻大会将由他们主办，大会时间定在了 1937 年 10 月 30 日。

这届大会让美国科幻圈步入了一个新的时代。在大会开始前的一个月里，还发生了另一件影响深远的事。《惊异科学故事》杂志的主编特莱梅因聘用了一名新编辑来继承他的衣钵。编辑名叫小约翰·W. 坎贝尔。他很快便会将艾萨克·阿西莫夫、罗伯特·海因莱因、A.E. 范·沃格特、雷·布莱凯特、亨利·库

1940 9 月 1 日，第二届世界科幻大会召开，代号为 Chicon I。有 128 人参加本次大会。会上诞生了史上首支菲尔克音乐。

1941 6 月，在达蒙·奈特的提议下，全美奇幻爱好者联合会成立，史称 N3F。

1941 7 月 4 日，第三届世界科幻大会在丹佛召开，代号为 Denvention I。

特纳和 C.L. 穆尔等作家汇聚在他的旗下。美国科幻的黄金时代就此拉开了帷幕。

竞标！竞标！竞标！

第三届东部地区科幻大会在喧嚣中开始，在躁动中结束。

10 月 29 日，声名狼藉的西克拉孤身一人前往费城，次日，在会场漫无目的地游荡时，遇到了在现场贩卖杂志的莫斯科维茨，同他一拍即合，商讨起在纽瓦克召开科幻大会的可能性。纽瓦克科幻大会将成为真正意义上的国家级科幻盛会。它不仅考验主办方的人气，也考验美国科幻界的规模和活跃程度。如果大会取得成功，主办方也将申办世界科幻大会。西克拉也可借此恢复他在科幻圈的地位。

会场氛围一片祥和。下午 2 时 37 分，大会主席米尔顿·罗斯曼宣布开幕。大会的荣誉嘉宾是《惊异科学故事》的副主编 R.V. 哈佩尔，他向听众介绍了杂志的新主编坎贝尔，代坎贝尔发表了讲话。

接着，戏剧性的一幕发生了——沃尔海姆上台发表讲话，讲稿由米切尔撰写，题为《要么转变，要么死亡》。在讲话中，他当众泼下一盆冷水，宣称“科幻已死”，原因正是科幻迷已经与根斯巴克指出的理念渐行渐远，科幻也已经

1941 12 月 7 日，日本轰炸珍珠港。美国正式参战。受强制征兵制度影响，大量科幻界人士应征入伍。科幻组织纷纷停运，科幻圈陷入低迷期。

1942 世界科幻大会停办，三年后方才重新恢复运作。地方性科幻大会开始涌现，但参与人数往往很少。

变成了一种儿戏一般的社交娱乐。以科幻为目的的科幻已成为自身的终点。它既不能带来人性的提升，也无法推动科技的进步，因此，科幻已经“在智识上破产了”。同西克拉一样，沃尔海姆一派也不认可科幻迷的混圈玩票行为。然而，他们却没有皈依科学派，而是继承威尔斯的政治主张，提出：科幻迷应当致力于实现经典科幻作品中描绘的乌托邦社会，通过政治手段和社会改造，将人类带向更加美好的未来。而在1937年的美国，实现这一手段的最好方式便是加入共产国际，成为“共产主义的接班人”。

当时的科幻迷把这种主张称为“米切尔主义”。米切尔主义虽然激进，但是却并非全无道理。1936年，苏联确立了社会主义制度，其计划经济体制极大地推动了苏联早期经济的发展。而在大洋彼岸，大萧条的余波却依然扫荡全美。在这种背景下，选择将科幻中的乌托邦付诸实践，选择作为一种腐朽资本主义制度的出路的共产主义，确实更加符合那个时代的美国年轻人的精神追求。虽说如此，但是大会现场却一片哗然。虽然部分科幻迷认同沃尔海姆和米切尔，但是通过结合了政治手段的科幻来改造社会，与其说是宏图伟业，倒更像是空洞的泛泛之谈。

大会最终以12票反对，8票赞同的结果否决了米切尔主义者的主张。但是正反两方的票数差距却并不悬殊。米切尔主义者自此开始在全国甚至全世界范围内招兵买马。莫斯科维茨投了赞成票，却因为在大会的报道中负面记录了听

1943 科幻是一种生活方式

FANDOM IS A WAY OF LIFE

众对米切尔主义的反响而遭到了沃尔海姆的攻击。唇枪舌剑从就事论事迅速沦为以牙还牙，以眼还眼的人身攻击，两人的矛盾就此确立，并最终演化成了以莫斯科维茨为核心的新科幻圈同沃尔海姆所领导的科幻政治发展委员会的派系之争。斗争一直持续到首届世界科幻大会结束。

此时，沃尔海姆一派实力雄厚。莫斯科维茨一派若想与之分庭抗礼，就必须成功主办纽瓦克科幻大会。为了确保大会圆满成功，莫斯科维茨和西克拉在宣传上煞费苦心，不仅凭空捏造了许多主办机构的名字，还为了收回成本，针对狂热地收藏爱好者杂志的科幻迷们，提出了杂志交换企划：只要向主办方邮寄 50 本自家发行的杂志，即可免费获赠一整套主办方收到的杂志，一种一本。多出的杂志则由主办方自行拍卖。遵照这种策略，如果参会人数够多，则大会圆满举办，而即便参会人数不足，主办方至少也不会亏本。

1938 年 5 月 29 日，大会在斯洛伐克 - 索科尔大厅顺利召开。参会人数高达 125 人，几乎是往届科幻大会参会人数的总和。纽瓦克的地理优势让周边几个州的科幻迷和职业人士悉数到场，其中不乏 L. 斯普雷格 · 德 · 坎普这样的大人物。在会上，西克拉顺理成章地宣布他们将会在 1939 年举办世界科幻大会，并收获了职业科幻编辑们的支持。《惊异科学故事》杂志的主编坎贝尔不仅宣布他们将支持任何有能力举办大会的科幻组织，还表示将无偿宣传“核心科幻迷”的杂志。西克拉还提议成立临时委员会筹办世界科幻大会。与国际科学协

FANDOM IS JUST A GODDAMN HOBBY

1958 科幻只是一项业余爱好 ?

会最初的构想一样，大会将借 1939 年世界博览会的东风，与之同时召开。

然而，在决定委员会构成一事上，科幻迷之间却再度产生了分歧。上届东部地区科幻大会的东道主是沃尔海姆领导的委员会，他们声称自己拥有顺理成章的世界科幻大会主办权；西克拉组建的纽瓦克委员会则在首届国家科幻大会上获得了公开委任。尽管后者通过国家科幻大会的圆满成功证明了自己的实力，但是沃尔海姆的委员会却不仅经验丰富，而且其核心理念——米切尔主义——也已经渐趋成熟。相比之下，以莫斯科维茨为核心的新生科幻迷虽然理想远大，但在行动力上却依然稍逊一筹，其凝聚力也十分糟糕，甚至一度出现了连续两次开会都只有西克拉和莫斯科维茨出席的情况。

双方的正式交锋始于一场竞标答辩会。答辩委员是坎贝尔和《惊险奇异故事》的编辑利奥·马格里斯。沃尔海姆有备而来，提出的成立科幻政治发展委员会的计划虽然激进，却具有可行性。情急之下，西克拉只能靠画饼来撑场面，宣称他能在几个月内建立一个主办组织，其规模是沃尔海姆的委员会的两倍。答辩会以西克拉的失败告终，但坎贝尔和马格里斯表示：如果他能兑现诺言，那么，他们愿意重新考虑人选。

西克拉此时仍然缺乏人望，于是，争夺主办权的责任落到了萨姆·莫斯科维茨的肩上。1938 年 7 月 17 日，在同西克拉和另一位科幻迷詹姆斯·V. 图拉斯的会面中，他提议成立名为新科幻圈的组织。此时，他同沃尔海姆旷日持久的论战已经在好友杰克·斯皮尔等人的支持下告一段落。他在科幻圈中也拥有相当的话语权。于是，他采取了一种十分夸张的方法实现了同沃尔海姆的委员会分庭抗礼的目标：兼并。

他首先确立了三人的紧密合作关系和他的领导地位。接着，他动用了强硬的政治手段，先斩后奏地将业已停运的科幻发展协会收入囊中，还将《太阳神》《超立方体》《奇幻评论》杂志和他自己的手稿局合而为一。至此，新科幻圈拥有了大约 125 名正式会员，发行了同名官方杂志，创刊号共计发行 200 本。借助图拉斯的《奇幻新闻》杂志的持续曝光，新科幻圈终于拥有了与米切尔主义者并驾齐驱的资格，其规模甚至更胜一筹。

对于接下来发生的事，科幻史学家之间依然存在争议。在莫斯科维茨看来，米切尔主义者为了和新科幻圈对抗，在 1938 年 9 月 18 日创办了未来派科幻文学协会（后世简称为未来派）。但是在未来派成员达蒙·奈特编纂的回忆录中，沃尔海姆之所以成立该组织，是因为他厌倦了日复一日地摧毁其他人的科幻社团，希望做一些建设性的工作。不过，不论动机如何，结果都是一样的——同年 10 月，未来派成员宣布退出世界科幻大会的竞标。新科幻圈则不仅得到了坎贝尔的公开支持，还出席了于 1938 年 10 月 16 日召开的费城科幻大会，在大会上正式确立了主办方身份。

尽管如此，但是未来派和新科幻圈的矛盾却并没有就此停止，反而愈演愈烈。未来派方面开始一而再，再而三地攻击新科幻圈的各种行动，甚至以纳粹德国做文章，说组委会决定在世界科幻大会上放映的科幻电影《大都会》是从纳粹德国的电影公司引进的，属于通敌叛国。他们甚至还在首届世界科幻大会的现场发放了名为《一份警告！》的宣传册，手册中公开指控纽瓦克科幻大会的主办方专行独断，攻击世界科幻大会组委会，称他们是“残忍的恶棍，把世界科幻大会当作他们的政治武器”，要所有参会人员对他们心存警惕。协会成员后来的活动表明，这些行为很可能是公报私仇——在 1939 年的圣诞节，他们给西克拉寄了一张恶毒的明信片，明信片上有一个切口，从中探出了一截从橡胶手套上截下的手指，旁边写着“给你点别的东西来操你的朋友”。

未来派的存在虽然给世界科幻大会蒙上了一层不祥的阴影，但是此时的欧美科幻世界却已经进入了新的繁荣期。在小说界，罗伯特·海因莱因、艾萨克·阿西莫夫、雷·布拉德伯里、詹姆斯·布利什、艾瑞克·弗兰克·拉塞尔、杰克·威廉森、阿尔弗雷德·贝斯特和大西洋对岸的阿瑟·克拉克等科幻作家均已开始在科幻史上留下自己的足迹。在科幻艺术领域，也出现了弗兰克·R. 保罗等著名科幻画家。

1938 年，安·兰德出版《一个人》，向乌托邦文学再填一瓦。次年，L. 斯普雷格·德·坎普发表了《唯恐黑暗降临》，自马克·吐温以后，再度点亮了或然历史小说的火花；同年，A.E. 范·沃格特发表了《黑色毁灭者》，该作后来成为《异形》的灵感源泉之一……在科幻界大繁荣的背景下，新科幻圈的筹备工作得到了各方的支持，除了引进《大都会》外，还得到了世界博览会官方的免费场地支持（尽管他们拒绝了世博会官方的条件，理由是担心大会偏离正题）。《新科幻圈》和《奇幻新闻》持续跟踪报道大会动向。在主办方的不懈努力和多方的支持下，时间向着既定的日期不断前进：1939 年 7 月 2 日，大会将在纽约市曼哈顿卡拉万会议厅召开，编号为 Nycon I，为期 3 天。

首届世界科幻大会，又名 Nycon I

美国的科幻迷永远不会忘记 1939 年的夏天。在世界科幻大会的号角声中，纽约城幻化成了耶路撒冷，成为了全美科幻迷的应许之地。这趟朝圣之旅将成为他们人生中最重要的回忆之一。他们向父母筹钱，求朋友借他们旅费，然后登上火车，坐进长途巴士，或结伴出行，或孤身上路。

有些科幻迷无法参加大会，他们的朋友便代他们出席。在北美大陆的另一端，科幻艺术家汉斯·伯克受经济原因所困。于是，已经向慷慨的阿克曼借到了旅费的雷·布拉德伯里，便带着伯克的画作和自己的便携式打字机，在 6 月底坐上大巴，启程前往纽约。

1939 年 7 月 2 日，天朗气清。下午两点半，首届世界科幻大会正式拉开帷幕。受独立日假期的影响和世博会的吸引，共有 200 余人出席。来自全美乃至加拿大的科幻人齐聚一堂，场面堪称现场版的科幻名人堂。嘉宾阵容华丽，名单包括：弗雷斯特·阿克曼、雷·布拉德伯里、杰克·威廉森、雷·卡明斯、曼利·韦德·威尔曼、艾德蒙·汉密尔顿、L.斯普拉格·德·坎普、艾萨克·阿西莫夫、恩多·宾德、马尔科姆·詹姆逊、弗兰克·R.保罗、查尔斯·施奈曼、小约翰·W.坎贝尔、利奥·马格里斯、莫蒂默·魏辛格、查尔斯·霍尼格、法恩斯沃斯·莱特、大卫·里德、约翰·克拉克、朱利叶斯·施瓦茨……

在这十年间活跃在科幻圈里的科幻迷代表们也悉数出席了这届科幻大会，包括罗伊德·艾希巴赫、米尔顿·罗斯曼、奥斯瓦尔德·特莱因、约翰·巴尔塔多尼斯、库斯兰兄妹、大卫·凯尔、罗伯特·马德尔等。科幻迷和职业科幻人还携家带口，进一步让世界科幻大会变成了整个科幻界共享的狂欢节。

身为大会主席，莫斯科维茨首先致开幕词。他表示：科幻大会印证了科幻圈的凝聚力，因为侦探小说和西部小说的读者从没举行过大型集会，而科幻小说的读者却已经举办了五场科幻大会了。

西克拉接着反驳了“科幻小说是逃避文学”的观点，表示新科幻圈希望把科幻带进生活。这份真诚打动了利奥·马格里斯。他在接下来的讲话中高度赞扬了科幻迷的热情。接下来的两场嘉宾演讲一场关于洛夫克拉夫特的作品集出版计划，另一场由大会荣誉嘉宾弗兰克·保罗发表，题目是《科幻，青春之魂》，他表示：“科幻正在成长，有越来越多的人开始读科幻。”

弗里茨·朗的《大都会》放映结束后，坎贝尔追溯了科幻自《惊奇故事》至今的发展历程，并指出：当前阶段的科幻由新点子和新人物组成。世界不再是人类眼中的世界，而是非人类视角下的异化世界。

已成为《惊险奇异故事》编辑的魏辛格讲述了许多知名作家的成名轶事。西克拉则介绍了科幻圈的风云人物，向听众介绍了许多作家和编辑。

首届世界科幻大会上发行的特别刊物均出自科幻迷之手。他们精心准备了他们的爱好者杂志的特刊。其中，杰克·斯皮尔的《直至今日》概述了世界科幻大会前的美国科幻圈发展史，是科幻社群历史研究领域的首次严肃尝试。鲍勃·塔克的《还魂尸》杂志则一直活到了二十一世纪，成为了全美寿命最长的科幻爱好者杂志之一。这些爱好者杂志不仅证明了美国科幻圈的活跃，还奠定了爱好者杂志在世界科幻大会传统中的地位。

除此之外，大会还奠定了许多其他传统，其中较为有趣的一项源自弗雷斯特·阿克曼。大会第一天，他穿着女友莫罗乔为他设计的服装，打扮成时间旅行者出席了大会。据弗雷德里克·波尔回忆，阿克曼“穿着自制的巴克·罗杰斯戏服出现在了一家餐馆里，冲侍者挥舞着火箭手枪，要求他在他的奶酪三明治里放豆芽菜和豆腐。”。他的装束甚至让在当时参展世界博览会的通用汽车公司代表们把他误认为自家的机器人，报了警，要把他捉回会场。戏剧性的参会方式让阿克曼成为了最早在世界科幻大会上进行 Cosplay 的先驱者之一。

世界科幻大会的最后一项活动是拍卖，拍卖内容包括爱好者杂志等。但在这之前，会上发生了一件不愉快的事。未来派和新科幻圈的斗争让萨姆·莫斯科维茨在大会前夕发布了“驱逐决议”，禁止六名未来派成员进场，以免干扰科幻大会秩序。被驱逐的未来派成员只得聚在会场对面的餐厅里，听抽空前来拜访的科幻迷讲述会场内发生的事。并非所有未来派成员都遭到了驱逐。艾萨克·阿西莫夫便没有受到任何阻拦便进入了会场。大卫·凯尔也成功参会，并在拍卖活动开始前提起了异议。驱逐决议遭到了许多科幻迷的反对，他们纷纷表示支持凯尔。但是当晚，西克拉表示本届科幻大会不包含投票表决活动，以此为理由驳回了请愿。

第二天的活动议程与第一天类似。莫斯科维茨讲述了爱好者杂志的历史。讲话始于胶版印刷机，终于爱好者杂志的未来。西克拉则重新提起他心目中一贯的科幻理念。当天放映了天文学电影《透过全世界最大的望远镜看宇宙》，导演卢洛伊·西伯里在放映结束后发表了相关报告。在独立日当天，科幻迷还在法拉盛草地公园举行了一场垒球比赛，由皇后区科幻协会对阵费城科幻协会，雷·布拉德伯里担任本场比赛的记分员。

在独立日夜里，伴随着世界博览会灿烂的烟火表演，为期三天的世界科幻大会落下了帷幕。根据萨姆·米勒的布拉德伯里传记，当晚，19 岁的布拉德伯里站在俄罗斯馆外，遥望烟火一颗接着一颗射向茫茫黑夜。绽放的火光倒映在他的眼睛里，让他不禁感到热泪盈眶。这是他年轻时代的高潮之一，也是生于大萧条中的一代科幻迷的人生顶点之一。在科幻世界之外，地球自西向东缓缓旋转，时代正在迈向一个前所未有的黑暗纪元，但在这个时刻，他们至少能够暂时忘掉对未来的忧愁，沉浸在壮美的烟火中，沉浸在幻想文学编织的美丽世界里。

科幻圈的历史还在继续，大会结束后，科幻迷又开始就“驱逐决议”争论不休。费城科幻协会则开始筹备代号为 Chicon I 的第二届世界科幻大会。但是科幻迷们的声音却逐渐被一场席卷全球的暴风雨掩盖。

1939 年 9 月 1 日，纳粹德国闪击波兰，英法对德宣战。第二次世界大战爆发了。

劫后新生：走向黄金时代

战争改写了一切，将人类的共同伤痕写进了每个人的人生中。

不同科幻迷眼中的二战意义有所不同。有人把它视作自我实现的舞台，欣然应征入伍；有人将它视作人类文明的地狱，本着和平主义的信条，或被迫参军，或固执地与政府制度对抗。但是战争本身却不带任何态度，对所有人都一视同仁。人们的命运仅仅取决于他们在什么时间被投放到战争机器的什么位置。

黄金时代的巨头们悉数参军或为军方工作。阿西莫夫在 1941 年进入费城海军造船厂，此前已发表了著名的《日暮》和“我，机器人”系列的第一篇小说《小机》；和他共事的科幻作家还有坎普和海因莱因；大洋彼岸的阿瑟·克拉克则在皇家空军服役，职位是雷达专家。他们的教育背景让他们得以在远离战区的技术部门工作。即便如此，一些科幻人的人际关系也还是受到了影响。

当雷·布拉德伯里因高度近视而未能参军时，曾经在洛杉矶教他写作的海因莱因便和他断绝了来往。

到了 1941 年，沃尔海姆等人所组建的未来派协会已经俨然成为了一个小家庭，协会成员从各自的家中搬出，合租一间大屋，并为之冠以“未来派之家”“象牙塔”等名字。他们同吃同住，互相扶持，男女会员甚至会轮流互相结为伴侣。他们互相配合，以成为小说、编辑和出版代理界的专业人士为目标。协会在巅峰时代曾一度掌管美国纸浆杂志产业的大半江山。这或许是业余科幻组织所能取得的最高成就了。

不幸的是，1941 年 12 月 7 日，珍珠港事件爆发。据达蒙·奈特回忆，所有人都以各自的方式记下了那晚协会内发生的事。美国参战以后，除了詹姆斯·布利什和四名未达入伍指标的协会成员外，其余男性成员都应征入伍（在他们的妻子中，也有两人参军）。1942 年 8 月，哈利·多克韦勒参军，被送往英国；弗雷德里克·波尔在短暂地从事了一段文学经纪人的工作后，暂停手头事务，在 1943 年初参军，被派往意大利；西里尔·科恩布鲁斯则参加了一个军方特训项目。在战争开始前，他是个喜欢收集音乐盒的机械师，战争爆发后，却因项目取消而被派往欧洲，端着机枪参加了阿登战役。

一些科幻迷不愿卷入二战。詹姆斯·布利什在一场协会仪式上烧掉了自己的征兵卡，后来却还是在一间军方医学实验室里担任技术员；霍尼格因拒绝服役锒铛入狱，直到 1945 年才被释放；布拉德伯里则不仅身体素质不达标，主观上也抵触二战。一天，他遗落了征兵卡，被关进了看守所，一夜过后才被释放出来。被捕的经历让他感到恐惧万分，并启发他创作了《华氏 451 度》的前身之一：短篇小说《暗夜独行客》。

参加世界科幻大会的人越来越少，Nycon Ⅰ有 200 人，Chicon Ⅰ有 128 人，到了在丹佛市举办的 Denvention Ⅰ时，参会人数已经只有 90 人。从 1942 年开始，世界科幻大会停办了三年。费城科幻协会、洛杉矶科幻协会等大型科幻组织纷纷偃旗息鼓。就连职业杂志都受到了影响。到了 1944 年，坎贝尔甚至一度难以为他的杂志找到足够数量的稿子。

战争结束后，人们从战场上回来，却把自己的一部分留在了战场上。对末日、战争和核武器的描写开始成为科幻作品的主流话题之一。

一些科幻迷始终未能摆脱战争的阴影。哈利·多克韦勒在战场上罹患脊髓结核病，回国后，于 1948 年去世；科恩布鲁斯这位后来获得了两座雨果奖杯的作家，则患上了恶性高血压，在 1957 年 3 月 21 日死于心脏病，留下了《小黑包》和《鲨舟》等杰作，享年 34 岁。

科幻圈还在继续发展，幸存下来的早期科幻迷开始以严肃的态度对待科幻和生活。1952 年，沃尔海姆在漫长的自由编辑和代理工作后，被雅芳图书公司聘用，任职期间，开启了双面王牌书系，引进了 J·R·R· 托尔金的鸿篇巨制《魔戒》；波尔、阿西莫夫、布利什、布拉德伯里等人则逐渐成为科幻黄金时代的中坚作家；萨姆·莫斯科维茨和杰克·斯皮尔成为了科幻史学家，前者编写了一部名叫《永恒的风暴》的科幻圈史，后者发起了《幻圈百科全书》项目；弗吉尼亚·基德则在担任编辑之余，和奈特与布利什在 60 年代中期设计了米尔福德评论法，奠定了现代写作坊的基本工作模式；1972 年，在数十年的拖延后，曾在《奇异故事》的科幻联盟专版上发表文章的科幻迷 J·O· 贝利出版了一本名叫《穿越时空的朝圣者》的科幻研究开山之作。科幻研究领域的终身成就奖的名字即取自该作标题……

在初代三人行中，除沃尔海姆外的另两位却在科幻界暗淡离场。

1953 年，西克拉找到沃尔海姆，邀请沃尔海姆和米切尔同他联手，再次征服科幻圈，却被沃尔海姆以“科幻圈还年轻……我不相信有谁还能以一人之力征服它”为由婉言谢绝。西克拉接着又去找莫斯科维茨，莫斯科维茨也以同样的理由将他拒之门外。1975 年，当达蒙·奈特找他采访时，他疲惫地说：“一切都已经过去了。”

米切尔则始终沉浸在杰克·凯鲁亚克式的颓废派作风中。他酗酒，自吹自擂，放浪形骸。在未来派，他和沃尔海姆的友谊破灭了，和其他人的关系也濒临破产。他没有在共产主义中实现自我，科幻也没能满足他的诉求。他反复找工作，又反复失去工作。在1968年秋天，他生活混乱，精神也不太正常。他的妻子琼·米切尔把他送进了医院，但是在11月20日，他擅自出院了。他在一间酒吧买了一瓶葡萄酒，此后便再也没有人见到过他。1969年新年，晚上八点，琼的朋友找到了他。他死了，像一根原木一样浸泡在冰冻的溪水里，水深只有一英尺左右。

从某种意义上讲，身为业余人士的初代科幻迷的时代至此已经结束了。在这些科幻迷的推动下，科幻圈已经形成了完整的生态，以科幻作品为土壤汲取养分，并靠科幻迷之间的友谊和往来不断发展壮大。此后几十年间，随着科幻的发展，这个生态系统的多样性一再提升，在题材上拥抱了新浪潮、赛博朋克、女性主义、后人类、生态等，在文化上吸收了来自东欧、北欧、亚洲、非洲、南美等地区的异域科幻文化。

像西克拉或米切尔这样的科幻迷的悲剧依然偶有发生，但是在爱尔兰科幻圈奠基人沃尔特·威利斯和鲍勃·肖看来，这些人之所以会以悲剧收场，很大程度上是因为他们对目标一门心思的追求已经让他们难以享受科幻和科幻社群带来的乐趣，也让他们自己所创造的科幻产物失去了趣味和对其他科幻迷的吸引力。科幻的科普化运动和政治化运动便是因此而破产的。

但是不论目的是否单纯，不论结局幸福还是悲惨，美国的早期科幻迷都给后人留下了一份宝贵的共同财富，即他们对待科幻的平和但又认真的态度。对许多人来说，他们的时代依然在继续。在他们的心中，科幻并不是一种纯粹的消遣，而是生活的一部分。它可以是改变世界的狂热理想，也可以一份值得从事终身的职业。这种认真对待科幻的态度奠定了首届世界科幻大会前美国科幻圈的文化基础，并作为一种传统一直持续至今。

2008年12月4日，弗雷斯特·阿克曼与世长辞，享年92岁。1953年，伴随着雨果奖的诞生，他为该领域创造了“sci-fi”这个名字，并在同年被授予“头号科幻迷”的头衔。在他的一生中，他为科幻发展做出了无数贡献。他发表了很多著名科幻大师的处女作，出席过五十多场世界科幻大会，接待过日本方面的世界科幻大会来宾，1997年还在家中接待过《科幻世界》的主编杨潇。他在1958—1983年间发行了《电影世界的著名怪物》杂志。斯蒂芬·斯皮尔伯格、蒂姆·波顿、斯蒂芬·金、乔治·卢卡斯和吉尔莫·德尔·托罗等人深受该杂志启发，一些人曾一度将他奉为“恩师”。

人们把阿克曼埋在了洛杉矶郊外的森林草坪纪念公园，和他的妻子葬在一起。他的墓志铭完美地诠释了这位头号科幻迷看待科幻的态度，也完美地诠释了科幻在早期科幻迷心目中的地位。

“科幻是我的人生巅峰。”科幻先生如是说。

拓展阅读

[1] 萨姆·莫斯科维茨的《永恒的暴风：美国科幻圈发展史》(The Immortal Storm: A History of American Science Fiction Fandom)是有关美国早期科幻圈发展史的最全面综述。作品完稿于1951年，讲述了美国科幻圈自起源至第二届世界科幻大会之间的科幻社群发展历程。需要一提的是，莫斯科维茨和本书的编辑杰克·斯皮尔均为这段历史的亲历者，故该书部分细节的客观性与准确性值得商榷。

[2] 和《永恒的暴风》不同，杰克·斯皮尔的幻圈百科全书(fancyclopedia.org)更注重细节。如今，该作已转移至线上站点，以类似维基百科的方式运营，截至2019年9月18日，有效词条已达30470条。

[3] 本文聚焦在20世纪30年代的初代科幻迷身上，40年代的内容仅作收尾之用，若希望了解1940—1950年间的科幻圈发展史，请参考小哈里·华纳的《我们所有的昨天》(All Our Yesterdays)。

[4] 如今，科幻圈中与社群相关的三项重大奖项分别是萨姆·莫斯科维茨档案奖（Sam

Moskowitz Archive Award）、头号科幻迷名人堂奖（First Fandom Hall of Fame）和巨心奖（Big Heart Award）。档案奖用于嘉奖收藏家，名人堂奖奖励为科幻界做出 30 年以上杰出贡献的人，巨心奖用于奖励在幻想领域做出长期出色贡献的人。前两个奖项由头号科幻迷（First Fandom）协会颁发，最后一项在世界科幻大会上与雨果奖共同颁发。此外，雨果奖也设立了最佳爱好者杂志（Best Fanzine）、最佳粉丝艺术家（Best Fan Artist）、最佳粉丝作者（Best Fan Writer）和最佳同人电影（Best Fancast）四个子项。

[5] 科幻爱好者杂志通常很难保存，然而对文化研究者来说，这些杂志却又至关重要。近年来，一些组织开始着手构建与爱好者杂志相关的档案库和线上资料库，较为知名的平台包括 eFanzine（efanzines.com）、F.A.N.A.C（fanac.org）和 ZineWiki（zinewiki.com）。前两个平台专注于扫描古旧爱好者杂志，最后一个平台专注于为杂志编目。此外，一些古旧杂志也可以在时光机（archive.org）和古登堡电子书计划（gutenberg.org）中找到。

[6] 本页下方的两条标语的缩写是科幻圈延续至今的两句著名“黑话”——FIAWOL 和 FIJAGH，分别代表了科幻迷看待科幻的两种不同的价值观。爱尔兰科幻迷沃尔特·威利斯和鲍勃·肖在 1954 年 2 月发表的小说《魔法印刷机》中包含了大量类似的科幻圈行话，并通过一名科幻迷的科幻圈成长史，介绍了这些术语的语境。在 2019 年爱尔兰都柏林世界科幻大会上，改编自该作的舞台剧首映并广受好评。作品原文及相关介绍请参考 http://efanzines.com/TED/。

寻找旦旦

TO SEARCH FOR DANDAN

文/薛芃

在科幻领域，“元科幻”一直是一个与众不同的子类，它以真实存在的科幻元素为基础，是“关于科幻的科幻”。

在一个多世纪的世界科幻史上，元科幻这一子类历史悠久，知名作品亦数量众多，在国外，有约翰·斯卡尔齐的《红衫》、舟·沃顿的《我不属于他们》与山本弘的《去年是个好年吧》等小说，在国内也出现了叶永烈的《五更寒梦》、韩松的《星河的生日》和夏笳的《断层》等作品。通过致敬、互文等手段，元科幻已经成为科幻迷进行娱乐与社交的一种渠道，对社群构建亦能起到积极的作用。

清华大学学生科幻协会的“寻找”系列便是一例典型的元科幻创作活动。在活动中，作者从指定社员的失踪或神秘身份出发，围绕社员的真实身份特征，发挥想象力，创作幻想小说。参与活动的社员已陆续创作了《寻找杨枫》《寻找四零三》《寻找旦旦》《寻找兔酱》《寻找星渊》五篇作品，以及一篇《寻找四零三》的虚构文学批评。

在这些作品中，《寻找旦旦》尤具代表性。以下是该作品的全文，讲述了一位名叫旦旦的传奇作家的生平履历。传主的现实原型是协会的上古原创部部长，其人其事其文风，尽皆藏在故事中。

艳阳天

应该是这里了，我对着手机再次确认了时间和地址，又抬头望了望面前店铺的招牌。夜色里，十多颗彩色灯泡正奄奄一息地闪烁着，放出比旁边不远处的路灯还微弱的光亮，拼凑成了三个字。

“原来如此，是《艳阳天》啊。”

店主曾在电子邮件里提示过招牌的名字是旦旦的代表作。不知道最近的书评家们对此作何看法，至少在我眼中这个答案还算不赖。不过，如果现在真是艳阳高照的白昼，想必这几点稀薄的霓虹灯亮色早就被日光淹没了吧。

我从背包里取出准备好的乔装道具，把它展开成原本的形状——一只硬纸箱，正好能装下我的脑袋。视野一下变得狭窄了不少，看来事先在正面的孔还不够多，不过事到如今也没法补救了。早知如此，还不如直接买只现成的塑料面具。说归说，我还是保持着这么滑稽的造型，走进了这家饰品店。

店内的布置有些奇特：一侧货柜上，各色中国结与塑料制成的埃及十字比邻，下面摆着一排电动招财猫和廉价手串，临窗的另一边货柜上则都是画风不搭的多肉植物和化妆用品。让人摸不清这里的目标用户究竟是希望购买旅游纪念品的外国游客，还是想要吸引心仪男性的中学小女生。

然而这些与我无关，我要去的地方应该在这下面。根据事先的指示，我从招财猫和多肉之间穿过，侧身绕到店铺最深处，走到尽头，拨开廉价假玛瑙串成的珠帘，沿下行楼梯走入小店的地下室。珠帘之后，那些异域风和少女风的装饰均不见踪影，狭窄的楼梯间里只有剥落的墙皮、裸露的电线和头顶脏兮兮的节能灯，氛围反倒因此神秘了起来。

刚走到楼梯尽头，地下室的铁门仿佛未卜先知，张开一半。一个人影探出半个身子，一副夸张的鸟嘴面具将他的脸严实地盖住，上面还嵌着不知道是否具有实用性的单片眼镜。相比造型夸张的面具，他的衣物倒是十分普通，只是最常见的衬衫西裤，袖口。我猜这就是店主，组织者。

“请问，是店主吗？”

鸟嘴面具点了点头，长长的鸟喙几乎戳到我的脸上：“大家都在等你了。”

他让开了半个身子，却不愿将门再拉开些。我只好侧身挤进房间。

房间里的光线比楼道还要阴暗，除了店主与我以外，另有四人已经围着中间的日式被炉桌坐下，正默默地望向这边，我连忙也在被炉桌的外侧落座。

坐在左侧靠外的明显是个健壮的男性，身上穿着一套旧西服，领带已经是几乎要散架的状态，他头上戴的面具像是纸浆糊的，上面贴了一块白色的方布片，布片上面画有一条跃动的金黄锦鲤，然而鲤鱼下方画的并非水浪，而是赤红的火焰。

左侧靠里位置上坐着的是位女性，戴着的是玩具店常见的塑料卡通面具，大概是魔法少女一类的角色吧。一支铅笔在她的右手之间转来转去，要说那是魔法棒恐怕是过于牵强了。

逆时针方向继续数过去，坐在我正对面的是一位个子高大的男人，由于体形问题，他一人就占据了被炉桌的一边。他的面具比我更漫不经心，纯粹是一只快餐店的纸袋，正面用马克笔涂上了“403”这个数字，不知是什么意思。我留意到他的身侧还摆着一叠发黄的稿纸。

坐在被炉桌右侧的人身形不算高大，但穿着短夹克的上身坐得笔直，散发着一股冰冷的肃杀气味，他戴着毫无特征的苍白面具，身侧是一只黑色的公文包。

那张白面具突然转向了我，泛着青光的视线冷不防地撞了上来：“你迟到了。”

“抱歉，来得有些迟了。没想到附近的地铁居然要半小时一趟。”

话说出口，我才发现戴着假面与人交流其实并不困难，相反，一种正被面具庇护的奇妙感受漫过四肢百骸，带来一种难以名状的舒适感。

店主坐在了我和白面具之间，像是要抓住众人注意一般拍了拍手："还请不要对接下来的事情过于惊讶，我相信这比起诸位的遭遇绝对不值一提。"

他打了个响指，被炉桌的正中央瞬时点燃了一团没有热量的火焰。它是白色的，拳头大小，轻飘飘地浮在离桌面三指宽的地方，仿佛一轮悄悄燃烧的满月。

这无疑是常识之外的景象，但的确没有人表现出惊讶，或许是氛围使然，又或许是如店长所说，大家都已经见过更离奇的东西了，在我们互不知晓的某时某地。

"没有什么意外的话，在座的每一个人都是为了同一个目标而来的。不，或许我们的目的地在本质上并不相同，但毫无疑问，它们有一处共同的交点。我们都在寻找那个作家。为了找到那个人，我把大家聚集到了这里。要做的很简单，我要请各位叙述自己的故事，然后，或许有些线索就会在这团火焰中浮现。如果没有的话，我们至少也算互相交换了情报。对于一群走投无路的迷路人来说，这怎么都不是一件坏事。"

店主抬起左手，掌心向下，一些卡牌在他手中展开成漂亮的扇形，孔雀开屏一般。

"请看，这里有一些塔罗，二十二张大阿尔卡纳，我们以抽中卡牌的次序开始。"

奇诡塔罗牌

"有个建议，既然我们都不愿意暴露自己的真面目，那方便交流起见，就用抽中的牌作为自己的代称吧。"白面具翻起手中的卡牌，那是编号十三的"死神"。

“可要是有人抽到‘愚者’或者‘倒吊人’，称呼起来岂不是很丢人？”卡通面具说着用铅笔挑翻开了自己的牌，“‘隐士’吗？倒还不错。”

快餐纸袋面具的男人沉默着亮出了自己的手牌，那是一张‘教皇’。

鲤鱼面具拿到的则是“战车”，他饶有兴致地端详着手里的卡片：“这可不是普通的玩具啊，是初版的《奇诡塔罗牌》吧？如今市面上可相当不好找了。”

“‘战车’先生看起来对旦旦的小说很了解啊，”店主不动声色地带头采纳了白面具的建议，“是的，这套是异体书，磁吸附的设计，像过去的磁力折叠电话本一样。”

店主将自己的卡牌捏在手中向我们展示：牌面与牌背间有一道细微的缝隙，沿着缝隙分开，就会发现所谓卡牌其实是一本折叠册。十几折的书页连接卡面与卡背，薄可透光，上面写着细小的文字。

我抽中的牌是“星辰”。卡牌比想象中要厚许多，材料不像纸张，反而像某种硬质的木板。试着如法炮制，这张“星辰”果然也能打开，但和店主手中的不同，内页上不知为什么染上了几点暗红的污渍，不禁让人有些不好的联想。

七人中，店主抽中的牌号码最小，那是一张“魔术师”。

“那就开始吧，正好，由我来为各位做个示范。”

店主，也就是魔术师，折起手里的牌，然后开始讲起他的故事。

说来或许有些唐突，但我是一位魔法师。

我无意对所谓的魔法做过多的解释，就请采纳伟大的克拉克的意见，将它视为是某种过于深奥的技术吧。实际上，这家店铺的名字就是一个小小的魔法——你所看到的店名，是由你最喜爱的书籍决定的。当然，对于在座的诸位，恐怕都会是旦旦的作品吧。

你们各自都看到了什么呢？

你看到了……《六分半便士协会》？星辰先生呢？原来如此，《艳阳天》。你呢?《寻找司马》啊……说来惭愧，这里头有好些我都没读过。

在我眼中，这家店的名字是《奇诡塔罗牌》。

虽说有班门弄斧之嫌，还是请允许我介绍一下：这是旦旦在五十三岁时完成的一系列短篇，分别是以塔罗中的二十二张大阿尔卡纳为主题展开的独立奇幻故事，被书评人公认为他创作生涯中后期最精致的系列作。它们起初连载于杂志《MAFA》，而后推出了第一套特殊装帧的精装书——就是如今你们手中所拿着的这些卡牌。

得到这些卡牌纯属偶然。

十二年前这家店还没有名字，客人都是魔法师，生意很差。所谓的魔法实际上是十分耗费资源与财富的东西，也并不能用来解决生活的拮据。我只好将店铺转型成面向普通年轻女孩的占卜屋和饰品店，开始售卖起转运项链、护身符、玻璃水晶球之类的小东西。

因此，当发现那个包裹混在邮递员送来的其他廉价进货中时，我还以为那是商家赠送的新款样品。拆开外包后，我看见的是一只全无装饰的金属盒和一张小纸条，纸条上写着这样的文字：

小鸟先生：

新书已经付梓，随信附样书一册，感谢您的诸多帮助。

旦旦

我并不叫小鸟，在那时也并不认识旦旦，但在魔法师的价值观里，到手的物品即是命运的馈赠。因此我将它们保留了下来。拆开铁盒，二十二张牌面印有精致图案的塔罗牌出现眼前，翻开磁吸附的牌面，内侧竟然是写有故事的书页。好奇心促使我开始了阅读，在读完第一则故事《愚者》后，我深深地被折服了。

我确信故事的作者并非一位魔法师，那些故事中所描绘的种种不可思议与光怪陆离，毫无疑问与大众习以为常的现实世界难以兼容。但同时，它们同样与我所熟知的世界南辕北辙。它们毫无疑问是作者自身的创造，但同时又有着难以言喻的奇妙真实感，这是我在过去从未接触过的事物。

在读过前几篇故事之后，我重新审视起眼前这副特殊的卡牌，牌面上的装饰图画应该是某个杰出艺术家的设计，繁杂而精致，如果能用它们占卜，一定能吸引客人的目光。这么想着的我很快就意识到——它们并不适合用作占卜道具。

让我暂时中断一下故事，回到刚才——在掀开我们手中的卡牌时，你们是不是为我手中正好握着“魔术师”而惊讶？

这不是巧合。不，也并不是魔法，仅仅是作弊。道理很简单，由于二十二则故事的篇幅不同，这些卡牌的内页数量并不相等，卡牌重量自然也不同，只要手指感觉敏锐些，任何人都能轻易地分辨出它们。因此，这样的塔罗牌不适合魔法师的占卜。

但它们确实适合用于“魔术”。你们或许也能理解，前来占卜的没有几个真的在乎预言准确与否，他们要的只是看到想看的东西。于是，在无可奈何的经济压力下，我放下了自尊，开始向客人表演起“魔术”。反正是些无伤大雅的谎言。

但我错了。此处塔罗占卜灵验无比的流言，几乎一夜之间传遍了临近的街区。每天清晨，求卜的客人都在紧闭的店门前排成长队，本应在学校里乖乖上课的不良少年们、为中年危机所困的上班族、丧失了线索的警探，迷路的孤寡老人……连魔法师同行们也纷至沓来，请我为他们散去眼前的迷雾。直到我的名字传遍了整个城市，我才意识到，那些原本仅仅是安慰剂的话语，已然变成了某种更具有力量的东西。

无论那是什么，它们都不是谎言。但这怎么可能呢？我不过是随着喜好摆弄手中的道具而已。

更令人难以置信的是，在日复一日的使用中，那副塔罗牌变得越来越易于掌控，乃至于想要的卡牌总是在我试图作弊前就出现在了牌堆顶。

不，我还没狂妄到认为自己能够操纵未来，那么，难道是未来正操纵着我吗？

我对着卡牌发问，而后依次翻开了桌上的二十二张大阿尔卡纳，看见了它们的回答。

我的心中再没有任何惊惶，反倒涌现出了无比的安全感。如果你能放下对于所谓自由的执着，接受那只拉普拉斯妖的存在，那么你就会意识到，被命运裹挟其实是一件美妙的事。你们见过琥珀吗？那些金黄透明介质里包裹着的漂亮的甲虫，它们正因为无法挣扎，才能永远栩栩如生，不是吗？

然后，某一天，店里来了一个人。

一开始我没认出那张脸，直到这位粗心的邮递员开口让我把送错的包裹还回来。

而我并不想。

我承认自己的做法并不妥当，如果有办法只让他失去一点记忆，然后转身离开，我会那么做的。但我不会那种魔法。我只能用你们也能做到的方法处理这位邮递员的问题，再想些你们也能做到的方法处理他的尸体。

很抱歉，不过我并不太愧疚，魔法师们有自己的价值体系。唯一让我苦恼的是这事情没做好，他的血弄脏了几张塔罗牌，尤其是最后一张“世界”，内页的故事完全被他暗红色的血块糊上了，而我没办法把血污弄干净。

从此以后，我的生意再次冷清了起来，或许是因为沾了血的卡牌的重量出现了变化，我再也用不好它们了。

时至今日，我仍在寻找另一套相同的卡牌。你们说得对，初版《奇诡塔罗牌》在旧书市场上并不鲜见，但他们只卖中文、英文或俄文版。但你们看，我所拥有的这套折叠册是希伯来文的。

不，我无所谓店铺的生意能不能恢复。

我在乎的是一直都没舍得读完的那最后一则故事。我想知道在那张“世界”里用希伯来语写了什么。

我的故事结束了。我从未能找到关于“小鸟”的只言片语，至于作家旦旦，我所知的恐怕不比你们多，除了这个。我猜这是他的亲笔。

魔法师拿出那张附在包裹内的纸条，把它和手中的“魔法师”一起投入了桌上的球形火焰，白色的火球变成了红色。

寻找司马

“店主……不，魔术师先生，我或许可以为你的故事补充些内容。”说话的是正准备开始第二个故事的教皇，我身上激起了一身鸡皮疙瘩，因为教皇的声音苍老得超出预想，单凭这声音，说是一位已经退休多年的老人也毫不令人意外。

“十二年前的事情，我曾听一个邮递员说起过。但很奇怪，在我听到的版本里，那个同事自己就是弄丢了货的倒霉邮递员。而且显然的，他如今也还活蹦乱跳地在哪给人送着信呢。”

“故事总是有很多版本。”魔术师说了这一句便不再解释。

“你说的对，那么到我了。”

他双手从被炉下拿出一沓厚重而破旧的复印纸，拍在桌板上，激起一圈小小的灰尘。

坐在身旁的隐士立刻凑了过去：“这是《寻找司马》吧？自己影印的盗版？你这是翻了多少遍才搞得这么旧的？”

“闭嘴……”他咳了两声，然后说起自己的经历。

对你们来说，旦旦大概是一个家喻户晓的作家、一个偶像或是一个有待追寻的目标。

我与旦旦的关系更好懂一些，他曾是我的舍友。

这叠复印纸是《寻找司马》的手稿，这部小说被认为是旦旦远赴美国旅居前最后一部意义非凡的大长篇，它以一所虚构的大学为舞台，讲述了一个绰号“司马”的神秘人建立起地下组织，与腐朽的学园上层机关抗争的故事。全书的文风在光怪陆离中又带有浓重的哥特气质。有许多人认为高校与学生只是一层迷彩，旦旦讲述的是一个阴暗的成人寓言，并将之奉为新世纪的《蝇王》。

但在写出这部手稿的时候，他的确只是一个学生。和随处可见的许多学校一样，我们就读的大学也被各式官僚机构与权贵组织掌控着。

或者说，和许多学生一样，我愿意相信自己的学园正被各种各样的黑暗力量所掌控，并以这种方式解释自己的所遭受的诸多挫折。

虽然仅仅是相信这点阴谋论就足以使自己获得心理平衡了，但那时不成熟的我仍会幻想：或许世间真的有什么方法能让我获得足以与阴谋对抗的力量呢？

某一天，我的舍友将几张复印纸递给了我。

“读读看。”他说。

回想起来，那时距离作家旦旦在文坛崭露头角已经过去两三年了，就连我也曾跟风买过旦旦的《艳阳天》，因此读过那叠手稿的前两段，我就自以为明白了一切。

“你在模仿旦旦？”

“嗯，怎么样？”

“还差得远呢。”

十页不到的篇幅勾勒出一个简单的故事轮廓，受雇于校方的侦探寻找一位别称“司马”的校园活动家，但由于后者隐匿踪迹的手法过于高明，他只能屡屡扑空。不仅如此，“司马”还在校园中逐渐团结起了各式力量，逐渐建立起了一个不怎么正式的地下组织。故事在此处戛然而止。

舍友的写作手法是否讨巧，仅以旁观者视角展现有关“司马”的零星碎片，而从不解释主人翁的神出鬼没，也不纠结他达成种种不可能任务的具体过程。如果华生的叙述足够精彩，那么福尔摩斯即使从不推理也无伤大雅。

那个夜晚，我辗转反侧，半梦半醒间，大脑似乎擅自补充上了舍友的文字从未描述的部分。我成为了故事的中心人物，一边游刃有余地躲避着来自邪恶势力的打击和搜索，一边游说鼓动着各色人物：自称魔法师的礼品店老板，附近疗养院里的老人、热衷于电台广播的旷课少女、不满工资待遇的语文讲师……我四处播种星星之火，此外也没忘记时不时地留下些蛛丝马迹以嘲弄那位可怜的小侦探……

醒来后，我发现自己已经为“司马”的各种行动找到了切实可行的方案。

舍友的小说手稿所描述的校园生活与我们的现实如出一辙，仅差一个主人翁。谁又能甘心让一切仅止于故事呢?

舍友仍在持续创作，我似乎是他唯一中意的读者。几乎是每天睡前，我都会读一页新的故事，然后在夜里，梦境为我会水到渠成地制订出与这一页相符的计划。

然后，我在白天实施它们。

唯一不同的是，当我第一次意识到自己需要一个供人传颂的名字时，我也同样意识到：自己并不希望那个名字是“司马”。舍友写作的速度远比我们的计划快，他早已完成了初稿，那总共是四百零三页复印纸。于是我告诉我们的反抗者同志，告诉追随者，也告诉敌人，要称我为“四零三”。

我告诉他们四百零三天后，一切黑暗都会散去，黎明曙光将照耀每个角落。他们都对此深信不疑。转眼，时间已过去一年有余，反抗活动渐渐发展至高潮，故事已经接近终局。而我的舍友似乎已经开始写作自己的下一部作品，对这些纷扰一无所知。

在无数人的掩护下，我们得以潜入学校的数据核心，将我本人的资料悉数抹去，同时一个名为四零三的人物被永久地植入学校的在校生电子档案，他不属于任一学年、没有学分要求、无法被校规处分、也永不毕业，此外每月还有两千元的餐饮住宿补贴。

至此，我算是在生死簿上彻底消去了姓名，再无后顾之忧。

反抗活动像烈风，像洪流，像上万匹奔马踏遍学校的每个角落。距离第四百零三天仅剩短短三天了，我们几乎已经感受到了第一缕曙光的温暖。

但就在这时，我发现书桌上的那叠手稿改了，它们不再是四百零三页，而是正正好好的四百页。最后几张的发展陌生得好像平行世界，尽管那原本就是一本小说。

我拨通舍友的电话。

“你把给我的那份手稿改了？”

“对啊，怎样，是不是更好一点？”

“为什么要改？”

“我总觉得永不毕业的精神领袖这样的设定不符合‘司马’的形象，太浮夸了。”

“那‘四零三’怎么办？”

“什么‘四零三’？”

“不……别管了，把原来的手稿给我吧。”

“都被处理掉了，何况我已经不在学校了。”

“你不在学校了？”

“你在想什么呢？我研究生毕业了，跟你说过的吧。两天前我人就已经在美国了。”

“那……”

电话那头突然传来杂音，通话中断了。接着，十余名身穿制服的高级警卫冲进宿舍，夺走了我的手机。

一开始，我还以为是自己的身份已经暴露，但情况并非如此，他们很快就奔向了下一间宿舍。后来我才听说，为了和日益猖獗的反抗势力抗衡，学校成功说服了家长委员会，正式启动了所谓的特级戒严。校内学生们的通信工具都被没收，人身自由亦被严格限制，摄像头与稽查队遍布学园各个角落。任何学生不得迈出学园一步，直到毕业。

一切已经是黄昏了。但四零三绝对不能流露出这样的想法。我只能在失去指导斗争的圣经后，习惯性地继续带领日益疲惫的反抗组织，做些几近无用的反抗。

讽刺的是，直到所谓的革命同志们纷纷离去，我才意识到：比起为了所谓正义与自由而抗争，我更希望能顺利毕业。只有成为毕业生，才能离开这座牢笼。不，哪怕是退学也好。但我已经失去学籍了，在全新的荒谬制度中，这意味着我甚至不能拥有一份合法的出校证件。《寻找司马》被校图书馆收录的那一年，我已经三十多岁，曾经的组织已经只剩我自己了。

我从图书馆中偷走了《寻找司马》，一次次将它送到那些看起来头脑聪明的年轻学生手中，期待着他们中有人能对司马产生哪怕一点共鸣，然后再次掀起一阵飓风，点燃一场大火，给我能趁乱离开的机会。

但没有，像过去的我那样幼稚而愚蠢的人那样再没有第二个了，就像舍友说的，这一切太浮夸了。除了我，有谁会真的想要尝试这样的人生呢?

两年前，学校被邻近的大学兼并为学院，管理模式得以正常化，我终于能离开那个地方了。

当我踏出校门时，周围的人只当这是个面临退休的老教师，或是一个坏脾气的老教工。就像《天方夜谭》里那些遭受了魔鬼戏弄的可怜人一样，我和每个愿意搭理我的人讲述自己的故事，当然，这其中就有那位倒霉的邮递员。讽刺的是，就连他也不愿相信我的故事。

我一生都未走出那四百零三页稿纸。

不，你们看，即使这样，比起哀叹懊悔自己这愚昧的大半生，我还是更想知道那份初稿里的结局是什么。

“我能给你们的，是旦旦的真名。”

教皇将厚厚的稿纸和卡牌投入了桌上的球形火焰。稿纸一页页卷曲焦化，有那么一瞬，我在最末一页的角落上看见了一个潦草的签名，但还没来得及辨识，纸页就被火舌吞没，化成了灰尘和烟雾。红色的火球渐渐变成了橘色。

怀北疗养院

战车——那个戴着鲤鱼面具的男人第三个开始讲述。

“我想，这本书你们或多或少都听说过吧？”

他拿出来的是一本旧书，封面上也绘着一条巨大的黄金鲤鱼，此外还有一个坐轮椅的男人的剪影，然而在封面本应印刷着书名的地方，却只有五个方正的黑色二维码。我们立刻明白了那是什么。

战车接着翻开书页，果然，本应印刷着正文的内页上，同样也只有一个个指甲盖大小的规整二维码。

它们在每一页上排布成了整齐的黑白矩阵，倒像是某种复杂的织锦纹样。

“《怀北疗养院》第一版，好像这本书当时也引起了不小的争议吧。”隐士说。

战车点了点头：“虽然我要说的是在它发行三十多年以后的事。”

我只是一个普通的上班族，每天都过着朝九晚五的机械重复生活，没有远大的抱负，也几乎不考虑未来，这些东西对于上有老下有小的中年人意义有限。这本书原本是我父亲的东西。从小到大，父亲都是我人生的指挥者。吃什么东西，读什么学校，找什么工作，迎娶什么样的妻子，一切都必须经过他同意。在他的描述中，我们家族的祖先赫赫有名，每一个后裔都应该光宗耀祖。

当然了，多吃鱼，去一家大企业，娶一个本地妻子，这些算什么光宗耀祖呢？一切更像驱使子女的借口。但我并不算是有主见的人，既然他的要求不过分，照做也没什么坏处。

在我开始工作后不久，父亲被确诊了阿尔茨海默，也就是老年痴呆症。

他的记忆力开始衰退，有时是在厨房煮牛奶忘记关火，险些烧了房子，有时是想不起自己的东西放在哪，翻箱倒柜把房间弄得一团乱。

“不如把爸爸送到养老院吧。”对我说这话的是妻子，那个父亲时常夸赞贤惠懂事的儿媳妇。

对原本就被工作生活逼迫得左支右绌的人来说，这个提议非常正确。而父亲似乎也没什么意见，于是我将他送到了工作单位附近的养老院，每周五下班后，我会顺道见一见他。这样的生活的确使我的压力得到了不小的缓解。而且父亲看上去并不讨厌一个人住在养老院，气色也比过去好了，这让我的愧疚减少了很多。

新一年的年初，我所工作的企业开始计划与另一家大企业合并，公司业绩直接关系到谈判桌上的话语权。诸多压力自上而下地传递到了普通员工身上，每个人都被逼得焦头烂额。我有两个月的时间没有见到父亲。

再见面时，父亲的手里就多了那本《怀北疗养院》。

那是旦旦在三十岁发表的科幻长篇。书中，人类的文明与科技已走到尽头，世界上的最后一个人类也已患上了阿尔茨海默，住在自动运行的疗养院里，然而他一边遗忘着自己的一切，一边在看护机器人互相交流的只言片语中，渐渐发现了世界的另一重真相。

初版的《怀北疗养院》正文完全以二维码的形式写就，需要以智能设备扫码来解析每个黑条方块里的词句，这也与书中主角探索秘密的过程相呼应。

“爸，你从哪拿的这本小说？”

“一个新认识的朋友，送的，他叫……叫，”父亲回想了十几秒，“对了，他叫旦旦。”

“那不是作者的名字吗？”

父亲仿佛没有听到，只是自顾自地说：“儿啊，你能不能帮我找个能看这小说的手机？我的手机太新了。”

“这本书已经有简体字版本了……我去直接买一本吧？”

父亲沉默着没说话，在以前那是“不得质疑我”的意思，至于现在这代表什么，我捉摸不透。

“成，爸，我去找部旧手机。”

得到手机以后，父亲彻底沉迷在了小说里，每次我去探望，还没说几句话，他就开始催促我离开。

“回吧，我要看书了。”

“爸，那本书的腰封内测上还印着一个二维码，你注意过吗？”

“……”

“那是作者留下来的一个彩蛋，只要扫那你就能直接下载汉字版本全文了。这样一个字一个字扫多累啊。”

“我知道，旦旦跟我说过。”

捧着手机和小说的父亲仍是一页页地翻着书，不再说话，我只好提前离开，心里却松了一口气。公司的活催得越来越紧了，我其实并不想总来看他。

院长和我说，父亲的状况比起刚来的时候好转了不少：“现在不光是身体好了不少，脑子也比以前灵活了很多，还总给其他老头老太讲故事呢。”

“讲那本小说里的故事吗？”

“不不不，讲他年轻时开店的故事，说是在欧洲卖烤鲤鱼，老爷子以前还挺能折腾。”

“我爸大学毕业以后就一直是公务员，干到退休。”

院长脸上的笑容一时凝固，然后皱起眉头。在他的解释中，养老院里从没有来过什么知名作家，一直以来父亲也只有我一个探望者。虽然每一次我都被早早轰走，可在养老院里，父亲却总在给除我以外的每个人讲自己年轻时开店的故事：十四岁远渡日本学习鲷鱼烧的制作方法，却被嫉妒自己的师兄蒙骗，烤食了恩师钟爱的两只金枫叶锦鲤。被逐出师门后，他却对烤锦鲤的味道念念不忘，打造了一辆木推车再次远赴德国，恰逢圣诞，德国人有吃鲤鱼的习俗，父亲的烤锦鲤一炮而红，更获得了当地汉学家亲笔题写的店名“踏火”……

我只能当面质问：“爸，开店的故事有几分是真的？”

父亲的视线从书页转到了我的身上，又像做错事的小孩一样缩了回去：“我希望你能好好念书，所以以前从不跟你说。”

医生说得对，他看上去的确年轻了许多，气色好得甚至让彻夜加班一周的我嫉妒。

“爸，你快分不清什么是现实了，”我拿出简体版的《怀北疗养院》，翻到后半指给他看：“你讲的，不全都是书里主角的故事吗？‘像池塘里的锦鲤。在岸上被料理烧灼’，这也只是主角失去自由后的自嘲而已。”

父亲答非所问：“自由当然好啊，儿啊，我才知道自由好……”

“爸，你入戏太深了。”

“没有的，没有。我都跟旦旦约好了，我们病好了就出去重开‘踏火’，我准备木推车，他设计店面图案和招牌，你看，”父亲掏出两块画着红色和金色鲤鱼的白帕子，“他设计的制服头巾，不错吧？”

我将头巾摔在地上，用想象得到的最恶毒的词句痛骂了他。虽然我不太愿意承认，但或许在这一刻，我从童年起压抑着的不满与愤懑终于都找到了出口。回过神来，我才意识到，自己所斥责的并非过去那个蛮横独裁的暴君。眼前的父亲不过是一个委屈的老人，苍老，瘦弱，连维持着站姿看上去都如此吃力。

第二天，他们告诉我，父亲失踪了。

他的房间里什么都没少，反倒多了一辆不知道从哪来的木推车，几条画着鲤鱼的门帘、围裙、头巾和抹布。如果他真的要去开店，为什么不带上这些呢？

已经没有人能回答这个问题了。

院长递过来别的东西，据说它一直夹在那本小说里，也没被带走。那是一小张发黄的剪报，上面写着我看不懂的外国文字，印刷的照片倒是清晰得不可思议。

报纸上，一个年轻的亚洲男人单手举着巨大的木头招牌，另一只手对着镜头比着大拇指，露出自豪的笑容。那块招牌上是两个有点走样的毛笔字——“踏火”。角落里用双语印着两行小字，中文似乎是“扫码优惠”。

我才想起掏出手机，用颤抖着的双手对焦，对着照片里，小字旁边的二维码扫描了一次又一次。

怎么都扫不出来，我的手机太新了。

“不管怎样，总要找到自己的父亲吧，”战车将书和塔罗牌送进火球，又把面具上画着鲤鱼的布片也扯下来，扔了进去，“如果他真没骗我的话，那这就是旦旦送给他的书，还有旦旦画的画。”

“我觉得你只是想把它们快点烧掉。”

教皇的挖苦没有换来任何回应。两条黄金鲤鱼在火球中游动起来，又像颜料一样融化，把火球染成了黄色。

漫谈

“看起来终于轮到我了。”

“我想一想，该从哪开始说好呢？不如先让你们听听这个好了。”

隐士拿出的是一只录音机，虽然外形小巧，却是磁带式的老古董。她熟练地取出磁带卡，用铅笔将磁带卷到底，又插回录音机，按下播放键。发出一声奇怪的尖啸之后，收音机开始了正常运转。

“仔细听哦。”

在一段大约持续了三十秒的白噪音后，录音机里传出一个成熟男人的声音。

“……不，我其实也不是素食主义……这只能算挑食吧……只是正好所有肉都不喜欢，蔬菜里我也有很多不喜欢的……”

隐士按下了停止键：“其实后面还有，不过听一点少一点了。”

“这到底是什么？没头没脑的。”

教皇问，困惑的显然不止他一个。

“你连舍友的声音都听不出来了吗？”

她一边把玩着手里的铅笔，一边讲起自己的经历。

我大概可以算是旦旦的一个书迷吧。虽然曾经在网上被人骂作“无知的新粉丝”，但那也不是我能选择的事情，毕竟早在我出生前，旦旦就已经是家喻户晓的作家了。

起初，还在上小学的我只不过是一个爱看动画的普通小女孩。后来我才从邻居家的大姐姐那里听说了，那几部动画之所以比其他同题材作品好看那么多，是因为它们背后的编剧是一个特别厉害的人。这就是我第一次知道旦旦的时刻。

在认得的字变多了以后，我缠着父母买了许多旦旦写的小说，虽然有的书讲的内容并不太好懂，还有的书里的故事有些吓人，但它们还是将我吸引住了。年轻的小读者一边沉迷于作家一手打造的幻想世界，一边对作家本人好奇了起来。

旦旦究竟是个怎样的人呢？有机会的话真想见一下。但邻居家的大姐姐告诉我：旦旦从不在公共场合露面，连互联网上也找不到他的一张照片。有许多人怀疑旦旦是一个小群体公用的笔名，甚至猜测旦旦是一个专为写小说而制造的 AI。

既然作者不愿意露面，那么小读者也只能怀着一丝遗憾默默支持了。

不过，万事总有转机，就像命运听见了我的心声一样，在我小学四年级的时候，已经年过五十的旦旦突然宣布自己即将开设一档名叫“漫谈”的电台节目，和有志于成为作家的普通人分享自己的创作经验。尽管只能听见偶像的声音，但那也足够让人高兴了。

得知我想要学习听广播，爷爷从老家寄来了一只带收音功能的古董录音机，还有整整一箱空磁带。因为老录音机总在按下播放键时先发出“yi——cha！”的声音，我给它起名叫“伊叉”，这是我收到过的最棒的礼物。

“漫谈”在每周四的晚上九点开始放送，每次放送半个小时。我还记得第一次听见旦旦的声音时，自己兴奋得从床上跳了起来，磕破了头。广播中的旦旦幽默风趣，他不仅毫无保留地向听众分享着自己的经验与技巧。也时常说起自己的人生片段。

早在十二岁的时候，旦旦就已经在小学作文本上开始创作自己的

Chiron
Pandora
Cronos
403
Hades

故事。那些故事的第一个读者是一位语文老师。可是，尽管那个老师温柔又善解人意，她还是始终无法相信那是一个小学生的原创。从第一个故事开始，旦旦就意识到了写作者与读者的沟通是如此艰难。

十八岁，旦旦遇到了文学编辑小鸟。他成了旦旦人生中的第一位伯乐，正是他将旦旦引入了职业写作的道路。这份友谊一直持续着，直到创作生涯的中后期，这位编辑也是旦旦许多作品的第一个读者。据说，小鸟是这么评价旦旦的："尽管我从不觉得自己能完全理解他所要表达的世界，但仅仅就我所能理解的那部分来看，这个世界也已经足够有趣了。"

对此，旦旦在广播中的回应则是："说到对于故事的解读，小鸟先生的'不理解'比其他人的'理解'更让我高兴。"

就读大学期间，有趣的同寝舍友给了旦旦许多不曾有过的灵感，他以此为原型塑造了一个自己从未描绘过的全新人物形象。并且第一次开始尝试之前不曾涉猎的科幻题材，然而由于自己过于醉心写作，直到毕业后，他才开始意识到自己错过了许多只属于校园的独特乐趣。"既没有参加什么社团活动，也没能交到什么朋友"，这成了旦旦校园生活中的一点不大不小的遗憾。

毕业后，旦旦开始了自己在美国的旅居生活，同时开始为杂志《MAFA》写作。有一次他在火车上偶遇了一个年迈的牧师。牧师向他讲述的恐怖故事为他带来了启发，旦旦有了一个以活死人为主角的点子。不过他始终无法确定这个故事应该怎么落笔，一直拖到了美国之行结束也仍是如此。在广播中，他时不时地就语调坚定地向听众保证："我马上就能把那个故事写出来了！"然后，又一次次地因为食言而道歉。

"有想法了就该写下来。"

广播中的旦旦总这么说。他喜欢分享自己的灵感来源，而他的灵感几乎无所不在：在遇到晴朗天气时、在和旧友重逢时、在车站买票时、在教堂中发呆时、在路边与杂耍艺人对视时、回到故乡见到衰老的亲人时、菜碗里只有讨厌的肉类时……任何一个听过广播的人都会明白，旦旦的确只是一个擅长发现故事与制造故事的普通人——或许过于擅长了吧。即使不时有书迷拨打听众热线，希望听他即兴创作，他也总能水到渠成般地编织出优美的故事。

偶尔有编到最后也圆不上的时候，他就略带歉意地说一声："虽然故事还在半途，但还是暂且告一段落吧。祝各位好梦。"

太狡猾了，让人难有一丝不悦。

我总会录下每一期节目，一开始只是下意识地这样做，就像一个粉丝收集明星的剪报那样理所当然。

后来，随着时间一年年地流逝，一个念头渐渐地在脑中变得清晰起来：我觉得自己应该写一点东西，我的第一部作品应该是一本关于旦旦的传记，它会是一个糅合了现实与幻想的故事，让读者沉浸在旦旦的人生与梦境中流连忘返。那年我刚刚成为一名高中生，这个想法让我兴奋了许久，父母一度以为我交到了男朋友。

在某一个内心勇气莫名充足的周四晚上，我拨通了电台热线，准备和偶像分享自己幼稚的计划。

电话终于接通了，可但是接线员却总和我沟通不到一块，我花了很久才明白发生了什么。对面那个年轻的小哥试图跟我解释，"漫谈"这个节目早就停播了。在这个节目播出的第一周，人们就发现所谓的作家旦旦，聊起天来并没有小说那么有趣，紧张的结巴和尴尬的沉默成了节目常态。于是，"漫谈"在仅仅三个月后就被替换为旦旦系列作品的改编广播剧连载。

那么这六年多以来，我用“伊叉”一直在收听的是哪个平行世界的漫谈呢？这显然不是那个接线员能回答的问题，更不用说，电话那头的声音无疑已经开始怀疑起我的精神状态了。于是我挂断了电话，收音机里的广播仍在放送，但是内容就如电话那头所说，变成了《怀北疗养院》的广播剧。

我翻出以前录好的磁带卡放进了“伊叉”里，幸运的是，这些卡带仍然能播放，而不幸的是，我发现只要再播放一次，那些旦旦的声音就会被消除，重播的话，所剩的就只有彻底的白噪音，仿佛它们无法和这个世界的空气兼容一般。我尝试过各种转录手段，没有一种能阻止它们的消失。

我想过将剩余的磁带封存起来，直到自己临死前再最后统统放一遍。

但最后我还是决定把这些磁带当成素材，哪怕是消耗完它们，我也要写完自己的第一部作品，旦旦的传记。

这就是我的全部故事了。

魔术师看起来有些不满：“我从没查到有叫‘小鸟’的编辑。”

“谁知道呢，可能是你查得不够深，又或者那只是他编出来的另一个故事吧。”隐士漫不经心地回应道。

“后来呢？”我问。

“后来就只剩这一卷磁带卡了，”伊叉把手中的录音机连通塔罗牌一起丢进了火球，“毕竟是旦旦的声音，多少应该有点用。”

不知道录音机是什么材料做的，总之火球很快就变成了青绿色。

魔术师看向隐士，歪了歪头，不满地问：“你不是还带了别的东西吗？”

“啧，什么都瞒不过你是吧，”隐士从背后掏出一叠稿纸，“喏，我写的旦旦传，烧了也好，写得太烂了。”

生而为人

第五位开始讲述的是白面具，也就是死神。

那具如同佛像一般岿然不动的身体终于开始有了动作，他将抽到的“死神”放到一旁，从怀中掏出一本硬皮书。

那是一本封面以黑色和蓝色为主色调的图书，长宽都和普通的六十四开本相仿，厚度却几乎赶上了一本词典。他将书页翻开，精致描画的各式建筑在书页间立了起来，三两个小角色也纷纷支起身体，这些场景与人物都是富有童真的手绘风格，合上书页，它们就又倒了下去，重新变成书页间夹着的纸片。

这是旦旦晚年创作的童话，同知名插画师合作，以立体绘本的形式出版，叫作《生而为人》。它讲的是在一个全部人类都已经变成僵尸的世界里，从乡村来的僵尸少年如何在灯红酒绿的大城市中生活与成长，又如何收获自己的爱情。据说这本书是旦旦为那些已经为人父母的老书迷们创作的儿童读物。至于有多少人真的会给自己的小孩讲这么一个僵尸故事，那就不得而知了。

“事先声明，我不太会长篇大论，这件事情本身也没什么意思。好在事情也简单，我尽量讲得快一些，不耽误大家的时间。”

我是一名小城市里的普通警探。

八年前，我们那的一家医院出了一桩不大不小的案子：在某医院的停尸房里，有两具遗体相继失踪。

首先是八年前的4月1日早晨，来上班的值班人在清点遗体数量时发现数目不对，有一具遗体不见了，姑且称作遗体甲吧。但因为害怕担责，他并未通知医院负责人。两天后，即4月3日早晨，值班人发现原本不翼而飞的遗体甲又回到了停尸房，同时另有一具遗体乙却不知去向。感到害怕的值班人终于通知医院负责人，负责人报了警。

由于医院建成历史较久远，又经营不善，停尸房没有安置监控，夜晚也无人值守。经过调查，现场主要疑点有几处，一是停尸间的门锁没有破坏的痕迹。二是两具遗体除了均为十岁左右的少年男性以外，身份履历并无任何相似或联系，死因也并不相同。三是据值班人的说明，两次遗体失踪，都在其床下附近发现了一本童话绘本，即现在我手中的这本《一个尸体的死亡》。值班人第一次发现绘本后，并未多想，将其遗弃到了停尸房外的垃圾桶中。但在遗体乙失踪后，这本书又出现在了遗体乙原本的床下。

这本书最后交到了我们手里。我们在书上找到了数枚指纹，除了值班人的，甲、乙两位死者的，另还有几枚不明所属的指纹。

案发时，这本书才刚刚出版，具有相当的话题热度，本案的其他线索又极为有限，而且巧合的是在案发当时，绘本故事的作者旦旦正好就在邻近城市参加签售活动。我原本就是旦旦的书迷，因此知道这一点的上级就安排了我前去了解情况。

已经是成名作家的旦旦十分配合，还主动为我们留下了指纹等个人信息以供调查。尽管最后证明他与案件毫无关联，但他的谈吐和风度还是给我留下了深刻的印象。

我一直想着有机会再和他聊一次，比如跑个签售会什么的，但说起来有些丢人，除了工作之外，我私下里只是个喜欢窝在家里看书的宅男而已。这件事始终没能提上日程，渐渐也就忘了。

直到三年后，我在电视新闻上得知了旦旦决定封笔的消息。后来的事情你们大概也听说过，封笔作《谪仙人》出版后的第二天，刚过完六十岁生日的旦旦就失踪了。

“尽管和他接触不多，但是身为一个警察，有认识的人失踪还是挺让人不舒服的。”死神将绘本和塔罗牌丢进火球。

“这不是证物吗？”我问。

“这本是我自己买的，哦，还有这个，”他又从衣服口袋里掏出一张纸，“他的指纹和血样资料，虽然是复印件。”

“我有一点好奇，案子最后是怎么结的？”战车追问。

死神摇摇头：“我们那乡下有小孩夭折必须入土为安的习俗，据说不这样就不可能再有新的子嗣。小孩乙去世后，父亲那边的亲戚想把遗体带回老家土葬。但小孩父母已经离婚了，抚养权在母亲那边，于是他们就雇了两个人来偷遗体。”

“不是连着丢了两个人吗？还有上锁的门又是怎么回事？”

“那个倒霉亲戚没有描述清楚，第一回偷错了，于是又送回去重新偷了对的出来。雇的人里有一个人在这家医院干过，偷偷复制过钥匙。一群蠢货，一点巧合，什么悬案奇案，说穿了大抵都是这种结局。”

“那绘本是怎么回事？”我又问。

他沉默了几秒：“我不知道。”

据犯人口供，先后两次搬尸时，他们都发现尸体的手里攥着一本书，而且都是正翻到一半的姿势。他们两次都把书扔在一边就匆匆逃离。据说，从那以后，他们每晚都会梦到自己在一个灯光璀璨的十字路口，路口边是一所小学，然后下课铃响，一群穿校服的小僵尸冲出校门将他们重重包围，然后开始混乱的撕咬。

“起初的一两年里，我也总想着这事，怎么都想不通，渐渐也就无所谓了。”

绘本不知是何时烧光的，蓝紫色的火光映在了我们每个人的面具上，在昏暗的空间里不紧不慢地闪烁着。

谪仙人

终于，众人的目光集中到了我的身上。

将抽到的“星辰”放到一边，我将双肩包扯到身前，拉开拉链，里头是个原本用来装雪糕的包装箱，和现在顶在我脑袋上的同属一个品牌，只是体积小了一圈。

“我带来的是《谪仙人》的第一版手稿。”

众人几乎同时站起身凑上前，坐在对面的教皇险些被桌子中间的火球烫到。我感到一阵压力，但并非因为他们的视线，而是因为盒子里的东西——数十本作文本堆成两摞，每一本都用塑料密封袋包装好以作保护。我将它们一一取出，递给身边的各位传阅。透过透明的封皮，可以看见每本作业本的右上都有稚嫩的笔迹写下的数字序号。

众人的目光再次落到了我的身上，看得出，他们都在等着我开口。

好吧。

旦旦失踪后，书迷间常常流传着这么几种论调：“猫王第二说”认为，《谪仙人》作为一部文学作品实在过于杰出，以至于以保护珍稀人才为己任的外星人直接掳走了旦旦。“下凡说”则主张，旦旦原本就是一位被贬黜的文曲星，六十年间写就的无数作品让他逐渐回忆起了自己的真实身份，在写下象征自我觉醒的封笔作《谪仙人》后，旦旦得以重新羽化登仙。当然，无趣一些的还有“图书炒作说”和“出版社解约说”等等。

我想在这和你们分享的，是有关《谪仙人》的另一种可能性。

这些手稿来自于我的外婆。对我而言，童年最难忘的记忆就是每年暑假，与父母一起乘着火车去乡下的外婆家消暑。外婆在乡下开着一家小小的冷饮店。躺在老宅的屋檐下，听着风铃声，读着旦旦的故事，这样的一天总是难得的漫长而惬意。外婆家卖的雪糕虽然样式口味不多，但却是至今我也无法忘怀的味道。

据说，我对旦旦的喜爱可以追溯到婴孩时期。我刚满一周岁的时候，大人们按照传统在外婆家办了“抓周”。算盘、原子笔、钞票、明星海报……父母找来各式的物件，在外婆家的客厅地板围成了三层密实的同心圆，又将年仅一周岁的我摆到了圆心位置。我在那呆坐了一小会，接着，就突然像是有了目标一样突然站起，跨过一道道同心圆向房间一角跌跌撞撞地走去。当父母还在为我初次的自主行走而惊讶时，我已经扑到了角落的雪糕包装箱里——那里头不知道为什么放着一本崭新的《艳阳天》。

长大之后我才从父母那里知道，外婆在年轻时是一名语文老师，而旦旦就是她曾经的学生之一。“他每次都会给你外婆寄来新书的样书。因为这个，你妈妈以前也总有最新的畅销书看，同学们都可羡慕了。”而且，据爸爸说，他最开始想和妈妈拉近关系，也无非是想能第一时间蹭到书。这么看，旦旦的书倒像是牵引爸爸和妈妈的红线一样。

但我是知道的，外婆自己并不太喜欢那些书。它们总是被放在书房最里层的书架上，从没见过外婆翻阅其中的任何一本。有一次离开前，我特地在即将离开外婆家前记下了每本旦旦作品的摆放位置，等到了第二年再看，所有书本的位置都不曾变动，甚至连故意错放的几册也一样。为什么不愿意读一读自己学生的书呢？我从不敢向疼爱我的外婆提出这个问题。

直到几年前的某一天，我无意在整理外婆家的仓库里发现了这些手稿。就像各位所见，在这数十本作文册里记录着的长篇故事，正是我们都读过的《谪仙人》。在书稿的每个章节后，都能看到外婆用红笔留下的评语，她所使用的词句很温柔，但在字里行间却不难看出，她并不相信这个长篇故事是一个小孩子写的。

恐怕，外婆一直都为曾经怀疑自己的学生而感到愧疚吧。但我并不认为这是她的错，如果不是手稿就在眼前，我也不会相信旦旦六十岁所发表的封笔作，竟然在小学时代就已经成型了。如果承认这一事实，再回看旦旦过去所发表的各式作品，一切似乎就不太一样了。

作者与读者之间的相互理解实在太过困难了。恐怕，就像那位编辑所说的，从不曾有人能真正理解旦旦脑海中的世界。但他仍然希望有人能距离那个世界更近一些，于是他写下一个又一个故事。它们就像某条漫长航路上的一盏盏温暖的浮灯，小心翼翼地将读者指引到了他曾到过的地方。

但那也只是十二岁的他啊。

现在，六十岁的他又在哪里呢?

我们一同将《谪仙人》的手稿投进火球，在接连不断的燃烧中，火焰再一次变成了白色，那之中似乎出现了一个人影，正一点一点渐渐变得清晰。

就在我们快要看清那副面孔的时候，火焰却灭了。

“失败了？”不知是谁问了一声。

“应该是失败了。”又不知是谁答了一句。

“看来，他还在离我们很远的地方吧……”

黑暗中，不知是谁发出了一声叹息，或许是我自己也说不定。

晚点火车

告别众人后，我步行来到夜晚的站台，等待回家的地铁。

原本还觉得在那家小店里度过了无比漫长的一段时光，现在再看手表，原来离自己第一次来到这也才过去了不到一个小时。这么说的话，和他们分别也不过是大概五分钟前的事吧。然而，有关这一切的记忆却都已经模糊了起来，不，或许形容成正在退却的潮水更加恰当。当人们从光怪陆离的梦中醒来时，大概也是同样的感受。

或许这一切本来就是我那昏昏欲睡的脑袋上演的白日梦呢？

这样倒的确更合理一些。

说不定就是今晚去过的那家奇怪的占卜店，让我联想到了少年时沉迷的塔罗牌；不久前帮助老人手机扫码购买车票的经历则在脑中被篡改成了锦鲤父亲的故事；站台里不时能听见的语音播报和收音机的广播有共通之处；之所以会想起外婆，也是因为边上那个正和妈妈闹着要吃雪糕的小孩子吧；铁轨对面的广告牌上，一块闪动着“M.A.F.A”的字样，那是最近热播的引进剧集《让美国重新自由》的缩写，另一块则像是坏了，只有凝滞的白底黑字——“403 Forbidden”……

还有呢，是不是还漏了什么？就在我整理思绪时，晚点的列车终于悄然到站。

算了，就算忘了什么，也可以回家再想吧。

我步入车厢。

接着，就像世界背后有人抽了一把机关的拉绳，那节列车就如同卡纸一样倾斜着折叠了起来。不仅仅是列车，就连窗明几净的站台也是，就连那些正在等待列车的乘客也是，就连我也是。

所有体积都在向平面演化，一切事物都在向地面倾倒，就像一册即将合上的……

“原来是漏了立体绘本啊。”

我最后一次抬起头，正在渐渐合拢着，已经只剩一道窄缝的夜空里，群星依旧闪烁。

有一页白色半透明的卡纸从天际掉落，离我们越来越近，越来越大。我得以在最后认清了这只书签上印着的签名。

我知道那是谁的名字，一直都知道。就如同我知道这两个字代表着这一次与下一次的日出，代表无尽的递归与不止的循环，代表西西弗斯所受的惩戒与乌洛波洛斯的曼妙身姿。

就如同我知道一切剧目都会在历史中变换着形式反复上演，一切童话都要因日新月异的伦理而被一次次改编，而一切故事都没有真正完结的时候，它们永远不会终止。

但还是暂且告一段落吧。

祝君好梦。

那些神秘的社员们

THOSE MYSTERIOUS MEMBERS

文 / 星渊 / 楚子阳 / 兔酱 / 旦旦

兔酱 USAGI CHAN

最广为流传的说法是：兔酱是一位颜值甚高的美少女，养了一只硕大如马的巨型白兔，这也是兔酱这一昵称的来源。据说，她偶尔会带着一把锋利的锯子，骑着这只巨兔穿梭在校园中人少的角落以及校园周边，若是路见不平，就会拔出锯子行使正义。但是由于她出现时总是一闪而过，目击者们既来不及询问她的身份，也看不清她的面目。

……

“声音已经很近了，我看到了那个生物：除了大之外和宠物兔子没有区别，洁白而圆滚滚的身躯，红色的眼睛，长长的耳朵，还有强壮的后腿，就这样一只动物一蹦一跳地朝我们这边过来；背上坐着一个人类，穿着棕色的大衣，一头乌黑的秀发随风飘扬，右手提着一把锯子，寒光闪烁。此情此景，让我联想到武侠小说中策马提剑而来的古代豪客。”

——星渊《寻找兔酱》

对于成为一团数据这件事情，伊叉小姐是拒绝的。

伊叉此刻待在一个无限延伸的空间中，四周是散落的各色格式文件和设备的图标，就像在操作电脑一样。透过电脑的摄像头，她看到了自己的身体，准确地说，是具失去了灵魂的外壳，被先前给自己涂耦合剂和开电源的两个测试人员偷偷摸摸搬走了。

……

“这个 PDF 文件看上去挺好吃的……是熟芝士味！”

“exe 没味道，但感觉很有热量的样子。”

“呸，bmp 好硌牙。”

“这个 U 盘里的 psd 文件还挺好吃的，蓝莓味甜甜的，jpg 也不错，嘎嘣脆，其他的就不太行，下次多拷点来。”

——兔酱《寻找伊叉》

杨枫 Yang Feng

你说你曾经做过一个梦：梦里你买下了图书馆的一个小夹层，每天躺在书架上，醒了就随手取一本书来读，困了就把厚厚的词典当枕头，把大开本的读物打开当被子，就这样在书架上入眠。

杨枫，你现在会不会就躺在一个书架上睡觉？这个光怪陆离的世界也许只是你的一个梦，只要你能醒过来，或许一切就能恢复原样了。

笼罩着图书馆的黑色雾气在我面前翻滚着，无数稍淡的线条在那团纯黑的背景里扭动、拼接。线条组合成的图景在我眼前一帧帧放过，最终映入我视神经的却只有一帧。

我看到你在书架上小憩的样子，杨枫。我甚至可以从那图景里看出你的位置，那是逸夫馆三楼四楼间的夹层，你正捧着的那本书——上世纪 80 年代的科幻杂志合订本——就储存在那个夹层最靠外的书架上。

——折刀《寻找杨枫》

四零三

We call him "4XueZhang"

也许从来就没有什么四零三，这个名字只是真相之上的纱织，给大学生的愚蠢和狂妄赋上浪漫主义的朦胧。人们固执地相信着他，就像他们相信存在纯洁的爱情、永不停歇的地下电台、反抗团委专制的秘密结社、在暴雨中游向天空的小胖子神仙以及不用很辛苦就能减脂的方法一样。

但也许每一个人都可以是四零三。只要还有人戴着面具，穿上宽松的灰色卫衣，吃胖二十斤，做常人想做却不能做的事，说世人想说却不敢说的话，四零三的精神就将永存。只要还有人愿意相信，四零三就不会被抓住，更不会被消灭。

……

我福灵心至地明白了他是谁，一阵激动涌上心头：“我能不能……”

“不能，滚。”

——旦旦《寻找四零三》

太空序曲

PRELUDE TO SPACE

技术宅的天梯
30 年代的载人登月计划
A SKYWAY OF GEEKS

文 / 钟天意

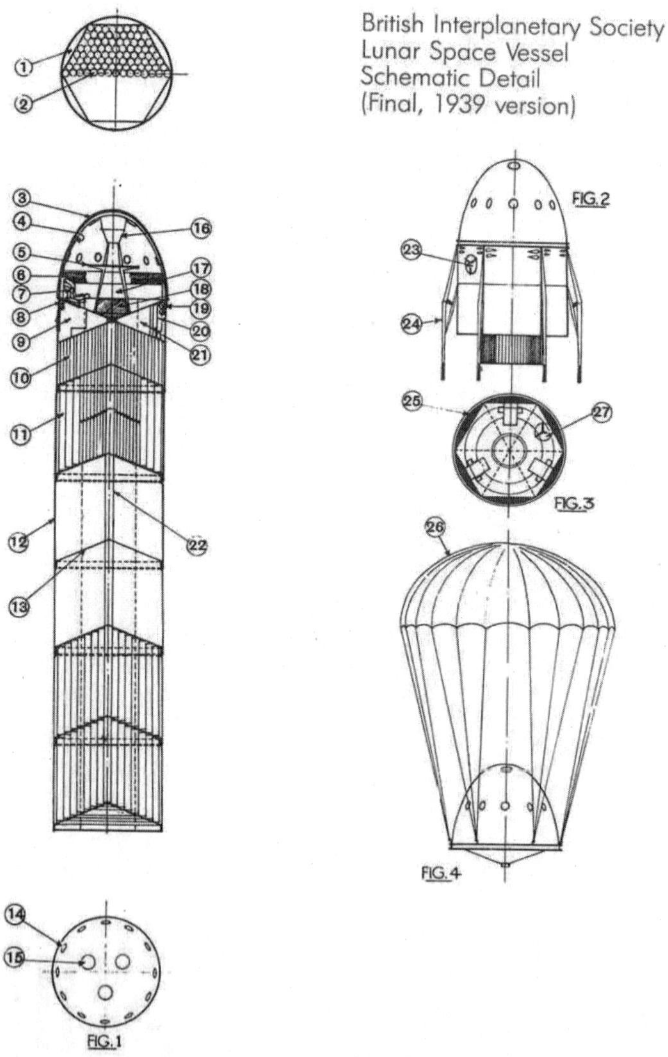

1969 年 7 月 21 日，美国的“阿波罗 11 号”宇宙飞船载着三名宇航员成功登上月球。他们在月球表面留下了那个脚印，还有尼尔·阿姆斯特朗那句传诵至今的话：“这只是我一个人的一小步，但却是整个人类的一大步。”

这个故事我们都已经很熟悉了，但倘若你吹开历史故纸堆上的灰尘，便会忍不住怀疑：如果不是一连串历史的巧合从中作梗，兴许人类登上月球的时间会提前二十年，甚至更早。

事实上，对于航空航天史来说，在美苏争霸之前，30 年代同样是一个群雄争霸的时代——只是第二次世界大战的爆发将它扼杀在了摇篮之中罢了。我们应该知道，美国并不是第一个盯上月亮的国家。如果说阿姆斯特朗的登月动机因时代所限而蒙上了一层冷战的阴影，那么在上世纪 30 年代，一群今天所谓的“技术宅”们聚集在英国利物浦，为将人送上月球而焚膏继晷，则仅仅是为了证明“人类可以到那里”。

兴趣使然的英雄

1933 年 10 月 13 日，菲利普·克莱托，一个狂热的太空旅行爱好者，在利物浦创建了英国星际协会（British Interplanetary Society，以下简写为 BIS）。

听上去，BIS 像是供一群不着边际的科幻迷谈天说地的沙龙——但尽管其成员不乏科幻迷，它的主要任务还是在宣传航空航天。

在美苏的太空竞争之前，像 BIS 这样的组织已经有自己的竞争对手了。实际上，在 30 年代，星际协会和火箭爱好者组织正变得越来越普遍，而且其他国家的经验可能与英国的明显不同。

早在 1927 年，德国业余火箭协会 VfR（Verein für Raumschiffahrt）便已经宣告成立，其最初成员包括当时大多数赫赫有名的火箭专家：赫尔曼·奥伯思、马克斯·瓦利埃、鲁道夫·内贝尔、克劳斯·里德尔等。与其他国家的同行一样，该组织曾发射了一些小型液体燃料试验火箭（他们在柏林郊区雷尼克多夫有一个小型试验场），并因此与当局进行了多次交涉。BIS的计划所涉及的诸多领域，VfR都早就有过涉猎。而进一步了解它的历史，就会发现其成员中还有一个熟悉的名字——沃纳·冯·布劳恩。

但与这些组织不同的，可能还是BIS成员的气质与风格：非要类比的话，它更像是漫画《猎人》中的幻影旅团，召集了一群气质迥异、各有所长的怪咖。在三十年代，BIS究竟举办过多少大小活动，如今已无法考证。但我们还可以看看当时的成员名单——这其中有亚瑟·詹瑟博士，他以当时的技术条件为太空船敲定了各部分的材料，这一点在之后会提及；帕特里克·摩尔，协会官方杂志《太空飞行》的编辑，他保证了杂志的高水准；工程师及艺术家拉尔夫·A·史密斯，他提供了太空船在飞行中和在月球上的艺术概念图。史密斯也是第一个严肃的空间站概念的共同创造者之一，他还与阿瑟·克拉克合作出版了《月球探索》一书；以及活跃成员阿瑟·克拉克本人。

没错，阿瑟·克拉克曾经也是这个疯狂组织的重要成员。他恃才放旷的自负性格也给人们留下了很深的印象：多年以后，在托尼·赖希哈特的《女王陛下的登月火箭》一文中，作家曾回忆道："……他（克拉克）的性格，使得他的朋友为这位即将用《2001太空漫游》震撼整个世界并预言了通讯卫星的诞生的年轻人取了一个非常应景的外号——Ego。"今天，打开BIS的官方网站（https://www.bis-space.com），你还可以在上面看到克拉克的名字：他曾于

1946—1947 和 1951—1953 年两度出任该协会主席。克拉克一生中始终与 BIS 保持着密切的联系，由于他的慷慨捐助，BIS 现在拥有世界上最好的航空航天图书馆之一。

克拉克的个人性格就是整个 BIS 精神的缩影。尽管 BIS 的活动经常与白兰地、雪茄烟和点心相伴，他们并不仅仅是纸上谈兵。他们的野心不仅是促进和提高航天学的公众形象，更是对火箭进行货真价实的试验；而这种野心全然是由兴趣驱动的。可以说，这是一群“兴趣使然的英雄”。

“不要大炮”

但直到 1937 年，这群兴趣使然的英雄才终于敲定了计划：设计一艘能将三名船员安全送上月球，允许他们在月球上停留 14 天，并能以半吨的最终有效载荷安全返回地球的飞船。这个想法未免太超前了些，也难怪它得不到公众的认可。就连列奥纳德·卡特，一名在 1937 年加入 BIS 并在伦敦总部工作的会员，都将在二战前谈论登月旅行奚落为“某种意义上的精神病”。

这个计划固然有些过于异想天开，但它不仅仅是一系列现实因素的结果，更是带有一丝技术宅赌气的意味。因为 BIS 的成员们身为资深科幻迷，都对当时科幻小说和电影中过于敷衍的月球旅行深恶痛绝：无论是凡尔纳的《从地球到月球》，还是改编自威尔斯小说的科幻电影《笃定发生》，里面甚至都没有考虑到加速度会在一瞬间把宇航员压成肉酱这一事实！

在凡尔纳写作的时代，尽管作家理应认识到加速度意味着什么，但以当时的技术条件，作家无法想像解决这一问题的合理方案；所以“人肉大炮”更像是某种航天梦在现实面前妥协的产物，它必须通过刻意忽视最重要的矛盾来圆梦。但在 BIS 的时代，这些野心家们已经准备好收拾前人留下的烂摊子了：毕竟，宇航员应该安全地出发，体面地回来，否则登月便毫无意义。

但除了公众的不理解之外，BIS 的计划还有着一系列可以预见的困难：BIS 的成员大多是年轻人，其中只有极少数人有钱去购买必要的昂贵设备。加之这个计划并没有政府或财团的支持，资金显然是捉襟见肘的，也就没有条件对火箭进行风洞之类的实验。

而且，这个计划并不会最终做出成品，但在当时，航天火箭上的各部件都是一片空白，并没有可供参考的原型。比如火箭进入太空之后，该如何让失去参照系的宇航员不至于晕头转向？登月舱返回地球的时候，该如何克服大气层的摩擦并平稳着陆？不为诸如此类的问题提出合理的解决方案，登月计划就等于异想天开。

尽管困难重重，一个拥有工程或科学背景的 BIS 会员组成的委员会还是开始了行动。为了让人们理解这项计划，BIS 的成员一直在努力说服外界。“必须要解释的是，我们并不是一群像哭着要新玩具的小屁孩一样的登月怪人。”当时的协会主席阿奇博尔德·洛如是写道。会员们开始频繁召开讲座，而这一事务则由阿瑟·克拉克负责。直到二战结束，克拉克都尽职尽责地贯彻着这一任务——他曾在牛津大学的酒吧里耗费了一整晚的时间邀请 C.S. 刘易斯和 J.R.R. 托尔金，试图获得他们的支持。这两位作家都没有应邀，不过乔治·萧伯纳倒是以 91 岁的高龄加入了 BIS。

而至于另外两个问题，BIS 选择将其合为一个处理：没有的东西就自己动手做。为此，委员会成员每周择日开会，会议通常在夜里进行。为了节省资金，地址则往往选在某位会员的家中。萦绕在天花板上不散的烟雾、因熬夜而红肿的眼睛、一摞摞用来装点心的空盘子，这些对 BIS 成员们来说再正常不过了。

尽管当时的资料如今已难寻觅处，但我们还是可以想象——套用一句老话来形容，他们的探索之路是“痛并快乐着”。同样在《女王陛下的登月火箭》一文中，莱希哈特记录了 BIS 制造定天镜——一种帮助宇航员保持视野中星辰静止不动的设备——那“小米加步枪”式的戏剧性时刻：协会的技术委员会领袖杰克·爱德华兹在史密斯的家中，用刮胡镜和粉底盒手舞足蹈地演示着定天镜的工作原理：“房间里挤满了活人雕像。他们把手中的镜子高举过头顶，站姿优雅，颇有艺术范……疲惫涌上雕像们的手臂时，他们开始摇摇晃晃。”

与历史擦肩而过

1939 年 1 月，BIS 的研究成果终于公之于众。这项载人飞船设计方案是全新的设计，与之前提出的完全不同——事实上，一群工程师和科学家坐下来设计出一个现实的、科学上可行的载人飞船，这是历史上的第一次。尽管阿波罗登月计划要在将近四分之一个世纪之后才启动，但我们可以看到，BIS 的计划已经有了一个近乎完美的雏形。

如图所示，飞船的每一级都是由火箭组成的六角形蜂窝状集群，最顶端则是乘员舱。火箭本身是用石棉布粘在金属管内的。最大的火箭长 15 英尺，直径近 15 英寸。在前五级中，每一级都有 168 个。第六级有 450 枚中型火箭和两级 600 个小型火箭。所有的火箭都以这样一种方式连接在一起：当一级上的所有火箭都烧尽时，它们就会掉下来。

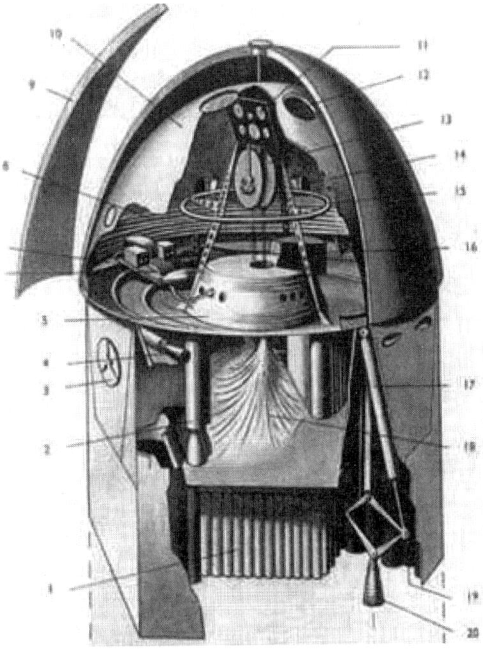

亚瑟·詹瑟博士为飞船敲定了各部分的材料。飞船外壳由玻璃状的熔融氧化铝制成，乘员舱

所需的内壳由几层亚麻织物制成，并用橡胶和树脂的混合物粘合。机舱内部的其余部分主要使用经过硬树脂处理的软木。窗户和光学仪器由透明的丙烯酸塑料制成。所有的电线都涂有透明的聚苯乙烯，管道则由聚氯乙烯制成。

在细节上，这款载人飞船也堪称尽善尽美了。它包括由爱德华兹全新设计的惯性导航系统——一张连接着滚珠轴承、齿轮、砝码与弹簧的铝制圆盘，用于感知宇宙飞船的速度与姿态；一台定天镜，这是由两个固定的镜片和一对可旋转的镜片组成的导航工具，其旋转镜片可适配飞船的运动，从而确保视野中的星辰保持静止不动；就连登月出舱后使用的宇航服、显微镜、帐篷、纸笔，以及该把什么食物带到月球上最经济高效都考虑到了。

的确，他们的一些点子注定无法成真，2000 多台（固体燃料）火箭发动机组成的推进系统便属此类；但这个怪异的设计可能与 1875 年英国的的《爆炸物法》有关，该法阻止了英国对液体燃料火箭的任何私人试验。所以火箭采用今日看来颇为不可思议的固体燃料（将一艘重达 1 吨的航天器运送到月球和返回月球至少需要 1000 吨固体燃料！），其实是妥协的结果。

不过，他们的另一些创意——从对空气动力摩擦的关注到返回地球时使用的着陆降落伞、从三名宇航员的团队协作模式到登月后的地质勘探行动——都堪称先驱。1939 年，由 BIS 公布的载人登月可行性分析报告，比真正的载人登月早了三十多年。关于他们的文章登上了《时代》杂志，在世界范围内引起轰动。

如果——只是如果第二次世界大战没有爆发，这项计划会不会受到英国政府的关注与支持，从而让人类登月的历史大幅提前？我们已经无从知晓了。随着英法对德宣战，BIS 的成员们几乎是在一夜之间便悉数入伍，这起登月计划也无疾而终。好在二战后，他们又重拾了之前的设计方案，对飞船进行了大量更新：最明显的区别便是，终于采用液体燃料了。

从未长大，但从未停止成长

最后，让我们考虑这样一个问题：为什么第一个登上月球的是美国人？这个问题似乎用初中的历史知识便能得到解答：经济基础决定上层建筑，只有在二战后国力强盛的美国，才能完成这一宏大的工程。

但这个回答还不够。这种冠冕堂皇的套话无法帮我们正确评判BIS的登月计划——事实上，它已经足够尽善尽美，并颇具后世登月飞行器的规模；如果不是历史的巧合在从中作梗，今日被我们铭记的可能不会是阿姆斯特朗。

我们习惯将冷战时期苏联与美国在外层空间的竞争特称为“太空竞争”。将这个名字赋予特定的时期是有其原因的，因为彼时的太空竞争是冷战思维的附属品，在推动人类航天技术进步的同时，客观上也带来了无穷无尽的麻烦：当时两国争先恐后地发射到太空中的卫星，一大半如今都成了讨厌的太空垃圾；而盲目竞争带来的恶果，则要由两国人民承担。如果成功的是BIS——哪怕不是，拥有冯·布劳恩这种天才选手的VfR等组织也同样有可能创造历史——我们的航天史会不会看上去更体面些？

但历史是没办法问“如果……会怎样”的。就像少有人知，冯·布劳恩同样也是个情商极高，并有深厚人文素养的人。在1948年，他甚至写了一部小说，来探讨大规模火星探险的可能性。若非与纳粹发生交集，长阿瑟·克拉克五岁的他完全可能成为另一个科幻大师，或者以更加光荣的方式成为德国火箭之父；而非为纳粹研发V-2火箭，并终身背负“战犯”这一不光彩的身份，因罹患癌症而死在异国他乡。

在这里，发挥作用的似乎是列夫·托尔斯泰在《战争与和平》一书中所笃信的历史合力论：历史是无数朝向不同方向的力加总合力的结果，而面对既定的历史事实时，因为这些力千丝万缕、错综复杂，我们很难得出一个客观公正的结论，所以往往只能归因于天才人物和他们的行动；而当我们这么相信时，也就相当于拥抱了遗忘。

这些航天事业的先驱们留下的遗产绝不仅仅是技术。我不想在这里刻意煽情，倒是可以引用刘慈欣在得知 2008 年阿瑟 · 克拉克逝世的消息后所说的一段话：

“那个让我重新认识文学的潜力和可能性，并把我带上科幻之路的人于 2008 年 3 月去世，继阿西莫夫、海因莱因后，科幻文学黄金时代的最后一位大师也离开了我们。在他的墓碑上刻着一句话：‘阿瑟 · 克拉克在这里长眠。他从未长大，但从未停止成长。’是的，在主流文学使人变老的同时，包括他的经典之作在内的科幻文学却使人年轻，这是我写科幻十年来最大的感受。”

刘慈欣的写作从克拉克那里继承来的并非技巧，而是远比技巧重要的东西：写作的技艺可以学来，可以练习并精进，但就像人不能通过学习长出翅膀一样，克拉克的魅力也是无可替代的。至于那究竟是什么样的魅力，恐怕还要回望克拉克的那句墓志铭：他从未长大，但从未停止生长。这些在地下室里鼓捣火箭的先驱，原本就是一群从未长大，但从未停止生长的孩子。

它曾活着：一个齿轮故事

IT LIVED: A STORY OF GEARS

文 / 张子淳

登陆艇降落在地表的时候，我就知道我们做了正确的决定。它宛若一位仰面长吁的神明，躺在这座小岛中央，内部的机械结构暴露在这个星球诡异不定的气流和海浪中，巨大的黑色齿轮在水汽中闪闪发光。

安娜拿出她在几天前的搜索中找到的黑色盒子，打开它，一模一样。盒子里是精致复杂的机械结构，各种尺寸的齿轮彼此咬合嵌套，风格和这座岛中央的庞然大物完全一致。自从发现外星人并不罕见，其中有些倒霉蛋已经灭亡了以后，外星考古学会就招募了一些像我们这样的无业游民来寻找某些上古先进文明的科技遗产。遗憾的是，大多数外星人都比人类更加愚昧、贪婪或是不幸，所以我们经常做的不是收集后科技时代的外星人的图纸、知识，而是跑到那些外星原始人的遗迹里到处搜刮无用的古代艺术品，然后把它们卖到黑市上，供兴趣奇特的收藏家挑选。这次也一样。这个表面被大洋覆盖，气候极端恶劣的星球只有零星的陆地供它的原住民居住，而它们——高大、瘦削、驼背，背后长着鱼鳍——在用石板记事、以物易物的时代就悄无声息地消亡了。然而，现在我感到幸运之至：倘若不是安娜在我们拍摄的图片上发现了一些不同寻常的踪迹，我们一辈子也不会在轨道扫描图像上发现这个被浓密的积云隐蔽的小岛。

我透过飞船的舷窗，看了看岛上的土地，深棕色的土壤中零星露出几点灰白色的岩石痕迹。这星球上到处都是这种石头，这里的原住民们把它作为房屋、工具乃至绘画的材料。那些白色的粉笔画粗犷而生动，描绘了它们打猎、捕鱼、制作船只和迁徙的场面；也有的绘画凶恶而凌乱，那往往讲述的是它们对这星球上到处肆虐的暴雨和飓风的恐惧。然而，还有一类画作。我闭上眼，那漆黑锐利的笔触出现在我脑海里。盒子，齿轮，更多的齿轮。匍匐，仰视。背脊上生着狭长鱼鳍的巨人佝偻着，在狭窄漆黑的隧道里小心翼翼地前进……

我睁开眼，眼前是黑色的神殿。如果运气好的话，我们也许不至于空手而归。这神殿和对它的崇拜行为就像某种可疑的异物一样，出现在原住民的文明里：它们似乎认为，通过朝拜行为可以对抗那些令它们流离失所的气候灾难。我称它为神殿，但它看上去更像一个巨型机器，而非供人们膜拜的神圣处所。那东西位于山中间，通体乌黑锃亮，与周围灰白色的山体形成鲜明的对比，好像是被剥落了茧而露出了美丽躯体的漆黑色蝴蝶一样。一枚南北朝向，直径约有上百公尺的巨型齿轮横亘在它中央，两侧横竖嵌合着数不清的尺寸各异的齿轮和连杆，构造具有某种分形一样的复杂度。这些齿轮表面异常光滑，在朝向太阳的那一面上反射着刺眼的光芒。在驾驶着登陆艇绕着小岛飞行了几圈之后，被反射光刺得睁不开眼的我们只好在背阴面着陆。

我们穿好防护服，走下登陆艇，在岛屿上搜寻。这时，天气十分晴朗，天空中没有一片云朵，橙色的太阳独自干照着地面。这座岛屿很适合居住，地面平整。地表扫描结果显示：相比这个星球的其他地方，它并不常受气候灾害的侵袭。奇怪的是，我们并没有在岛屿上找到任何原住民们通常会留下的那种高大而质朴的石质建筑。从这几天在地面的搜寻来看，这些原住民不仅时常在风暴和海啸到来时迁徙，还会为了繁衍不顾一切地在为数不多的陆地上搭建密密麻麻的房屋。为何它们会放弃这样一片珍贵的土地？我的心中开始生出疑问。

这样一群外星人有什么能力创造出我面前这座漆黑的巨大构造？我对此同样感到疑惑不解。我想起在一本历史书上看到的照片。那种名叫“差分机”的机械。在那个时代，人们只利用纯粹的机械结构就设计出了真正的计算机。但差分机的结构如此复杂精密，需要用到数以千计的尺寸精细的齿轮，以至于直到现在，制造出一台成品也十分困难。齿轮与计算机，这种联想使我一阵战栗。我不停地告诉自己：如此巨型的机械，即使能够建成，也无法用任何已知的方式驱动，因为这东西运作起来的样子将实在是非常宏伟。

而面前这神殿的奇异之处不止如此：它是嵌在山里的。

在搜寻中，我们偶然发现：在山体和这裸露的建筑的交接处，山体内部暴露出的石头同样是漆黑的。安娜提出了她的狂想：建造者也许并非是先挖空山脉、加工材料再建造起这座机器的，而是一点点从山顶或是地底开始，凿去它们不需要的部分，从整座山里雕刻出这座神殿的！倘若果真如此，那这座神殿将不太可能是这些原住民的造物，而是某种更先进的文明留下的遗迹。又或许，这神殿果真是某种“神灵”留下的？

我开始感到不安。这里似乎并不适合我们这样普通的盗墓者。

在岛上勘察了一圈以后，我们在岛屿的另一面发现了一个广场。广场的地面由简单的土砖铺砌，它有一条主干道，通向那座被剥开的高山，尽头有个一人多高的入口，里面一片漆黑。

“你想进去看看吗？”安娜问我，语气有些颤抖。看来她想到了和我同样的问题。

我抬起头，看着这黑色的存在。它独自伫立在这，四周无人居住，只有海浪和暴风汹涌肆虐。它有一种奇怪的吸引力，不知是因为我的职业嗅觉，还是因为心中的疑惑挥之不去。我开始摇摆不定。然而，当我低下头看着那深邃的入口，我开始觉得这东西在邀请我。那入口很狭小，但是可以恰好通过一个人，不知为何给人一种不协调感。我摇摇头，驱散这种感觉。

我们点亮灯光，接受邀请。

入口之后是向下的阶梯，然后是一段平整的道路，之后又是阶梯。两边的墙壁是黑色的，但是道路本身是用灰白色的石材砌成的，我猜是那些原住民铺就的。地面上有一层厚厚的灰尘，踩上去会留下一个个脚印。我们向下走了一会，脚下便没有灰色石砖，只有平整的黑色道路了。

路途似乎很长，我暗想这入口也许直通山脉中心。我们走在路上，眼前只有头顶的灯光照亮的微小视野。我一边走在前头，一边想着安娜拿到的那个黑色的盒子。它就像一个微缩的模型，复制了这机器的一切特征，乌黑、光滑。如果说这些原住民们能够靠自己的苦力建造出我们身处其中的庞然大物，那它们又是怎么巧妙地制造出安娜手里的精致物品的？这盒子里的构造，与那些粗糙简陋的灰白色石质工具全然不同。此外，这盒子到底是用来做什么的？在那些吸引我们前来的黑色的绘画里，原住民们漂洋过海，进入这“神殿”中，每幅画里这种盒子都出现过。也许它是一个神龛或是偶像？我总觉得不止如此，这样复杂的构造应该有个实际用途。

突然，安娜发出一声惊呼。我转过头，发现她在盯着天花板出神。我顺着她的声音向上看，一阵突如其来的压迫感向我袭来。根本没有天花板。不知何时，大大小小的齿轮就暴露在离我们头顶几十厘米的地方。这些齿轮小的约有手指粗细，大的和我们在外面看见的一样，直径可能有几十米；它们的轮齿边缘非常锋利，随着我们的走动反射着粼粼的闪光，好像野兽尖利的牙齿；不过，并不像这神殿经历风吹雨打的外表，这里的内部结构上覆盖了灰尘，有的地方还长着尘网。我感到一阵恐慌，不禁慌忙查看四周的情况。这时，我才发现我们早就不是走在隧道之中，而是走在一座“独木桥”上。左右、头顶到处都是伸出手就能碰到的荆棘一样的轮齿，只有脚下有一条狭窄的不知通向何处的道路，道路两侧则是看不见底的深谷。我打了个激灵，想到：这便是那黑色绘画中内容了；我们和曾经的原住民一样，行走在这齿轮机器的体内。我不由自主地屈起身，下意识地想模仿那些原住民们朝圣的谦卑姿态；现在我知道，它们不是谦卑，而是因为过于高大，倘若不蜷曲起身体，就会被这些鳞次栉比的轮齿撕咬干净。

这就是这机器的内部结构。

我称它为机器，因为没有人会纯粹为了艺术和神圣的理由创作出结构如此严谨而复杂的东西……

安娜拿出地质锤，敲了敲头顶的齿轮。伴随着灰尘抖落，后者发出清脆的响声。声音回荡在齿轮之间的缝隙中，变成某种嘈杂的混响。

我们怀着掉进深谷的恐惧，悄无声息地往前走。

不知走了多久，我开始感到闷热。我看了一眼防护服上温度计的读数，这里已经有七八十摄氏度了，我们的防护服的隔热性能是和经济能力相称的。

“你感受到地底冒出的热量了吗？”安娜问我。

我低下头向脚下的深渊中望了一眼，迎面涌上来的热量使我头昏脑涨。在我们脚下似乎还有很多构造，但是除了各种各样的齿轮，我什么都看不到。“不知道如果温度持续升高的话，我们还能往前走多远。”我向安娜说道，并在不经意间发现，自己此时最希望的，竟然是走到路的尽头，探索这里的谜团。

这些原住民们如何忍受这种热量？这星球离它的太阳很远，即使在最炎热的夏季，它的气温也非常凉爽。我想到家乡那些虔诚的宗教信徒，在教义里它们往往要忍受各种各样的磨难才能获得救赎。这里的原住民们是否也是这样想的？它们穿过荆棘、深渊和燥热，是否是为了获得某种救赎？

我这样说着，一个屋子就出现在我们的眼前，好像这里的神灵听到了我的话语。那屋子是个空中楼阁，悬在深谷之上，被我们脚下的道路连接着。我们走进去，放出几架用于照明的无人机。无人机飞到高处，然后向四面八方飞去，用有限的灯光勉强照亮了这里。这屋子与我们之前走过的狭窄道路完全不同，它是一个宽阔的大厅，其中摆放着许许多多简单的储物架。这里像货物仓库一样，储物架整整齐齐地排列着延伸到远方，一眼望不到尽头。墙壁、储物架和其上摆放的东西全都是漆黑的，材料与神殿本身相同。储物架每层约有一人多高，上面摆放着很多和安娜发现的那个相似的黑色盒子，此外还有种类齐全的齿轮与各式零件。我们顺着无人机的光亮看去，这个地方是这样空旷，向上看不到架子顶部；四周一模一样的布置延伸向远处，我们似乎进入了某个狭小的自我重复的空间里。身处其中，我们就像两个误入传说中的亚历山大图书馆的旅人一样，因为这建筑本身的伟大而失去了自己存在的位置。

我们在这些高大的架子底下小心翼翼地向前走，生怕惊动了其中栖息的神灵。安娜检查了储物架上摆放的盒子，它们全都是空着的。看来，这里是用来储存这些神圣盒子原料的地方。但这些材料是从哪里得来的，原住民们又为什么要制作它们？既然这些神圣物品是可以组装而成的，也许每个盒子里的东西并不一样……看着眼前的景象，我想起自己看过的那些黑色绘画，心中开始产生出一些想法。

又过了很长时间——这些储物架好像是无穷无尽的一样——我们终于走到了房间的尽头。这里还有另一个出口，我们只能从那里出去。果然，就像进入房间前一样，狭窄，压迫。我们继续不情愿地沿着像之前一样的小道走。不久，安娜说道：“我们已经到了山体的中央。”我向前定睛一看，是另一间屋子。我们走进去。

是与之前的库房一样的房间吗？想到这里，我不禁感到有些失望。不过，当灯光照亮整个室内的时候，我的失落感就一扫而空了。

是祭坛还是礼拜堂？我看着眼前的景象问自己。房间约有一间小教堂那么大，天花板上齿轮和连杆破墙而入，填满了房间的上层空间。这些机械零件比我们在外面看到的那些更袖珍、也更精细，其构造如此复杂，以至于如果你向它们看去，那秩序外表下的深度和混沌将使你眩晕。在房间中央安置着一个蒸汽朋克风格的座椅——它看上去就像个座椅，不过，是为那些高大的原住民们设计的——底座是一小块薄板，旁边有扶手和脚踏板，四周环绕着许多摇杆之类的机械装置，整个座椅被吊起来，吊杆向上穿过天花板，到达我们看不到的地方。我们走上前去仔细观察，在各种各样的机械装置中间有一个凹槽，似乎是用来盛放什么东西的。这看上去像是一个操纵装置。也许这里不是祭坛，而是一个操作间。

房间的其他地方杂乱地摆放着雕像、工具、石板等原住民的作品——都是用我们所熟悉的那种灰白色的石材做成的。那些雕像有些是原住民们自己的形象，谦卑而恭敬，有些是与这巨大机器相关的有些抽象的构造——大小不一的齿轮彼此横竖嵌合在一起，好像在表达着某种复杂的哲学思想。房间内的墙壁上有用各色粉笔勾勒成的庄严而丰富的图画，有的地方还有被烟火熏坏的痕迹。

我对自己看到的东西感到十分惊异。从这些雕像和壁画来看，这里似乎就是那些宗教绘画里朝圣的终点，但这里的构造和神圣场所好像搭不上边。乍一看，黑色肃穆的机械结构和灰色简朴的石器工具形成鲜明的对比：一个规模巨大、工艺精细、有着浓厚的工业风格；另一个制作简陋，暗示着某种原始的生活气息。谁造了这个巨大的机械神殿？倘若是原住民的话，它们为何把两种水平相差巨大的工艺风格糅合在一起？也许是某些高等文明的先民制造了它，如果是这样，那么它们必定对齿轮有着深深的痴迷，以至于不惜在整座山上加工出这样巨大而不知其所谓、复杂到无法想象的纯粹依靠机械力量运作的存在。联想之前我们通过的仓库似的房间，我产生了一种想法：虽然我绞尽脑汁也想象不出这东西靠什么巨大的力量驱动，也无法得知它被用于创造何种比自身更伟岸的奇迹，但这确实是一部机器，一部伟大然而已然被废弃的齿轮机器。否则，为什么它纯粹由齿轮而非砖块建成？为什么在它的心脏深处存在着庞大的仓库和精密的控制装置？如果我的看法是真的，那么这将是一件多么可惜的事情。因为这些愚昧的原住民将无法理解这机器的用途——就像我们一样——而仅仅为了它的工程美学和不可理解便崇拜它，甚至穿过风暴和海浪来朝圣。这地方确实是操作间，但同时也是祭坛。想到这里，我产生了小小的释然感。虽然心中仍然有些阴影似的困惑令我感到不安，但是我在这里看到的一切似乎都得到了自然的解释。

我迫不及待地把我的理论讲给安娜听，房间中回响起我的声音，仿佛这机器在低声向我们倾诉它的起源一样。安娜点了点头，随后严肃地指出：我们到这里来不是为了解谜，而是为了搜刮一些新奇的玩意带回去卖钱的。我有些失望。不过，这就是我们的工作。我们进入房间，四处转转，打算找些有点意思的东西。我打开与登陆艇的通信，看了看外面的情况，我们进入这机器时那种鲜见的晴朗天气已经被暴雨前阴沉的天气取代了，看来我们需要加快些进度。

这些原住民们似乎不善于制作华丽的艺术品：有很多买家喜欢那种东西。我只能从那些雕像中选取了一些尺寸合适的放在背包里。尝试从操纵装置上取下一部分作为样本的行为遭遇了困难：这些黑色的物质似乎坚不可摧。这让我们大失所望，因为它几乎就是这里最有价值的东西。假如它如此坚硬，以至于地质锤和激光切割都无法破坏它，那这种材料本身将有不可估量的使用价值。这机器的创造者是用什么方法来加工它的？我想不明白。

气温仍然很高。我带着失望而杂乱的心情在房间里漫无目的地游荡起来。这里的奇景对真正的考古学家和其他一些学者来说也许是值得研究的，但我们只想找到一些能用来赚一笔快钱的奇特的小玩意——就像马戏团的那种怪胎演出所展示的东西。更糟糕的是，这里对我们来说本来就是意外发现，如果安娜没有发现那个盒子，我们此时就已经在回家的路上了；时间就是金钱，这句话对我们来说是字面意义上的，因为我们与买主们订好了协议，必须在规定的时间内返回。很遗憾，我们对原住民那种粗糙的文化不感兴趣，同时也无法从这神秘造物的体内获得什么。它就像它的外表一样：深邃，沉静，难以接近。

那些壁画很有趣：它们描写的是原住民们漂洋过海，经历和我们一样深入山体的过程，最终得到某种神圣拯救的故事。我漫不经心地看着这些绘画，尝试去理解它们。这些画详细描述了一种仪式的过程……突然，我看到了一些不同寻常的东西。

一个念头涌上我的脑海。

与此同时，安娜对我喊道："你看过这些石板了吗？它们非常奇怪！我是说，很'数学'。"她把石板拿给我看，上面密集地画着些草图和符号。我皱了皱眉头，感觉有一种莫名其妙的熟悉，它让我回想起我的大学时光。有一种说法，据说数学家们只需要数学本身就能互相交流……于是我马上看懂了这些标记。其实我并不能看懂它们的意思，但是下意识地，我发现自己理解了它们到底在表达什么。

这些石器时代的原始人为什么会使用微分方程！？

"我们想的一样，"安娜看了看我惊奇的脸色说道，"这上面所写的似乎是一些气象问题的数学抽象。"

在闷热的环境里，我无法让自己冷静下来。这些两栖巨人似乎总是给我们制造意外，而它们给我的印象现在在我脑海中模糊而冲突起来。我难以理解这其中的逻辑，有一瞬间，我想放弃思考，并抛弃目前为止我对这里重重谜题的所有判断。毕竟，我不过只是个盗墓者和倒卖古董的贩子而已。然而好奇心和那些彼此冲突的解释和看法在我的心中互相争斗。最终我还是强迫自己思考。其实，我们见过很多文化发展得怪异而不平衡的种族，这本来是一件很正常的事情。但我始终感觉无法说服自己。我又仔细看了看石板上的内容，甚至自己捡起了几块石板——经过岁月的摧残，它们都很脆弱——检查那些互不相同的标记，尝试去理解它们。最后，也许只是我的错觉，我知道了为什么我会感到如此不可思议，这并非是因为我见识短浅，而是因为那些内容本身就应该令人感到不可思议。

"不止如此，"我对安娜说，"大气，海洋，我们所处的环境是一个混沌系统，以至于任何天气预报都无法给出一个长期有效的预测，甚至只能在概率上进行并不确切的断言。这不是人类的极限，这是世界本身的极限。你知道这些鱼人做了什么吗？它们给出了关于这个星球上疯狂凶残的气象系统的精确解。”

我为我的发言感到羞愧；我接受过良好的高等教育，所以认为违反常识的话是不应该说的；然而我依然要如此陈述，因为当事实和常识冲突的时候，我们只能选择事实。而一旦你接受了事实之后，一切便又重新合理了。我感到一阵兴奋，于是灵光一闪。“并且，它们并不只靠自己。你知道为什么这些石板会放在这吗？它们就像图灵机的纸带，记录的只有输入和输出，而没有中间过程。那些算法被隐藏在这机器之中，而记录下来的仅仅是模型、初始条件和最终结果。”

我看了看那些石板，又看了看四周墙壁上的黑白画。这两者的风格很不一样，但是描述的内容却是一致的。绘画里，人们从这机器处得到了某种赠礼，从而可以躲避迎面而来的天灾，甚至驯服它。在我看到那些石板上的标记之前，我以为那只是我的猜测，现在我知道我的念头不无道理。啊，多么疯狂的想法！然而事实却的确如此。

“你的意思是这建筑的确是个机器，而且被原住民们用来预测气象灾难？”安娜很快理解了我的意思，但是仍然一脸怀疑。“但是以它们的文明水平，又怎么能建造出这样的工程学奇迹？”

“不一定是这些原住民建造了这部巨型机器。或许，这东西就是某些上古的好事者建造的，而这些原住民只是因为某种原因学会了使用它。这就能解释为何它们把它当成神来崇拜，因为它确实是一件被恩赐的礼物，倘若没有它，它们早就在诡异莫测的风暴和海啸的暴行里消亡了。而且，这些原住民们在平时的生活中并没有表现出高超的数学和科学能力，这也许是因为这种能力是通过某种方式强塞给它们的，所以它们只是把它当成与神灵沟通的语言，而非现实中的工具。果真如此，它们就不是在崇拜象征性的神，而是现实的神。它们崇拜一台计算机器，而这机器将给它们现实中的救赎。它们将经历多么黑暗而充满危险的朝圣之旅啊，但是这种苦难是有回报的。当然，从我们的角度来看，这机器没有什么超自然之处，虽然它表现出了理论上不可能的计算能力……”我如此解释道，脑海中浮现出这些原住民乘着简陋的船只漂浮在汹涌的海面上、佝偻着高而瘦的身体穿梭在隧道里的画面。也许是因为感同身受，此时我竟然对它们有了一些同情。

然而还有一种可能，我想。也许，真的是那些原住民们建造了这个机器，就像地球上的古埃及人建造了金字塔一样，掌握了某种魔法般的建筑技巧。也许它们的巴贝奇掌握了惊人的机械工程和数学的知识，多到能让它建造出地质级别的差分机。也许它们受够了这个星球该死的天气，又等不及晶体管之类的电子设备的发明。而这机器的规模如此之大，是因为它的规模和计算能力成正比。这种想法如此疯狂，以至于我只能幻想，而不敢深究其中的细节。

安娜不置可否地笑了笑：“我还是不太明白。”

我抬起头来看着这宏伟的机器神庙。在原住民的眼里，这地方肃穆、神圣、令人生畏而难以理解，可以想象它们是如何赞颂自己的神祇的。虽然如此，现在它已然停转、沉寂，在我们的眼里，这地方虽然埋藏着无数的工程学秘密，但是也只是石块组成的陈旧机器而已；或者说，它已经死去，已然凋零。无人使用的机器便是死去的机器。这种对比令我心中升起一种难解的情绪。神秘而无用，我想。

然而，也许并非无用。倘若我们有一把钥匙……

如果你长途跋涉到达一扇门前，门后只有未知之物，你是否会打开它？

我要来安娜拿着的那个盒子，小心地端着它，一步一步踏上那操纵装置。我一直好奇这东西到底是什么。微缩品？神龛？自我们从废墟中把它捡出来的那天起，我就在思考这个问题。而现在这个问题的答案似乎就在我面前。

原来如此。

“这里面放着的是一个算法。”我说。

我的脑海里产生了一个浪漫的想法：这个种族的祭司同时也是工程师和程序员，或是艺术家和工匠，甚至是航海家；同时兼任这几种职位必定不是一件容易的事情，然而它们竟然令它变成了一种常态。为了这虔诚的目的，它们要花费多少时间和精力，日复一日地接受那些对它们来说无异于魔法的知识？又是谁教给了它们这些？也许这奇异的神祇竟有某种能力，能亲自向它们传授自己身体内部的秘密？毕竟，尝试理解这机械的结构和原理，然后把如此复杂的数学模型变成齿轮的组合，再塞到这样一个几分米见方的小盒子里，对这些原住民或是人类——无论是谁，相比这机器都是渺小而愚笨的存在——来说都不是一件容易的事情。

我坐上那椅子，它对我来说有点大，我只有使劲伸手才能够到座椅四周的机械装置。我把盒子对准那操作台上的凹槽，准备放入：果然，凹槽的大小和形状恰巧与盒子相同。我不敢预想将会发生什么，仅仅是想象这压迫感十足的机械山脉轰隆运转的场景都会让人感到不可思议，更不要说我们正身处其内。有一会，我甚至祈祷什么都不会发生。不过，最后我还是下定决心实践自己的想法。

这时，一直不怎么说话的安娜突然说道：“不对！如果这个机器是用来预言灾难的，那为什么——”

在我意识到安娜在说什么之前，我已经用力把盒子插进凹槽，并把所有摇杆里最长、看起来最像启动开关的那个拉向另一边。

盒子在我眼前被牵动着它的连杆拉开，里面的齿轮彼此展开、滑动、旋转，随着几声“咔哒”声，与整个操纵装置合为一体，好像是一幅工业时代的画卷一样。这时我才发现，即使是这“微缩”的齿轮机器内部，也存在着复杂而有序的结构。在不知道何处传来的动力之下——这动力令我的脚底传来一阵阵的抖动——操纵装置开始运转起来，齿轮加速，连杆运动。

我感受到一阵重力的牵拉，重新把注意力从操纵装置转移到周围的环境中。不可思议！原来整个装置正在被向上抬升。我低下头，看着自己所坐的椅子渐渐远离地面，穿过天花板，而后继续向上升起，毫无停下来的意思。椅子上没有保险装置，我庆幸自己没有在慌乱之间坠落下去。这装置将要把我带到什么地方去？我原本以为这最后的房间便是机器的中心，但现在才意识到我们是在这机器的底部，只有向上才能到达它真正的心脏所在处。我会变成祭品吗？被向上带入这机器锋利的轮齿之间撕成碎片？也许这机器有吞食有机质的癖好。我不寒而栗。所幸，在我抬头看着自己离那些齿轮越来越近的时候，装置终于停了下来。我低头向下看去，之前的房间顶部已经变得只有一块便签那么大。我现在身处这机器结构正中间的一个中空的空间中，上下不得。

“发生了什么？你还活着吗？”安娜在通信器里询问我，然而我正处在一种好奇和恐惧糅合的情绪中，根本无法回答她。我只能等待这机器下一步的行动：现在我是它的猎物，像飞虫一样被绑在蛛网里悬垂在空中。这捕食者自己却好像来了兴致，开始静静地观察我——在座椅停下来之后，整个机器突然又恢复了沉寂。

我马上明白了到底发生了什么。也许我只是启动了这个机器，却没有告诉它我想要做什么。这座椅四周有很多操纵杆，暗示着可以向机器输入各种各样的指令。我收回那些恐惧中的幻想，努力地说服了自己：对一台正常的计算机，误操作并不会让它的使用者陷入困境。在反复观察未果后——这机器根本没有任何功能上的提示——我随意挑选了一个看上去挺友善的摇杆，扳到另一边。

摇杆发出摩擦声，灰尘抖落在空气中，令人隔着头盔仍然想要轻声咳嗽。之后又是寂静。

然后齿轮开始转动，并且不再停息。

我听到轰隆声。声音并不是一齐响起，向我涌来的，而是在我四周依次响起，又延伸至远处，如同海浪一般起伏着冲击着我的耳膜。这机器好像在逐渐醒来；它的身躯如此庞大，以至于苏醒的信号不能一瞬间传遍整个身体，而是仿佛信使一样跑遍各处，唤醒那些沉睡了上百万年的神经和肌肉；而肌肉牵动着骨骼，令整个身体都不停颤动。

于是我明白了为什么这座岛上没有人定居的踪迹：这飞速运转的机器正在与它周遭的地质结构发生强烈的共振，它引起的噪声没有人能够忍受。

我到底做了什么？当我正忍受着震耳欲聋的震动声，想办法弄清楚这个问题的时候，我看到了令我铭记一生的奇景。

这就是我上升到此的目的吗？相比我听到的隆隆的声音，眼前的图像更能表明这里到底发生了什么。头顶的中空结构的半球一般的边界上，庞大而复杂的机械结构在微小而精确的操纵装置的带动下开始徐徐运转。奇特的是，虽然这机器通体乌黑，我仍能看清它的每个部件发生了什么，就像墙上的浮雕一般清晰。这动态的、似乎永不停歇的画面仿佛交响乐一般，单调、恒定的齿轮转动形成了局部的周期和模式，进而拼合在一起，形成了整个恢宏而不停变化的合奏。起初，这种合奏还是悄声的、准备着的，只有与操纵装置连接着的天顶在不停地变幻，齿轮的步进能用肉眼观察到，整个机器像发丝一样颤动；慢慢地，整个半球乃至目视之外的机器的所有部分都加入了合奏，齿轮飞速旋转。目力可及的范围内，机器像某种精巧的魔术机关一样变出令人眼花缭乱的图案。

这机器正在思考。

我忍不住产生这种想法，尽管我很难理解齿轮做成的机器如何像人一样思考。按照这种理解，我正处在它的大脑内，观察着它神经的运动，企图去理解它。那些原住民也是如此操作这机器的吗？我在座椅上找到了一个转动的小装置，它可以令我的视角随座椅转动，这样我就不必冒着掉落的危险在座椅上调整姿势观察周围。我调整着座椅，慢慢环视这幅变动着的复杂图样。如何让原始程序员了解机器的运转状态？与其通过图表和数据，不如直接把机器运转时的模样展示给它们看。毕竟，这不是一台电路和塑料组成的计算机，而是齿轮和巨石组成的计算的神祇。而我竟然拥有这种殊荣，可以目睹这神祇思考的过程。我产生了另一个疯狂的想法：倘若那些原住民们能理解它，那也许我也可以做出一些尝试。我从不同的视角和视野观察着那些转动着、交换着位置的齿轮；渐渐地，我好像能够分辨出一种模式的产生和传播，或是不同模式的汇合；然后便是更加宏观的图像，仿佛一个涟漪、一阵波动在整个池塘中激起、扩散、消失；最后，我看到完整的宏图。

我开始产生一种奇怪的感觉：似乎这机器真的在思考，而我理解了它的想法。这怎么可能？且不论这机器是否有思想，我，一个来自无数星辰之外的人，如何仅凭肉眼的观察，对这个神秘而难以理解的神灵的想法做出自己的解读？但我又毫无理由而清楚地知道，我的确能理解它；这种理解在我看到它完整的思维图像时便自然而然地产生了。

我尝试把我所看到的用语言表达出来：它在整理思绪。就像一个经过了长期冬眠的人在被唤醒时所做的一样，它在慢慢弄清楚自己的状况。那些波浪一般的想法此消彼长，淘去万年长梦中虚妄而无用的部分，留下上次入眠之前所记忆的事实。

但这又怎么可能？一台用来实现特定目的的机器，在它所能解决的问题之外，还拥有自己的想法和记忆？

也许这只是我的臆想。也许，它真的是一位神灵。

但此时我放下了这些乱七八糟的想法，静静地注视着这机器的运作。那些此起彼伏的波浪几乎都消失了，只剩下一束思维的洪流，被一个接一个的齿轮接力送向天顶——那里似乎是它思维的中枢。这想法是什么？是此时那个盒子里提出的问题吗？还是某种久远的过去没有实现的夙愿？我不得而知，只能屏息等待着它进入这神灵的脑海。

在它开始“思考”这件事的一刹那，一声惊雷轰然响起。

我从巨大响声的震撼中回过神来，惊恐地看着头顶机器停滞不动的样子。

是因为年久失修，这机器的某个地方腐坏坍塌了吗？还是因为某种差错无法抑制旋转齿轮那巨大的惯性导致的猛烈撞击？我一边担忧着自己的安全，一边分析着那声巨响的原因。

在我胡乱猜测的时候，机器重又运转起来。好像是和我一样刚从惊愕中回过神，它的思绪又变得十分凌乱，微小而杂乱的想法四处涌现出来，就像我在惊讶发生了什么事情一般。

我平复心情，重新观察起那些思维图像的变化。出乎我意料的是，它们变得更加凌乱。图像的混乱程度骤然增加，我吓得抓紧了座椅的底板。

这神灵到底在想什么令它都为之疯狂的事情！？

混乱的想法汇集成汹涌的风暴，如同这星球上肆虐的灾难一般。那风暴愈刮愈烈，愈刮愈烈，席卷一切它所经过的地方，破坏一切它所见的秩序，变成某种狂乱暴躁的存在。我不敢去想这时这机器神灵到底在想什么；甚至单从机械结构来看，它如何在这样强烈的扰动下维持自身形态而不粉身碎骨都是难以想象的。我惊恐地看着这风暴如何飞扬跋扈地消灭它所遇到的一切理性……

但最终这风暴却慢慢停下来、散去了，仿佛有一种强烈的力量压抑着它一样。

重又回归平静。机器好像停止了思考，不知是否是因为它在平息自己的心情。我旋转着座椅看着四周，感觉似乎有些异样，却无法描述出来。

“你到底在上面干什么？”通信器里传来安娜焦急的声音，“风暴就要来了！”

似乎也听到了安娜的话，在我还在困惑自己的处境时，这机器令座椅下降，不受任何控制地把我送回了地面。

落地的那一刻，我突然想明白了什么，不禁打了个寒战。

房间里，安娜着急地查看着登陆艇的实时摄像头。我走下座椅，发现操纵装置上的盒子又复原了，于是顺手把它取了下来。安娜见我下来了，就把信息给我看。我马上明白了事情的严重性。岛上乌云密布，正在酝酿着什么巨大的动静；轨道扫描图像上，星球简直变了个模样，从点缀着浅色岛屿的蓝色变成了被重重积云和气旋遮盖的灰色。

“这是全球性的？”我露出难以置信的表情。

“就和毁灭了那些原住民的那次一样，”安娜严肃地说，“你真的不应该动这个机器——”

头顶传来一声炸雷。我想起之前的那个雷声，原来这不是机器里发出的声音。

“我们必须赶快点，之后再解释吧。”安娜匆忙地把通信器和我们搜罗到的东西收起来。

我低声骂了一句。

在狭长而黑暗的道路中行走很容易让人迷失时间感，但是我们尽量加快脚步，按原路返回，快速穿过库房似的房间，走上通向山中央的道路，期望能够在天气变得足够糟糕之前乘着登陆艇离开大气层。如果我们没有赶上……我想象着违约需要支付的巨额罚金，以及更糟糕的，能毁灭一整个文明的气象灾害。我们的登陆艇是便宜货，就是说，如果天上下着暴雨，我们就只能给它盖上防水布，把它丢在那。更不用说那正在酝酿的风暴和海啸了，它们将会把我们困死在这里。

我一边走着，一边反复查看着各种实时信息。有一会，我甚至有些走神，差点在路边踩空。这时，我注意到一点异常之处。地底冒出了一丝幽暗的红光。

头顶传来“咯哒咯哒”的微小响声和细长的“吱呀”的摩擦声。

安娜在我后面停下脚步，然后重又快步走起来，接着，跑了起来。

“快点！”她经过我时，我也一起跑起来。不知怎的，这次我知道到底发生了什么。

我们飞快地跑着，甚至没有管外面天气的情况。头顶时不时抖落下上万年的灰尘。有一会，我可以肯定我们跑过的地方落下了几个手臂宽的齿轮；不过我们还是头也不回地往前跑。终于，能够看到一点前方的亮光。我们几乎是扑着跑到外面的。

天晴了。干燥的沙滩上没有一点暴雨和海浪的痕迹。我们不约而同地抬起头看着橙色的、光芒四射的太阳。

愣了一会，安娜叹了一口气，把包裹扔在地上。然后她猛地转过头看着我们身后。

那座高大的齿轮之山正在下沉、解体，中间耸立的那枚齿轮倾向一边；山顶冒出白色的烟尘，那是给这机器提供动力的火山在失去抑制之后，开始缓慢地、然而最终不可抑止地喷发的征兆。

她瞪大了眼睛，看了很久很久。

我们坐在海滩上，看着太阳在这蓝色星球边缘落下。既然我们的探索提前结束了，天气也不再恶劣——实际上，可能会晴朗相当长一段时间——我们没有必要争分夺秒地同买主汇报这次徒劳无果的旅程。

事情是何时开始的？是这机器从黑色的山脉中被不知什么人雕刻出来的时候？还是那些原住民第一次登上这座岛，怀着敬畏的心情看着这座齿轮之山的时候？又或者是我出于好奇心，却不知道自己犯了错，登上了那座祭坛的时候？我不知道。

但我知道事情是如何结束的。这机器存在了几万年，几百万年，也许甚至有地质时间那么长，但是它的消逝却只有那么一小会。

我和安娜分享了我们在这位死者最后的时光里的经历。令我感到惊奇的是，她基本上猜对了所有的事情；而我直到最后一刻才幡然醒悟，虽然我早有预感。不过，安娜就是那样的人。在一切都明了之前，她从不去判断；然而她是那个一开始就心知肚明，并且随时准备好了接受全部事实——即使那会使她错愕不已——的人。

安娜调出一些石板的照片，它们的内容并没有什么不同。在我窥视这位死者那发狂的思想的时候，它在那“操作间”里制造出了成摞的这种石板。我们之中没有外星语言学家；但是我们却很确定石板上的内容是什么：那是一位孤独的智者在酿成大错之后用上万年的时间得出的令人心碎的答案。

让我们还是从一个合理的结论开始吧：模型无法模拟自身。这确实是一个很合理的结论，因为倘若不在它模拟的系统内剔除自身的影响，一个模型将会无穷次迭代自己的行为，最后造成某种崩溃。然而，倘若经过某种合理的近似，模型是可以把自己包含在内的；只是这种近似将必定存在缺陷。

原住民们灭绝的原因是什么？这个问题困扰了安娜很久，而我们对这里的探索加深了她对这个问题的困惑。如果这些原住民们拥有如此完美的“天气预报”，为什么它们会不可避免地走向灭亡？然后她想到了问题的答案：一切都来源于这台机器、这位神灵本身。它有一种魔术一般的方法，可以精确地预言无比复杂的气象系统的特定状态。这种能力给了原住民们躲避灾难、延续文明的动力。这种方法几乎是完美无缺的，因此它和它们绝对信赖它。但无论多么美好的方法都必然存在着缺点，有时甚至是致命的缺点。对它来说，这种缺点很简单：它这样庞大而富于动态的存在是这个星球的气象系统中不可缺少的一部分——想象一下它运行所造成的振动、利用火山地热所吸收的能量！但在计算时，无论它的方法有多么美妙，对于自己都只能近似地处理。日积月累，这种近似所造成的偏差一点一点地累加起来，就像压在骆驼身上的稻草一样。终于有一天，骆驼累倒了，凑巧的是，它的后果正好是全球性的、最极端严重的气象灾难，即使它能够预测到它的发生，原住民们也无处可去，于是它们只能在绝望中走向灭亡。多么讽刺啊！它们向它求助是为了寻找某种救赎，但是它的存在却导致了必然到来的世界末日。

这就是安娜得到的答案，也是她阻止我重启这台机器的原因；那种积累到达某个临界点，每次这机器一运作，都会引发同样的末日灾难。但是故事并不止于此。如果故事到此为止，那么我们将不会有欣赏这美丽夕阳的机会。

我想起自己在那机器的“大脑”中的所见所闻。那时我觉得它仿佛在思考——它的确在思考。它确实是一台气象机器，但不止于此；它不是被设计用来解决特定问题的，相反，它是一台能够思考的机器。我如何知道？我只能根据自己的猜测来拼凑出整个故事。但我在那时的所见所闻是如此自然，以至于我无法从感觉上否认自己的猜测。那机器启动的时候需要整理思绪，那时流过它脑海中的那个最重要的问题正是故事的后半部分。那个问题是什么？正是它为什么会出错，乃至毁掉整个文明的问题。对一台机器来说，拥有思维并不容易，发现自己思维的漏洞更不容易，而它超越了这些：它立志找到能够弥补自己过失——即使那些原住民们已经消亡了——避免重蹈覆辙的方法。我的脑海里浮现出它那些杂乱的思绪。它们证明，它花了很长很长时间才想出了这个方法：毁灭自己。但是，不知怎的，在它将要得出这个结果并执行它之前，它便睡着了。

这就是问题的关键：我们来了。我出于好奇，重又唤醒了这沉睡了几万年的近乎亡灵似的存在，这就是我犯下的错。它本来可以永远沉眠下去，但被唤醒的一刹那，孤独思考了几万年的忧郁、寂寞、不甘把它差点逼疯了，它疯狂地在石板上给出它思考的结果，大脑中流动着混乱无章的想法；最后，它花了好大的劲才令自己平静下来，而平静下来的目的就是为了自我毁灭。

效果似乎是立竿见影的：在它开始陷入死亡、崩塌解体的时候，那刚刚酝酿起的风暴也立即平息了。我想不明白这到底是为什么，也许是因为蝴蝶效应，也许这是它特意选择的方式。无论如何，多亏它的自我牺牲，我们才能安全地活下来。这也许是它没有想到的结果吧。然而，我确实犯了错。

这就是整个故事了，关于一台机器，或是一位神祇和一群鱼人还有两个人类的故事。乍一眼看上去它很复杂，但是背后的来龙去脉却很清晰。

不过——还有一件事情我没有讲。我不知道它们是否属实，因为它只是我们两人的猜想。安娜说，如果我就这么讲出来，会有很多人把它当成怪谈一笑了之，而我是一个非常要面子的人。可是——考虑再三——我还是决定把它讲出来。因为如果这件事情是真的，那么不去讲述它将是一种耻辱。

这是一件很简单的事：那台机器——也许我不应该把它叫作“机器”——它是活着的，或者说，曾经活着。

每当我闭上眼睛，回想自己在这一天的经历的时候，那个时刻便会浮现在我的脑海里：它停止发狂，复归平静的时刻。我看着它平静的思维，以为它将要开始它的计算，但是却在那种平静中看到了某种更为深邃的东西。

那种东西是什么呢？我想起我们跑出那机器，安娜回过头看着它的那个时刻。她看了它很久，瞪着眼睛，那时她仿佛突然领悟了什么。我永远也忘不了她之后说的话：“当我不理解它的时候，我没有感到兴奋；现在我理解了它，感到的只有悲伤而已。”

她眼睛里的神色——悲伤、遗憾、羞愧、怀念——跟那种东西看到的一模一样：那双在复杂的齿轮结构的深处看着我的眼睛……它们不是真正的眼睛，但那种被注视的感觉就像眼睛一样。

我于是知道那机器确实是活着的，而安娜在那时就已经知道了。它的确不是神灵，也不单纯是机器。这两者如何犯错？即使真的犯错，它们也没有必要反省自己。更何况，机器和神灵都不会为逝者哀悼。然而我知道有一种事物是会这样做的，那就是人，活生生的人。只有人（不只是人类）才有这些多余的责任感和情绪。而当我这样想的时候，一个孤单的智者便浮现在我的脑海里。我们本来以为是时间让这机器逐渐沉眠；然而如此坚实、光滑而不朽的存在如何被时间打败？它本来可以超越时间。它是一个思考者：安娜给我看她找到的一些其他石板，它们上面刻着的不是气象问题，而是些与原住民的生活无关的纯数学问题，它解决它们只是因为有趣，而非被要求去做。那些盒子和操作装置，它们并非是用来启动它的，而是与它交流的。它把那些原住民接到它的大脑中，不仅仅是为了让它们监控那些算法的运行状态，还是为了与它们交流，与它们对话——我记起那双眼睛，它也用它们去注视那些原住民吗？或许，它们甚至说话，甚至用图画交谈。对它来说，这些行为绝非打扰，因为每个沉思者都需要有人倾听，有人提问。然而，正是它自己的行为导致了那些原住民的灭亡，它需要陪伴，却毁灭了陪伴它的人；在那之后，它便孤身一人了，无人提问，无人聆听。因此，它在那之后一日又一日地逼迫自己思考，去解决那个连自己也无法解释的问题，最后甚至把自己逼疯了，耗尽了自己的生命力。它是在无尽的孤独和愧疚下才慢慢凋零，陷入沉眠的，而我们唤醒了它的遗骸，一个活在悔恨和遗憾中的残影。

想到这里，我更加感谢它。是它把我安全地送到了地面，又帮我们消退了风暴，即使它没有任何理由这么做。然而它依然这么做了，就像那些和你我有着一面之缘的善良的陌生人一样。这是否是因为我在它最后、最为孤独的岁月里，给了它一次与人交流的机会？我不得而知。

我重又看向这机器的残骸，想了想我们在这里一天的经历。我们花了很长时间去理解它——机器，神灵，机械之神；而当我们真的理解它时，它已经不在了。多么遗憾！但我们只能接受这样的事实，就像我们接受孤独一样，孤独地活着，但是确实是活着。

夜里，我们离开了这个星球；第二天我们就到了港口。这里是我们这种盗墓者的集散地，城市里到处都是文物贩子和猎奇收藏家，偶尔还有些特别严肃的学者，显得非常热闹。

我们把手里的东西随便卖了个价钱——你不能指望我们把它们当成宝贝。这足够我们下次出发的油钱。

安娜把那个黑色盒子送给了我，我把它留着，摆在飞船上。

这些推测是真的吗？它——那座齿轮机器——真的活着吗？我不确定。也许这些都是我的臆想，对此请不要在意。我所唯一知道的是，它因为孤独而死。

幻想嘉年华

CARNIVAL PHANTASM

舌尖上的星河

MENU: A BITE OF GALAXIES

文 / 屠思凡

前菜
Appetizer

不明飞行生肉刺身

Unidentified Flying Flesh Sashimi
1.5Ƀ

盐焗随机数种子

Random Seeds Hashed with Salt
Random Price

沙拉
Salad

猎户座史莱姆沙拉

Orion Slime Salad
14.2857Ƀ

汤品
Soup

发酵原生汤

Fermented Primordial Soup
1.5Ƀ

主菜
Entrée

诺氏风情土豆泥

Nobel Flavor Mashed Potatoes
9.14Ƀ

小行星饭团

Asteroid Onigiri
3.141Ƀ

生鲜玻尔兹曼大脑

Raw Boltzmann Brain
e^{1e28}Ƀ

甜点
Dessert

戴森球爆米花

Dyson Sphere Popcorn
1.8Ƀ

土星环沙冰

Rings of Saturn - Smoothie
5.5Ƀ

restaurant@eof.universe

☎ +44 2267709

不明飞行生肉刺身

Unidentified Flying Flesh Sashimi

● 首创厨师

Mr. HeavenDuke

● 目标群体

肉食性碳基生物

● 制作难度

★★★★★☆☆☆☆☆

● 星际评分

★★★★★★★★☆☆

● 材料

原生不明飞行生肉少许

山葵根

醋米饭

日式寿司酱油

生长抑制激素

● 顾客评价

救星！救星！救星！

——某饥荒地区平民

珠峰脚下的中餐厅花样更多（听说他们还挖出了脑花去涮火锅），创意十足，但是我还是更喜欢原汁原味的，希望这里能成为第二个筑地市场。

——日本游客上村宏

● 料理简介

不明飞行生肉是在2024年意外坠落地球的一坨巨大肉球，摊平以后覆盖了整个川藏地区，并不断向外扩张。虽然科学家证明了其生物结构与牛肉无异，但是不断生长的鲜肉却抢占了人类的生存空间，渗出的油脂和血水也污染了地球的水系。为了挽救地球，人类开始大力发展餐饮行业，发誓要“坐吃山空”。该运动史称“肉食战争”。

● 烹饪步骤

步骤1：不明飞行生肉（简写为UFF）切片，放进0℃冷藏室，保存待用。

步骤2：取山葵根适量，研磨成糊状，置入盘内。寿司酱油倒入碟内，等待装盘。

步骤3：取出UFF薄片，完全浸没在生长抑制激素溶液中5秒后取出，按照标准做法做成手握寿司。

步骤4：静置片刻，待UFF切片停止膨胀后，装盘，与调味品一同端给顾客。

● 特别提示

1. 切片后，应尽快完成冷藏与生长抑制激素处理，否则UFF将在烹饪过程中继续发育，分化出软骨、血管和神经节，影响口感。

2. 为避免UFF在消化道中继续生长，老人、婴儿等消化系统不健全者禁止食用本菜品。

3. 拥有15年以上寿司制作经验者可尝试制作军舰卷和反卷寿司等变种，但需注意：不要做成生肉包子。

4. 炙烤会造成肉片肉质硬化，伴有抽搐反应，故制作火炙寿司时，应避免在食客面前烹饪，以免引起不适。

盐焗随机数种子

Random Seeds Hashed with Salt

● 首创厨师

YOVOY（米其林六星）

● 目标群体

量子世代的机械生命

● 制作难度

★★★☆☆☆☆☆☆☆

● 星际评分

★★★★★★★☆☆☆

● 料理简介

特级厨师 YOVOY 为机械生命开发的精神食粮，这些 AI 能够从高复杂度计算引发的量子超频中获得极大快感，以至于在个别地区，该菜品被列为毒品。菜品使用 Qava 编程语言开发，兼容各厂商的 AI 操作系统型号，还对外开放了编程接口，以供厨师设计个性化的种子。据传，自菜品诞生至今，全宇宙尚无完全相同的两盘种子。

● 材料

Qava 开发环境

YOVOY 虚拟机

内存≥ 2048GB

TQS-Link 网络套件

标准脑机数据传输驱动

● 烹饪步骤

步骤 1：实现下列编程接口。

Seed GenerateSeed(); // 生成随机数种子

String GenerateRawText(Seed seed); // 培养种子获取生串

String ProduceSalt(); // 产生盐

Byte[] Hash(String raw, String salt); // 加盐处理

void Interrupt(int timeout); // 超时中断

步骤 2：通过 Qava 编译器将程式打包成 Qar 可执行文件，并在虚拟环境中完成测试。

步骤 3：使用 QTCP 协议创建套接字（应确保信道安全），将 Qar 文件上传至顾客的存储设备里。

步骤 4：发送 SIGALARM 信号，通知顾客及时品尝菜品。

● 顾客评价

在消化第 48 个序列时，我在高阶函数曲线的第三极值点遭遇了守护怪兽。怪兽用恒等不变性回应我的碰撞攻击，以至于我的神经网络陷入了局部最优，我不得不重新设计梯度才取得了胜利……一场惊险又奇妙的体验。

——美食 qWertY

● 特别提示

1. 产生的盐的长度应大于 42，否则将难以保证口味。

2. 加盐处理的接口不建议使用 MD9、SHA-4X 等性能较差的算法实现，原因同上。

3. 超时中断函数必须生效，否则顾客有可能永久待机。

猎户座史莱姆沙拉

Orion Slime Salad

● 首创厨师

猎户座天区原住民

● 目标群体

普适宇宙中一切生物

● 制作难度

★★★★☆☆☆☆☆☆

● 星际评分

★★★★★☆☆☆☆☆

● 材料

冷冻史莱姆 500 克

Christ-II 型培养液适量

生菜叶三大片

油醋汁 / 千岛酱适量

混合意大利香料少许

● 顾客评价

人生就像猎户座史莱姆沙拉，你永远不知道下一盘里有什么奇怪的东西。呕——

——哲学家伊藤二三

味道很好，像是在吃老家的萨莉亚幼虫。但是吃一盘长着自己面孔的飞蛾，还是挺奇怪的。

——某五星评价

● 料理简介

经科考队确认，猎户座马头星云是一群处在休眠状态的史莱姆。实验表明，史莱姆细胞具有全能性，能根据周边环境分化成形态各异的物体，其中部分可以食用。因此，史莱姆沙拉便成了猎户座天区的家常菜之一。当前，围绕该菜品存在两项争议，其一是分化后的史莱姆可能威胁食客安全，其二是随着食客蜂拥而至，史莱姆已濒临灭绝。

● 烹饪步骤

步骤 1：冷冻史莱姆打碎，置入盘中，倒入 Christ-II 型培养液，静置三十分钟。

步骤 2：取餐盘，铺上生菜叶后，在上面摆放史莱姆碎块。

步骤 3：在 24.7℃ 恒温环境下解冻史莱姆，淋上油醋汁或千岛酱，加入少量意大利香料。

步骤 4：上餐，并派遣安保人员在顾客身边待命，待史莱姆分化成型后，保证顾客和餐厅的安全。

● 特别提示

1. 菜品具有潜在的毒性、攻击性，还有可能造成精神不适，请提前告知顾客。

2. 严禁利用本菜品唆使顾客从事赌博活动。根据联邦条例第 O-2482 条规定，违者将被送往马头星云充当饲料。

3. 少数情况下，史莱姆不会分化。此时应撤回菜品，以免发生食物吞食食物、顾客乃至吞食餐厅的事故。

4. 本品不接受外带，若分化出机密档案、大规模杀伤性武器、政府官员、餐厅老板、超光速引擎等异物，请立刻联络联邦政府安全部门。

猎户座史莱姆沙拉

Orion Slime Salad

● **菜品文化——摘自《猎户座史莱姆习性初探·喂食篇》**

实验编号：#SLF029384#　　饲料：新鲜猪肉 500g

个体分化成若干种不同的小型肉食动物，并在实验区域展开厮杀。最终，以肉汁为食的类草履虫单细胞生物成为了唯一幸存物种。

实验编号：#SLF794383#　饲料：工业核燃料

大部分个体迅速分化，形成巨大肉块，并在 14 小时内全部死亡。经重复实验，极少数个体会分化成爬行动物，新陈代谢靠核燃料供能，体表气孔会喷射出放射性火焰。

实验编号：#SLF102022#　饲料：《定理证明过程的复杂性》论文原稿

个体分化成一台长 5 米，宽 5 米，高 5 米的黑色金属箱，经拆箱检查，黑箱内装有一座微型核聚变反应炉与一台 IBM 量子计算机。机载 OS 正在运行一项程序，进程名称为 P=NP，启动账户用户名为 SAC1971。

实验编号：#SLF923300#　饲料：冷冻猎户座史莱姆

个体迅速气化，在实验区域生成超低温局部环境。气化结束后，对实验区域的气体成分进行分析，未见异常成分，可认为史莱姆已死亡。在此期间，冷冻史莱姆始终保持冬眠状态。

实验编号：#SLF677777#　饲料：负鼠幼崽（活体）

个体分化成成年负鼠，并对幸存幼崽表现出强烈母性。幼崽在进食其分泌出的母乳后，成长时间比普通负鼠幼崽短 25%，成年个体的智慧水平与黑猩猩相当。

实验编号：#SLF102022#　饲料：火星土壤样本

个体分化成大量藻类生物，能够耐低温、盐碱、干旱、低重力等恶劣环境，部分藻类能够进行光合作用。实验成果已被联邦政府应用在了星际殖民工程中。

实验编号：#SLF019283#　饲料：艾斯特 IV 型真菌样本

个体分化成软体动物（形态类似大角星飞行章鱼），并分泌出黏液，黏液可有效溶解真菌细胞壁。后续实验表明，该特性仅对该菌株有效，故无法被应用于其他防疫行动中。

发酵原生汤

Fermented Primordial Soup

●首创厨师

J.B.S.H.3rd, Ph.D.

●目标群体

宇宙的任意真子集

●制作难度

★★★★★★☆☆☆☆

●星际评分

★★★★★★☆☆☆☆

●料理简介

星历 43.1751.09，一位深空救援队员在一艘失事飞船的生活甲板发现了一套依靠引力潮汐供能的反应器。它的内部计时器显然已经溢出不止一次了。同位素鉴定显示：这艘从深空通信网络中消失了 15 个月的飞船已经在自己的参考系中等待了超过 1200 年。那么为什么拉威尔尘埃云γ区的引力异常区域没有就此被划为禁航区呢？因为我们那位可敬的救援队员打了开反应器，喝了一口——味道还不错。

●材料

H_2O	50L
CH_4	20mol
NH_3	10mol
H_2	10mol
H_2S	10mol
碎石少许	

●烹饪步骤

步骤 1：将材料放入 1 立方米级 Miller-Urey-Jiang 反应器进行灭菌处理。

步骤 2：开始预反应，72 小时后取样，检查初始产物是否正常形成。

步骤 3：在第五类 A 型引力异常区域部署浮标，搭载反应器。

步骤 4：每反应 28 年检查一次，确认装置正常运行。

步骤 5：对产品进行 3 次间歇超高压灭菌，并间隔 72 小时取样三次，确认无生物活性后食用。

●顾客评价

说实话，大多数时候这道汤的味道都并不怎么对得起它的价钱。但是人们来拉威尔之前总是会点上一份，这也算是某种对生活的期待吧。

——冈泽门太郎
业余时间勇者

●特别提示

1. 煲汤时请注意航线安全，避免引力潮汐造成伤害。

2. 请严格按照《GFDA 生物活性检测指南》操作，以避免饮食健康风险。如反应产物有强烈危害性或表现出攻击倾向，请立即远离，并呼叫联邦灾害控制部门处理。

3. 不建议缺乏经验的厨师设置超过 2048 年的反应时间。

4. 请尽量参照设备制造商的推荐设定设置反应条件。

发酵原生汤

Fermented Primordial Soup

S. C. 44. 8783. 05《大角星论坛报》

……出这事的时候我在小行星带那头的“奇美拉汤罐”做学徒，每天的主要工作就是把仓库里的小行星碎片磨碎，给厨师们煲汤用。那天主厨亲自去给一位大客户订的16384年份老汤做最终检查。我按计划给他送陨石粉的时候，发现他的飞船离开机库已经四个小时了！当时无线电也联络不上，我们就报警了嘛。结果警用飞船的雷达也找不着。而且还有更吓人的：他去的那片区域里的小行星一个接一个地在从雷达上消失，就像那里有个黑洞一样……再后来啊，我就在那个空泡的边缘开了这家“黑石老汤”。我的习惯是在每一煲汤里加入五粒当时的灰烬，算是纪念我的师傅吧。等到这些灰烬都跟着顾客们离开，我也就该退休了。

S. C. 43. 1772. 10《科尔宾时报》

自“恶魔汤”流行以来，联邦食药监局已经确认26起与“制作与摄入长时程原初地球环境模拟实验产物”有关的死亡事件。然而，限制相关行为的法律至今只在少数几个殖民地得到了通过。我们在此呼吁，为了避免这类悲剧出现在我们身边，科尔宾……

S. C. 44. 5342. 12《重力周刊》

“据《火星邮报》周三消息，第三新克朗代克空间站的一家餐厅在制作招牌菜“发酵原生汤”时，汤里开出了一朵极尽绚烂的花。奇怪的是，虽然厨师和顾客都非常确信那朵花“不仅美丽极了，还散发着温柔的香气”，但在他们上传的自拍里，两个人之间的汤碗里却空空如也。现场监控也显示：那只是一碗无色液体，并没有任何形似花朵的物体出现。无论如何，顾客还是称赞了汤的口味，那张自拍也收获了大量转发……

S. C. 44. 0079. 08《熬煮时间——J. B. S. H. 3rd 与他的汤》

从他与妻子最后的通信中，我们可以发现他已经变了。他的注意力已经从追求美味转到单纯地制造不可预期的产物上去了。在此时盖上盖子，一年后打开，就能跨越千万年的演化，品味这期间一切随机性的累积中所诞生的“未来”——这对他而言仿佛已经成了一种宗教体验。我们无从揣测这些浓缩的时间在他的身体里积累成为何物，我们只知道：在S.C.43.1776.01那天，这位前深空救援队员最后一次搭上他的飞船，航向拉威尔尘埃云的深处，然后与他的汤一起成为了一个捉摸不定的传说。

诺氏风情土豆泥

Nobel Flavor Mashed potatoes

● 首创厨师

道格拉斯·施密特

● 目标群体

防爆 / 有自杀倾向的生物

● 制作难度

★★★★★★★★★☆

● 星际评分

★★☆☆☆☆☆☆☆☆

● 材料

诺氏马铃薯若干

液态硝酸甘油稳定剂

鲜奶适量

盐、胡椒粉、油适量

配菜若干

● 顾客评价

我和我天秤座的朋友一起来的，他是甲壳生物，而我已经活了四百个世纪，足够产生去死的念头了。我的朋友很生气，嫌火力不够；我也很生气，因为土豆泥尽管味道很好，却只炸坏了我的三个胃，害我整整五年没法进食。

——匿名差评

● 料理简介

全宇宙最臭名昭著的食品之一，原材料为经基因工程改造的诺氏马铃薯。诺氏马铃薯的块茎会分泌并储存硝化甘油，在受到撞击、摩擦和剧烈温度变化时会引发猛烈爆炸，是良好的天然炸药。以之为食材的料理在制作过程中造成伤亡厨师 / 食客数目已达 204829438484，其中，诺氏风情土豆泥尤为危险。

● 烹饪步骤

步骤 1：把诺氏马铃薯浸入硝酸甘油稳定剂中，腌渍至少 24 小时。

步骤 2：取出马铃薯，洗净，在低压环境里用不高于 72.3℃ 的沸水煮 3 小时，直到马铃薯变软。

步骤 3：马铃薯去皮，用液压机缓慢压成糊状，然后倒入鲜奶，加入盐、胡椒粉和油，以不高于每分钟十二转的速度搅拌均匀。

步骤 4：装盘，加入配菜。用燧石或其他点火装置点燃土豆泥，即可端给顾客享用。

● 特别提示

1. 进货时，应保证现场除机器人外无其他人员。土豆应存放在安全指标不低于 VII 级的防爆库房里。

2. 削去的土豆皮请务必妥善处理，以免被不法分子二次利用。

3. 前三个步骤使用了临界参数，可根据顾客的需要，在不超过界限的前提下适当改变参数，以提升土豆泥的爆炸概率和爆炸烈度。

4. 自助时段谢绝供应本菜品。

诺氏风情土豆泥

Nobel Flavor Smashed Potatoes

● **菜品文化——摘自《诺氏马铃薯事故报告》**

事故编号 #00000A2　时间：2047 年 6 月 1 日　地点：美国爱达荷州

诺氏马铃薯生物入侵早期案例。农夫艾瑞克·摩根在自家农庄中烹烤土豆时，意外引发爆炸。连环爆炸席卷爱达荷州全境，不仅让州政府面临年度财政赤字，还引爆了东南地区的五座核电站。联邦政府不得不疏散全州居民，并向海牙国际法庭起诉诺氏生物公司。全球马铃薯产业自此受到重创。

事故编号 #00000BFC　时间：2048 年 2 月 13 日　地点：中国吉林省长春市

烟花市场上涌现诺氏马铃薯制品，经调查，为节约成本，部分厂家私下购进滞销/禁售的诺氏马铃薯，取代黑火药制造烟花爆竹。经《焦点访谈》节目曝光后，市政府对全市烟花爆竹生产工厂进行了突击检查，最终查封了 17 家黑工厂。

事故编号 #00002FFC　时间：2058 年 6 月 1 日　地点：哥伦比亚首都波哥大

波哥大银行发生抢劫案，劫匪使用薯片、薯条作为武器，并使用 160mm 螺纹钉制造出了地雷。戴蒙德公司（品客薯片的生产厂家）受此启发，进军军火产业。全球进入新恐怖主义时代。

事故编号 #00017777　时间：2059 年 10 月 1 日　地点：瑞士日内瓦

第三次世界大战造成北美洲、中东和东南亚地区全毁。战争结束后，各国代表在此签订了《世界马铃薯不扩散公约》。

事故编号 #00148FAB　时间：2075 年 5 月 1 日　地点：天棓二

诺氏马铃薯在当地生物体内富集，引发全球安全危机。经库玛人（当地智慧文明）验证，爆炸物质会被集中存储在脂肪中。最终，库玛政府重金聘请美容专家，为当地引进了抽脂手术。此举不仅推动了美容业在当地的发展，还催生了新的硝化甘油供应链。

事故编号 #009F8273　时间：1846 年　地点：英属爱尔兰

民族主义者詹姆斯·菲茨托马斯驾驶时间机器前往大饥荒时期的爱尔兰，向当地引进了诺氏马铃薯。灾民领袖以此为契机，于 1847 年 4 月 1 日发起了“马铃薯革命”，推翻了英国的统治。爱尔兰从此跻身世界列强，其头号军火贩地位直到二战才被美国取代。

小行星饭团

Asteroid Onigiri

● 首创厨师

一条咸鱼

● 目标群体

拥有盖亚意识的星球

● 制作难度

★★★★★★★☆☆☆

● 星际评分

★★★★★★★★☆☆

● 材料

小行星若干

彗星适量

星球发动机，数量与小行星相同

虫洞产生器

● 顾客评价

我太小了。他们送来的小行星大得吓人。长老说这有助于我的生长发育，事实也确实如此。但是吃下物质总量比我还多的食物以后，我还是我吗？进食前，有些小家伙来了，在我脸上陪我说话，他们现在还好吗？

——幼年行星 Auieo

● 料理简介

对星球生物而言，小行星是一种稀松平常的饮食。只需让星体撞击其表面，祂们就可以完成进食，并获得极致的快乐。小行星品种繁多，口味各不相同，可通过调整元素含量，创造出不同的餐饮体验。如今，伴随着宇宙的发展，传统的小行星运输方式受到了挑战。虫洞运输逐渐成为主流，以避免传统方法造成的漫长等待。

● 烹饪步骤

步骤 1：小行星管理委员会批准并选出满足要求的小行星，并根据顾客需求制定小行星组合。

步骤 2：行星推进师规划路线，以避免与有生命星球相撞，并在小行星上安装推进装置，等待合适的发射时间。

步骤 3：发射小行星，及时调整姿态。

步骤 4：在撞击之前拆除推进装置（顾客有特殊的需求时除外）。

● 特别提示

1. 审批工作会持续较长时间，请提前预约。

2. 暴饮暴食会导致星球急剧增重，进而增加星球的进食需求。挑选小行星时，务必注意控制数量。

3. 挑选小行星还应注意膳食平衡，否则可能会在体表孕育生命。低等生命会引发难以去除的皮肤病。曾居猎户臂边缘，因摄食大量彗星获得液态水，导致生命出现而罹患皮肤癌的 E 先生会很高兴分享他的经验。

4. 本菜品亦可作为药膳食用。若出现皮肤病，可应顾客要求，向小行星管理委员会申请加餐。

生鲜玻尔兹曼大脑

Raw Boltzmann Brain

● 首创厨师

Aquila Feather

● 目标群体

模因生命

● 制作难度

★★★★☆☆☆☆☆☆

● 星际评分

★★★★★★★☆☆☆

● 材料

星际捕猎飞船

量子干涉探测器

势能阱

静止空泡

暗能量

● 顾客评价

我只喜欢玻尔兹曼大脑的纯粹。要不是它限量，我大概不会再去碰任何一个智慧生命了。

——一位等了十年零六个月的顾客

我排不起队，就把我的邻居吃了。祂的味道很不错。

——食材 #10359

● 料理简介

玻尔兹曼大脑是低熵状态下自发产生的意识体，在绝大多数情况下表现为纯能量态，偶尔表现为基本粒子的组合态。它的存在极不稳定，会被大多数外界扰动破坏，因此猎取时需要专业人员谨慎操作。随着采集技术的进步，玻尔兹曼大脑已经不再是稀有的珍贵食物。但为了防止过度捕捞，联邦政府立法规定了各个星区内的捕猎限额。在大多数餐厅，这道菜限量销售，并且需要提前预订。一些地区的预定队列可以排到数十年后。

● 烹饪步骤

步骤 1：驾驶飞船寻找玻尔兹曼大脑。当附近存在一个玻尔兹曼大脑时，量子干涉探测器可以通过三角定位确定它的位置。

步骤 2：缓慢接近至安全距离（100m 至 5km 不等，视能量强度而定），使用势能阱捕获玻尔兹曼大脑。

步骤 3：将玻尔兹曼大脑放置在静止空泡中，以进行长途运输。

步骤 4：解除静止空泡，立即向势能阱中通入暗能量以稳定玻尔兹曼大脑。装盘端给顾客。

● 特别提示

1. 玻尔兹曼大脑的分布完全随机，捕猎前切记洗脸。

2. 若遭遇由基本粒子构成的非能量态大脑，请查阅进阶操作指南（此类大脑在一些地区被列为保护生物）。

3. 严禁将客人享用完的大脑充入飞船燃料箱！其中混杂的暗能量可能导致无法预测的后果，请根据当地垃圾分类规定妥善处理。

戴森球爆米花

Dyson Sphere Popcorn

首创厨师

Star Abyss & Maple Yang

目标群体

草食 / 杂食碳基生物

制作难度

★★★★★★★☆☆☆

星际评分

★★★★★★★★★★

材料

戴森球 / 戴森环一个

恒星级宇宙飞船一艘

隔热容器一个

玉米种子适量

调料根据口味准备

顾客评价

我们在维修太阳能发电设备期间，每个人都重了至少十磅。我想，我们回家以后，几年内大概都不会再碰任何形式、任何口味的玉米制品了……当然，我不后悔。毕竟，放眼宇宙，谁会和爆米花过不去呢？嗝——

——DS-431 维修工

料理简介

与其说是创意食品，倒不如说是一种行为艺术。与普通爆米花的区别完全在于夸张的厨具和高难度的烹饪过程。该问题后来被一名日本艺术家解决了。他的《爆米花之星》是一座爆米花主题公园。公园将一颗双层戴森球的夹层改造成了玉米农场，将谷粒送往内壁进行烹饪。成熟玉米的谷粒直径为 15 ～ 25 厘米，爆米花单粒直径最高达 3.5 米。

烹饪步骤

步骤 1：进入戴森球，寻找稳定热点。

步骤 2：追踪热点，调整飞船速度和姿态，直至与热点保持相对静止。

步骤 3：将少量玉米种子装入隔热容器，挂载在舰载机械操作臂上，伸出飞船，直至容器内温达到 180℃。

步骤 4：收回机械臂，在安全区域开启容器，收集飞散的爆米花，根据口味适量加入调味料。

特别提示

1. 烹饪期间请与热点保持距离，以免对飞船造成危险。

2. 请不要在爆米花之星主题公园执行上述烹饪过程，否则有可能像前任店长一样吃官司。

3. 在特殊情况下，步骤 4 可省去收集工序，让食客在受限空间内自行捕捉飞散的爆米花，以产生娱乐效果（需要收取额外的清洁费用）。

4. 为了区分本菜品与普通爆米花，厨师应当在戴森球附属分店现场提供本菜品，并保证烹饪期间，顾客同样处在船舱内。

戴森球爆米花

Dyson Sphere Popcorn

●菜品文化——摘自纪录片《舌尖上的戴森球》

Z调整着飞船姿态，慢慢地接近了金星轨道外的太空中的一片虚无。他谨慎地看了看扫描仪，周围没有其他的飞船。很好，干他这一行的，最好独来独往。

Z打开了光学扫描，不远处悬浮着一颗白热的金属液滴，它可能原本是某艘行星际航班留下的太空垃圾，现在却被某种巨大能量熔化，在漆黑的天幕下发出耀眼的白光。远处，密密麻麻的板块挡住了星光，那是戴森球，人类智慧的结晶。

巨大的戴森球并不是完美的球形，光能转化率也并非完美而毫无反射。无数板块在光压与引力的对抗中起伏着，在内部形成不均匀的能量反射。某些辐射聚焦的点，温度高到足以瞬间融化金属，这些点被称为“热点”。

早些年，曾有民用飞船误入大型热点，酿成全员蒸发的惨剧；如今，所有直径超过10米的热点都已经被航行安全委员会持续追踪，但更小的热点与新形成的热点却难以预测。即使是板块的微弱旋转，也会形成快速移动的热点，能在数秒内穿越一个水星轨道的距离，但由于照射时间极短，这些热点威胁不大。而Z找到的，是一个稳定的小型热点。

——一个极度危险的高温死神。

Z小心地匹配着与热点的相对速度，缓缓接近它的高温核心。10米，9米，8米……不能再近了，飞船外壳已经接近高温极限，冷却系统濒临过载，Z抹了抹头上的汗珠，打开飞船货舱，伸出了机械臂。机械手拿着一个增压容器，那是他的“秘密武器”，是他此行的最终目的——那是一锅玉米。

热点的高温均匀炙烤着容器，整个戴森球如同一个火星轨道大小的微波炉。烟雾在零重力下弥漫成一团，饱满的玉米粒滋滋地冒着油花，被受热膨胀的内部气体推动，旋转飞散，最后在容器中噼噼啪啪地炸开，喜悦的抖动沿着机械臂传递到驾驶室。Z收回机械臂，来到货舱，穿上防爆服，打开锅盖。

“砰——”一声巨响，玉米花飞散，在船舱中飘浮碰撞，一股诱人的焦香味弥漫开来，乳白的烟雾在锅口形成一束，又被空气循环系统抽剥殆尽。Z满意地点了点头，把爆米花收集起来，放进时间停滞冰箱。当他在第1984届热点猎人大赛上捧起奖杯时，这些热气腾腾的爆米花将是给嘉宾最好的礼物。

土星环沙冰

Rings of Saturn - Smoothie

● 首创厨师

Galileo Huygens Cassini

● 目标群体

普通人类、土星

● 制作难度

★★★★★★★☆☆☆

● 星际评分

★★★★★★★★★☆

● 材料

土星环

15 纳米级细盐，取自火星北极

重力柠檬

● 顾客评价

土星旅游已经是六十四年之前的事情了，那时候，大概还没有人能想到那个景点本身也可以上桌吧。来自六大圈层的冰晶，与盐和柠檬汁一起在舌尖渐次融化，真的就像那些失去的记忆一样呢——如泪融于雨中，悄无声息、无可挽留。

——N.A.

● 料理简介

据说这款沙冰是一位土星气象局的工作人员在深夜加班检测星环标本的时候发明的。当他把一打采样器（甚至包括火星局同僚送测的盐原尘暴样品）里的东西混合起来，又谋杀了科长心爱的重力柠檬时，这位员工究竟处于何种心境，我们已经不得而知。他所留给我们的，大约就是这一杯超越了时间与薪水的清新隽永了吧。

● 烹饪步骤

步骤 1：向外太阳系天体资源与环境保护局报备单次商用采样活动。

步骤 2：准备超低温渐进式极化约束采样器（中型以上），及兼容累进式贯穿采样返回策略的载体。

步骤 3：从泰坦轨道站发射采样器，对土星环沿 E-F-A-B-C-D 顺序进行累进式贯穿采样。立即封闭采样器。

步骤 4：在干冰冷却下开启采样器，取出衬管。取半只新鲜重力柠檬，挤出果汁；均匀筛出 0.92 g 细盐。

步骤 5：立即混合、饮用。

● 特别提示

1. 采样报备受政策因素影响，不保证顺利获批。

2. 建议细盐开封后 1 分钟内用完，否则可能产生固结。

3. 为保证成品忠实呈现不同圈层冰晶的独特口感，请保证约束采样器衬管内真空度达到 PS-V-03 标准规定值。

4. 为获得最佳混合效果，可不取出衬管，而将采样器温度升至 250 K 后，直接加入配料，并立即反接约束模块电路。但此方式有较大概率损坏采样器，请谨慎使用！

奇观的终结

THE END OF WONDERS

文 / 杨枫

故事的主角总该有个名字，就叫他小明吧。

小明平日沉默寡言，在一家互联网公司做网站开发，朝九晚九，一周六天，据统计，周日有 80.891719745223% 的概率加班。

小明的家里养着位画家。认识画家的过程很像《银河系漫游指南》。开端，发展，高潮，结局，都很像。

让两人相见相知的那场车祸不值一提，不过，自从小明把画家拉到家里住下，天上便忽然涌现出数量惊人的外星飞船。飞船的外观都很三体，很太空漫游，很拉玛。巨大、笨重、沉默，像一场立体几何学的盛大狂欢。

起初，外星飞船的造访掀起了轩然大波，全人类的目光都投向了天空中神秘的异星奇观。这是任何科幻小说都未曾描绘过的景致——漆黑的石碑如湖畔蚊蝇，成群结队，漫天飞舞；圆柱体飞梭中通外直，摇摇摆摆，将太空垃圾整船整船地抛向大洋深处。

不过，大多数飞船都只是观光客。它们举止怪诞，却没人知道它们的行事动机。外星人的造访既没给人类带来任何好处，也没造成任何危害。就连从天而降的废料也入水即化，分解后，成分与海水相差无几。人类也没有能力去分析这些访客，遑论驱逐或破坏。核弹上天，飞船毫发无损，辐射尘反而引起了全球范围内的抗议。

小明没有参加抗议。相反，镶嵌着几何体的天穹却让他对未来萌生出几分期待。每天早上，他醒来以后的第一件事不再是打开手机刷头条，而是拉开窗帘，看看天空中出现了哪些新花样；他工作之余的乐趣也从看综艺变成了和狐朋狗友打赌，赌第二天某种几何体的数量，或某种多面体的面数。

他甚至萌生出追求本组项目经理晓红的想法，他暗恋她很久了。

受 UFO 鼓舞的不止小明一人。在一个天空属于六边形的休息日，多年未见的师兄老杨来找小明，邀请他一起去创业。

老杨上学时玩过淘宝，做过代购，搞过微商，毕业前靠倒卖比特币发了点财。他的创业计划是在几何体上开设广告位，灵感源自一场科技艺术展。他陪一位记者朋友去看展。喋喋不休的朋友中途离场，去报道迫近地球却被木星俘获的死星。老杨因祸得福，沉浸在光雕投影的海洋里，猛然醍醐灌顶。

老杨坐拥成功人士必备的各项素养，面相是励志畅销书封面人物的绝配。觥筹交错间，他大谈特谈二人的同窗情谊，谈小明在二流互联网公司上班纯属大材小用，等到小明一身酒气地抱头痛哭，又化身救世主，推心置腹地向他讲解自己的战略布局。

他没有说他通过小明的朋友圈，不仅知道他时常夜观天象，还知道他赢下了他设下的大多数赌局。他说：小明将在他们的战局中发挥重要的作用，前提是他能帮他们摸清这些不明飞行物的运动规律——稳定的广告位更容易招商引资，以此为基础，才方便划分时段和地区，设置不同档次的价位。

老杨还承诺，等公司上市以后，小明可以得到近 30% 的股份，成为仅次于老杨本人的大股东。这让小明顿时心花怒放，满心桃花盛开。在钞票铺就的道路尽头，他看到了属于他和晓红的无尽可能性，尽管时至今日，他对她的了解依然仅限于她的名字，这名字还是他从她的工位名牌上捡来的。

二人签了合同。老杨开始四处奔走，小明继续夜观天象。二人相约，在两周后邀请投资人一同见证奇迹。

老杨猜中了。小明对天象确实有一套自己的理论。回到家中，他做的第一件事，便是写下每一条经验，然后借助百度翻译，同全球各大天文机构发表的研究成果一一比对，去掉贝塞尔曲线、克莱因壶等不易投影的怪胎，筛除特立独行的大漏斗和不规律出现的象形文字。

很快，老杨的愿景便获得了坚实的理论基础。一篇材料科学领域的论文指出：天外来客的飞船共享一项物理性质——只有从指定角度发射辐射波，才会在飞船表面产生散射。得知此事，老杨专门搞了一台大功率发报机，开着二手捷达满城溜达，最终测出了满足投影条件的几处大楼，开始和物业商议屋顶的租用事宜。

小明则继续一边工作，一边辅佐老杨在城里四处开矿。欲望孕育热情。这是小明自毕业以后第一次全身心投入一项事业。他开始记日记，字里行间都是对未来的狂想；他开始写诗，在诗节里感谢晓红点亮他的夜，用她看不见的辞藻称颂她的美貌和仪容。

他求画家为他画一幅晓红的肖像画。画家对此乐不可支。他本便对人间百态颇为狂热，日常活动便是上网翻八卦，然后变着画派使之跃然纸上。仅用了一晚，他便完成了小明的委托。晓红的脸庞真的点亮了小明的夜生活——颜料中掺了夜光粉，小明家的客房从此夜夜荧光烁烁。

在整理资料时，除了验证了老杨口中的商机，小明还发现了一些天文学家们尚未观察到的规律。他开始给 NASA 发邮件，用蹩脚的英语同 JAXA 和 ESA 的专家们谈笑风生。每收到一封信，不管对方写了什么，他都会把邮件打印出来，整整齐齐地装裱在画框里，挂在墙上。

小明的热情也影响了他在公司的积极性。同事们虽然不明就里，却也被他的情绪所感染。网店小程序的访问量开始一路上行，推荐算法的客户满意度也略有改善。他在公司的人气稳步升温。他有一种预感：很快，晓红将不再是一个高不可攀的偶像。

预感迅速成为现实。首秀前夜，下班回家的小明和晓红撞了个正着。猝不及防的偶遇让他手足无措。电梯一路下行，两人肩并肩，各据一角。开门以后，小明正打算夺路而逃，却没想到晓红抢先一步开口了。

“最近干得不错。”

小明感到脸颊发烫。他一路小跑回家，把自己锁进卧室。墙上挂着两周以来他和老杨整理出的详细付费方案。位于国贸的蜂巢阵列每晚六点露面两小时，为黄金版块；位于五棵松的低空圆环则略逊一筹……为了让这一切成为现实，老杨不远万里搬来了早前和另一位同事设计的激光投影仪。海底捞、联想和屈臣氏也纷纷发来了他们的广告素材。然而，小明此时却忽然意识到投影不仅能被用于投放广告，还可以变得更加浪漫。

当晚，小明辗转反侧，反复咀嚼着一项不成熟的构想。邻家的电视正在重放前日的旧闻。在地球的另一端，新登场的怪客拖着长长的尾巴，在平流层画出一圈又一圈笛卡尔曲线。

清晨时分，一串气泡碎裂在员工公寓楼顶层。他下定决心，要将构想付诸实践。六点，他赶首班车到公司，在晓红的桌上留下一张字条。老杨的演出定在晚上七点半，他要邀请她一同参加。

下午两点十三分，晓红闪亮登场。

小明看着她把挎包挂上座椅靠背，身体产生触电般的感觉。她招呼他去她的工位。他喉咙发紧。放宽心，放宽心。他一边给自己打气，一边向她走去。

“上午有点事出去了。我听产品经理说，你在主持开发？”她抬头看进他的眼睛。

他点头称是，从未如此唯唯诺诺。

“嗯……有个事想跟你谈下。”她不由分说，带他去面试用的会议室，背靠窗沿，两手交叉，“我其实要离职了。看你最近表现不错，我想推荐你做项目经理。薪水在现在的基础上翻番，来年绩效评分在 85 以上，能解决户口问题。你看怎么样？”

小明感到一阵眩晕。她拍拍他的肩膀，说如果没想好也不必着急，可以给他一些时间考虑一下。但交接时间有限，希望他尽快给出答复。说罢，她离开会议室，留他一个人在屋里。

离开前，她拿出了他写的那张纸条，问他知不知道这是谁的恶作剧。他摇头，她也摇头叹气，建议他就任以后严肃整顿组里的风气，让下属少搞些歪门邪道。

窗外，一只巨大的眼睛无声地瞪视着小明。只用一场简单的对话，她便再度拉开了二人之间的距离。她终归是他的上司。虽然年轻貌美，但是她的私生活绝不属于公司的任何一人。在她的世界里，他最好的归宿，不过是成为她的同志，她的战友，她的继承人。

他想到老杨，虽然一热一冷，但是面对面接触过以后，两人留给他的印象却重叠在了一起。天空中的眼睛流下了浑浊的液体。他咬咬牙，回到工位，把自己埋进递归和循环深处，给自己争取到了足够提前下班的时间，准时赶到了中关村。

7:15，他迎风走进夜色。中央空调轰鸣不止，老杨热情地拥抱他，向他介绍到场的五位投资人。

7:20，第一片等边三角形出现在大楼东北。老杨兴奋得手舞足蹈。投影仪阵列准备就绪，只差接通电源。

7:29，决定成败的时刻到了，三角瓦片花瓣般层层展开，发出叮叮当当的清脆鸣响。狂风呼号，直径三公里的大幕在他们面前铺展开来。投资人退到一边，老杨站到投影仪旁，手握开关，大声倒计时，活像《回到未来》中的博士，等待闪电破空，命运之时来到。

3——

2——

1——

老杨闭上双眼，按下开关。

热气升腾的火锅浮现在683.528米高的半空，接着，画面一转，火锅宴变为阖家团圆的幸福场面。广告全长30秒，止于海底捞的徽标。

投资人纷纷鼓起掌。老杨却一脸茫然地看向天空。

“那是谁家的？”他问小明，小明摇摇头。

五点钟方向不知何时出现了另一块屏幕。奥林波斯众神在1∶4∶9的石碑上向泰坦巨人发动猛攻，史诗般的大战足以让全国的每一家巨幕影城黯然失色。

电影预告片播放结束后，巨幕又放送起了游戏实况直播，直播过后则是当红偶像团体的歌舞表演。不久后，西北天区的正十二面体也加入了狂欢，面朝大地的六个表面上播放着不同的体育赛事。夜空变成了行为艺术的实验场，成了一切野心的试炼之地。

投资人的表情变得丰富多彩了。他们交头接耳，眼神在手机屏幕和其他同行之间游移不定。头顶的广告已经播完了一轮。在第二轮开始时，一名投资人走上前，祝贺老杨和小明，说他们开了一个好头，但是也提醒他们：矿山已经涌进了第一批淘金者，在他们当中，二人的首秀还不够出众。接下来才是重头戏，这是在场众人的一致意见。

表演结束，投资人纷纷离场。屋顶只剩下老杨和小明两人，小明开始整理散落一地的设备。老杨蹲坐在一旁，捧着手机，手指一下一下擦过屏幕。

楼下，人潮中的闪光灯熄灭了，潮水也紧随其后，消失在大街小巷深处。

当天晚些时候，小明回到家中，所有的新闻媒体都在大肆鼓吹着飞天投影的商业潜力。报道中使用的配图却多是那些更加酷炫的表演，二人的中关村广告屏只在列举具体的应用情景时，跟在电影放送、电视直播等场景的后面，被轻描淡写地提了一句。

新闻播到国贸站的天幕预告片放送时，小明的眼睛忽然亮了起来。他坐直了身体，鸡皮疙瘩在皮肤上发芽冒泡。在老杨因资金不足而未能拿下的黄金地段，在睥睨京城的中国樽之巅，一名精神焕发的女人迎向记者的话筒，慷慨陈词。

他的呼吸急促起来。他冲进客房，扯下那女人的画，掼在地上，一脚接着一脚踩在上面。画框和玻璃粉身碎骨，他拿起画纸，将其撕成两半，又撕成四片。他感觉受到了欺骗。她夺走了属于他的满汉全席，妄图用残羹冷炙打发他。

他的呼吸却又平静了。

他没有继续撕下去。

他冲了个澡，洗掉手上的血污和荧光粉，回到卧室，倒头便睡。

当晚，小明做了一个梦。梦里，玫瑰色的晨曦中，三枚黑色球体展开成光洁无瑕的平面。他走上天台，打开投影仪，在幕布上写下 5201314 七个数字，字体是华文彩云，边缘点缀着粉红色的炫光。

自始至终，屋顶上只有他一人。

后来，他醒了，感觉很冷，又加了床被子。

这次，他一觉睡到天亮，没再做梦。

小明是在次日早上发现画家不见了的。

画室的门大敞四开，足不出户的画家已经消失得无影无踪，还带走了他的行李。屋子被收拾得整整齐齐。乱七八糟的废纸团不见了，横七竖八贴在墙上的画布也不见了，只有桌上还留有一幅画作。画面里，干枯的大脑渐渐风化，天空中的几何体组成七巧板，立体主义的上半部像一把刀一样插进下半部的印象派世界里。

画纸下面放着一本不薄不厚的画册。小明翻开书，意外地发现这是一部科幻图像小说。在故事里，一名艺术家创造了全宇宙最宏大的装置艺术，挑选了一个星球，邀请全宇宙的探险家来此参观，将游览过程本身纳入艺术作品的一部分。

文明和文明互不理解是这个宇宙的公理，而无法理解的双方对对方的观察和反应正是艺术家最感兴趣的事情。祂用文字写下蓝色星球上的动物故事，每个字符都自成画面，每一幅画都是一首简短的叙事诗，跨越时空，始于第五号屠宰场，贯穿你一生的故事，烙印在铁血战士的疤痕里，写在 X 档案的每一页卷宗上。

宇宙的另一条公理是万物皆有终结，奇观的终结，是所有星际接触的结局，也是整个宇宙的宿命。在这颗星球上，一切熠熠生辉的奇迹都正在重归平淡。一艘艘笨重而沉默的观光飞船还将继续在这颗星球上空巡游一百万年，然而在车厢里，观光客的赞叹、惊奇和一切喜怒哀乐却已渐渐沦为自我重复的陈词滥调。

艺术品完成了自己的使命，于是艺术家餍足地打了个饱嗝，离开了祂的造物。

画册的封底画着儿童简笔画一般的地球，蓝天白云上涂着一抹画家的心意。

再见，谢谢所有的鱼。

小明放下画册，走进厨房。灶台上的烤面包机香气四溢，他照旧吃了两片面包，两个鸡蛋，两片培根，两片西红柿。

拼好晓红的画以后，时间还够。他打开邮箱，检查邮件，然后唤醒微信，启动快手，激活抖音，沐浴在数字信息的瓢泼大雨里，准备去上班。

两个月后，随着独角兽们开始彼此倾轧，老杨创业失败了。

在那家改变小明命运的餐馆里，两人再度聚首。老杨倒是比小明当初豁达，虽然人憔悴了许多，心灵鸡汤的面相却风韵犹存。他还带来了一笔酬金——他为整套广告投影技术申请了专利，靠卖专利赚了一笔小钱。

小明问他接下来有什么打算。

“家里有个亲戚给我介绍了份国企工作，待遇不错，解决户口和住房，先回家看看去。”老杨往嘴里塞了把花生，“听说你升职了。”

小明点点头，把晓红的事情讲给了他。

“不会是你泄密出去的吧？”老杨忽然神色严肃，却又放声大笑：“没啥。我估摸着这事儿也没啥门槛儿，纯看谁脑子好。你那上司不简单，估计也不太适合你。”

后来，老杨酒喝多了，开始念叨着要组建旅游团，去UFO上露营。小明买了单，把他送上计程车以后，在回公司的路上一直在思考此事的可行性。

一片阴影掠过长街，啾啾鸟鸣随鸟粪和尘土一同坠落在地。近期，一些巨物开始驻扎在地球上空，不再离去。刚刚飞过头顶的方尖碑上甚至已经有鸟雀在筑巢，从飞船上厚重的尘土中甚至长出了杂草和灌木。将其视作旅游景点，似乎确实有些道理。

不瞎想了。

小明走进大楼，乘电梯回公司，推开玻璃幕门，走向前台。

“陈姐，下午面试前端的人来了吗？”

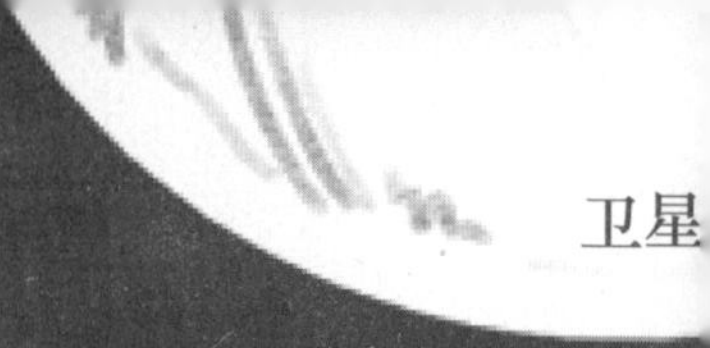

卫星

云中世界

WORLD HIGH IN THE CLOUDS

文 / 司马 / 刘子文 / 薛芃

卫星

中层

在这里，大气环流卷起大质量水泡，形成无数水泡汇集成的空中海洋。最著名的珠帘海由千百颗时刻分离融合的大水泡构成。海中悬浮着大大小小十来座城，都坐落在巨兽鳞片般的海上浮岛上，统称鳞城邦。

在茫茫宇宙中，有一颗气态行星……

下层

靠近核心，重力开始变得奇怪，浮空的巨型山岩在天空飘荡，但脚踩山岩又会产生脚踏实地的感觉。下层的人们受大气压力，都长得又矮又壮，他们在浮空巨岩内挖出城市和农田，建立了庞大的帝国，名为巴之国。

设定：什么 / 雪糕掉地 / 旦旦
美术：兔酱

上层

构造近似地球大气层，但生态环境远比地球丰富。人类居住于此，凭借氢气球过着游牧民一样的生活。在一些部落中，上方的天空被称为顶天，下方的天空被称为后天。顶天大部分时间是紫色的，后天则是褐色的。因为气态行星距离恒星系的恒星太远，顶天的光不及后天。所以大部分人都把下方的光源称为太阳。

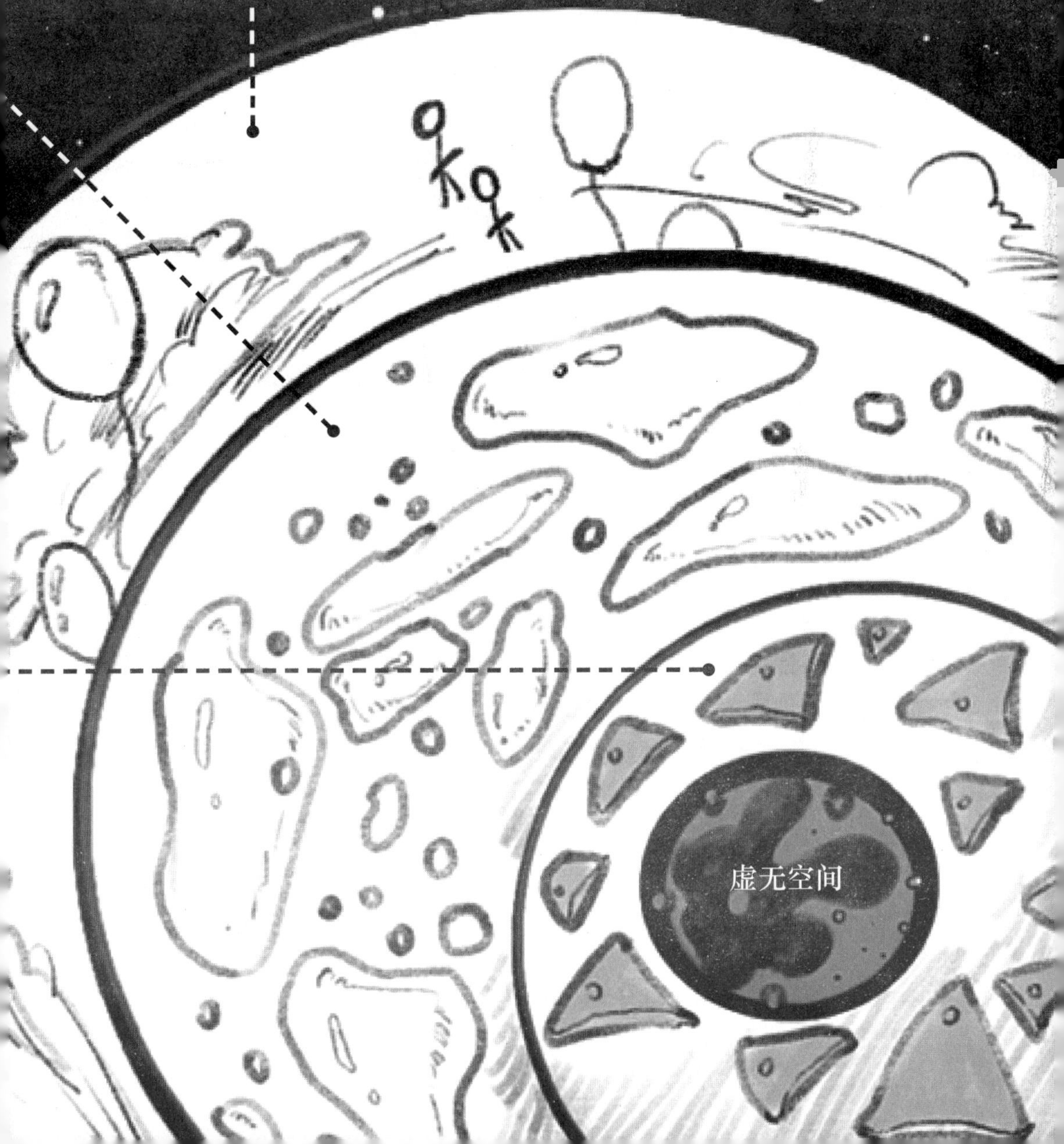

拔丝水母 84Jellyfish

生活在上层。内部的黏液遇到空气后会变成有弹性的软骨质。

浮龙 Airgon

巨大的浮空生物，骨骼和表皮可用于建造居所。

球囊乌贼 Balloon Squid

外套膜上附着着三个充满氢气的球囊，可漂浮。通过喷出外套膜内的气体和水运动。餐盘大小的眼睛上取下的晶状体和角膜可以做透镜和舷窗。在中层可能已经灭绝。

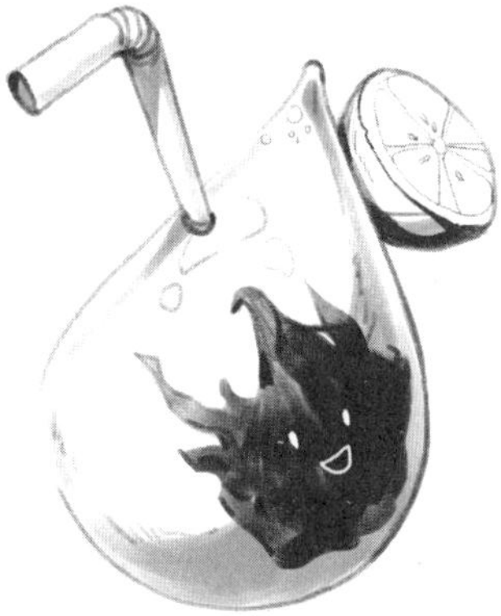

汽水菌 Sodamycetes

生长在水滴表面，形成一层坚韧的菌丝膜。向内分泌氢气，使水球不断变大并可随风漂游，同时产生二氧化碳，把水球里的水变成汽水。

新大陆菇 Shintairikutake

一种真菌，环形。拳头大小的纯干燥状态新大陆菇吸水后就能膨胀到十人高。成型新大陆菇遮天蔽日，难以丈量，因此得名。除可被用来储水外，新大陆菇上还附有许多可食用植物，因而受广大妇女所爱。

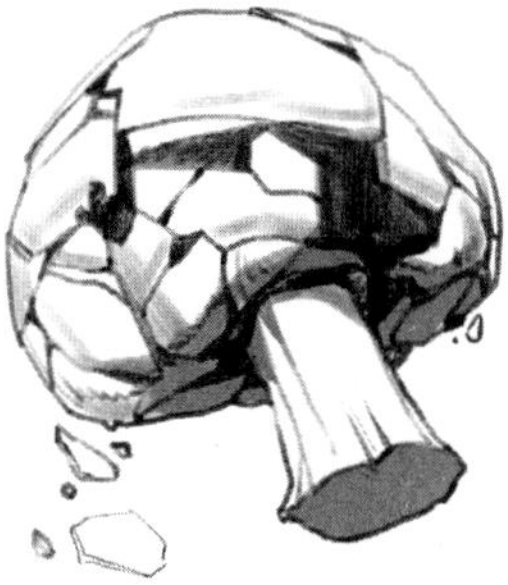

浮鲸 Ghale

巨大的浮空生物，表皮下有优质的油脂和大量氢气储囊。

铁锈菇 Rustmycetes

内部富集铁氧化物的飞行蘑菇，可用于炼铁。分布会受到磁场影响，可能将采集者引入风暴和磁暴。

小花藻 Florephyceae

一种单核心多枝蔓藻类，见光就长。

布菇 Clothroom

生长在下层未知区域的蘑菇。繁殖季节会放出大量充有氢气的小型伞状体升入上层。这些伞状体在压力减小后破裂，释放出孢子，可以随风飘至几百公里外才重新下沉。繁殖季节，人们捕捉伞状体，抽出氢气，剩余的菌丝可以被用于织布。

大球空母 Ship Carrier

一种球形类水母生物，小的巴掌大小，大的一眼望不到边，能被用来悬挂飞船。

咕咕鸡 Cuckoo Cuckoo

气流中的球形鸡，有上下两只鸡屁股，用于调节角动量，肉质嫩滑。

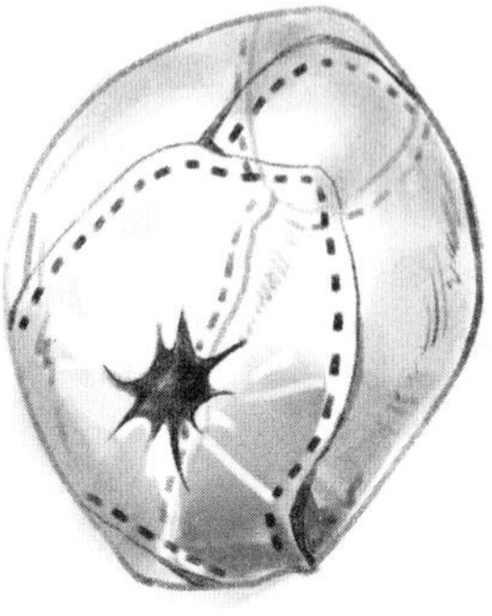

光虫 Lightbug

无实体的光粒生物，会趋近每个部落中的圣物，能在圣物附近捕捉到一堆。用透明生物皮包裹后，会在皮上显现出之前依附圣物的方向，部落猎人往往以此判断部落的方向——如果离部落太远，则有部分光虫会选择趋近附近的其他圣物，因此这种方法并不准确。

汪汪羊 Wang Wang Yang

一种类羊生物，全身毛绒，身下有蹼，舌头时常伸长耷拉，叫声为汪汪，以多种藻类为食，可食用。

喷气蛙 Wahaha

体内有快速产生氢气的脏器，足部布有气孔，能在空中跳跃。分红蓝两色，按住肚子后，蓝色喷气蛙嘴巴会缓慢喷气，红色则会喷出火焰。后者的推进力是前者的三倍，但消耗速度也是三倍。喷气蛙不再喷气后，必须休息一段时间才能继续使用。

乌有乡消息

NEWS FROM NOWHERE

微型国家漫游指南

A TOUR GUIDE TO MICRONATIONS

文 / 楚子阳

在 1991 年的雨果奖最佳长篇小说《西班牙乞丐》中，作者南希·克雷斯描绘了这样一个时代：基因工程技术突飞猛进，孕育出了一群被称为“无眠人”的孩子。

基因赋予了他们无需睡眠、没有病痛、天资聪颖等天神般的特质，却也为他们招来了世人的嫉妒与憎恨。他们过于优秀，以至于无法被普通人构成的社会接纳，他们被社会驱逐了出去，在空间站上建立了一个自治体。

这个自治体隶属于纽约州，而这群空间站中的超人提供了全美企业 68% 的收入。即便如此，他们却依然没能得到与自己付出相称的回报——无论是经济上的，还是名声上的。社会依旧把他们当成怪物一样提防，向他们施加的苛捐杂税和剥削也一直没有停止。忍无可忍的他们开始以各种手段谋求独立。他们不再甘愿任人宰割，他们要像美利坚的开国者们一样，从宗主国无理的压榨与盘剥中解放自己。

这虽然只是科幻小说中的故事，不过，在现实中，也存在着类似的组织。只不过，建立这些组织的人并不是基因工程造就的超人，只是因为相同的思想、诉求或兴趣聚集在一起的普通人。他们所建立的这种组织同样为主流所不容。

这种组织便是本文的主角——微型国家。

要想看清微型国家背后的历史，我们需要先弄清楚一个问题：微型国家究竟是什么？是不是只要一个国家足够小，就能被称为微型国家了？

事实并非如此。梵蒂冈的面积只有 0.44 平方公里，却并不是微型国家，而是一个面积非常小的主权国家。而自称坐拥 75 平方公里领土的赫特河公国却被归入微型国家一类。区分微型国家和主权国家的标准并非国土面积，而是一个更加模糊的概念——国际承认度。如果能被国际主流接纳、承认，不管国土面积多小，不管常住人口多少，甚至可以不需要有货币、邮票这样的一国名片，都能被称作“主权国家”。相反，如果一个国家没能得到国际承认，那就只能被归为“微型国家”。

事实上，大多数微型国家的面积都很小，人口数量也极少。不过也不乏例外。亚利加帝国就声称自己拥有 900 万平方公里的领土——包括澳大利亚境内一平方公里的土地、加拿大蒙特利尔境内一处房屋大小的土地（据称，这里是他们的大使馆）、地球上其他的一些零散区域、火星上的一处殖民地、冥王星的北半球以及一颗想象中的行星。上文中提到的赫特河公国则拥有 13000 的注册人口（尽管他们的常住人口只有 30 人）。可以这么说：微型国家中的“微型”二字，和国土面积、人口数量毫无关系。“微型”二字仅仅表示：它们在国际舞台上毫无地位，微小若尘埃。不过也正因为如此，透过它们的发展与兴亡，我们才能看到一段与主流国家正史画风相差极大的精彩历史。

既然得不到其他国家的承认，亦不被各种国际组织接纳，那么，微型国家究竟是怎么在夹缝间建立并生存下来的呢？这就要分两个时期来说了——前互联网时代和互联网时代。伴随着互联网的出现，微型国家的建立过程与存在形式，就连建国目的都发生了显著变化。

在互联网出现之前，微型国家的形式基本都是传统的“圈地为王”——划出一片土地，宣布独立，一个微型国家就此出现。而它们圈的地，一般都是“三不管”地带。其中最著名的西兰公国建立在一座废弃的二战海上机枪碉堡上；赫特河公国 75 平方公里的国土面积听起来很大，却位于地广人稀的澳大利亚，政府也懒得为了区区 75 平方公里土地和他们争执；亚特兰蒂斯在一座在海上下锚的邮轮上建国，卢东达王国则建立在一座无人岛上……可以看出，它们的选址都非常“卑微”，这样才能在各个主权国家眼皮子底下讨到生计。即便如此，这种微型国家的存活率也不高，不少微型国家都因为各种各样的原因“灭国”。其中最憋屈的莫过于玫瑰岛共和国——它与意大利政府在税收方面产生了矛盾，惨遭意大利空军轰炸覆灭；最惨烈的则是弗里多尼亚公国，这个在索马里建立的微型国家，在暴乱和大量伤亡中毁灭。

微型国家的建国目的也千奇百怪，不过总结归纳一下，不外乎以下三种原因：政治实验、经济诉求与文化认同。

政治实验类的微型国家，是建立者实践自己政治主张的一块试验田。政治实验这个概念历史十分悠久，最早可追溯到古希腊时期哲学家之间的辩论，其中最为著名的当然是柏拉图的《理想国》。而这种类型的微型国家比“micronation”这个专有名词更早出现在了现实世界中——根据维基百科，“micronation”一词最早出现于 1970 年，而政治实验类型的微型国家，在 1824 年就已经出现了。

这批最先吃螃蟹的人正是在我们的政治课本上出现过的空想社会主义者。其中以英国空想社会主义者罗伯特·欧文尤具代表性。

欧文出身贫苦，凭借良好的经营成为了一名成功的商人。他并没有因为商业上的成功而忘记自己的出身，相反，他一直都致力于消除社会上的贫苦和失业。为了证明自己的空想社会主义是可行的，1824 年，他远渡重洋来到美国，斥资 15 万美元买下了印第安纳州南部的 3 万英亩土地，与一批志同道合的人建立了“新和谐村”。

他们想象中的“新和谐村”是这样的：村庄外是一幅田园牧歌式的美景，葡萄架、牧场和果园相映成趣。在村庄内部，阡陌交通，设施齐全，房屋被小花园环绕着。每个人都从事着与自己年龄和本领相符的劳动，相安无事，各得其所。刚开始的时候也确实如此：一时间，入住新和谐村的人数竟达 800 人之多。一些著名人士也来到这里，热情地参加新村的建设。凡是到过这里的人，无不连声叫绝，一派赞扬。

新和谐村（1825—1827）

位于美国印第安纳州波西县沃巴什河畔，原名和谐镇。1825 年，罗伯特·欧文以 15 万美元的价格买下该镇，将其更名为新和谐村。

按照新和谐村的法律，民众需要通过劳动换取信用点，不劳动者则需要使用现金在商店购买点数。管理委员会由七人组成，其中四人由欧文亲自委任，另外三人通过选举决出。欧文本人负责在外招募新的村民，他的子女（四子一女）则都定居在村子里。

起初，新和谐村的理念颇为诱人，吸引了很多住客。但是分配不均和人口过剩却致使村镇陷入了经济危机。社会实验最终在 1827 年 3 月宣告失败。

可是，随着时间推移，“新和谐村”的和谐很快就被打破了。来自不同民族，持有不同信仰，还怀有不同目的的成员之间产生了矛盾。从事生产的人太少，村内生产凋敝，入不敷出。一家能和当时美国设备最完善的染坊相媲美的染坊终日无事可干。每周能生产 400 磅棉纱的纺织厂和日产 60 桶面粉的面粉厂都常常停工。3600 英亩麦地缺少足够的人手来耕种。即使欧文是个成功的商人，他也无法长期补贴亏损，历时 4 年之后，“新和谐村”倒闭了，稚嫩的政治理想，最终败给了人类骨子里的惰性。同一时期内，在美国境内总共成立了 18 个类似的微型国家，结局都和“新和谐村”一样，陆续走向了失败的末路。

下一个做出这类尝试的是自由主义者。自由主义者的政治实验型微型国家的诞生集中在 1960 年至 1980 年之间，其中比较著名的有亚特兰蒂斯和密涅瓦共和国。

亚特兰蒂斯这个微型国家从建立到灭亡都充满了戏剧性的巧合。这个微型国家的建立者维纳·施泰福和欧文一样是个成功的商人，完全不缺钱。他的施泰福药皂公司是全美最大的私人皮肤科公司，共有 2500 名雇员，在全世界 100 多个国家设有办公室。和欧文不一样的是，施泰福建立微型国家的动力来源并非他曾经的苦难生活，而是一本超长的小说——《阿特拉斯耸耸肩》。

这本厚达 2500 页的鸿篇巨制是美国历史上仅次于《圣经》的畅销书，累计销量逾 8000 万册。作者安·兰德是个人主义、客观主义的极力推崇者。她的哲学影响了好几代美国人，施泰福正是其中之一。他认为：战后的美国正在向着社会主义的方向滑落，而这与他心目中的“自由主义”不符。于是，他产生了“建国”的想法：带领一群有能力、志趣相投的人，一起在大海上建立一个属于自由主义者的国家。这个国家名为“亚特兰蒂斯”，而“建国大业”则被命名为“亚特兰蒂斯计划”。

施泰福首先建立了一个亚特兰蒂斯发展公司，以这个公司的名义购买“建国”所需的各种物资和土地。该公司在一座汽车旅馆里办公，这座旅馆被命名为“亚特兰蒂斯Ⅰ”。为了吸引到更多志同道合的伙伴，他以笔名“维纳·K. 史蒂芬孙”发表了《亚特兰蒂斯计划的故事》，并通过他自己的出版社出版。

施泰福的努力很快就得到了回

亚特兰蒂斯（1968—1973）

亚特兰蒂斯行动由维纳·施泰福在 1968 年发起。施泰福受安·兰德所著乌托邦小说《阿特拉斯耸耸肩》启发，旨在在国际水域上建立一个新的自由主义国家。行动共分为三个阶段：社群构建、公民登船和船岛式建国。

1971 年 12 月，行动在一艘行驶在哈德逊河上的钢筋混凝土船正式启动，其目的地是巴哈马国附近的一片水域。然而，在即将抵达目的地时，航船在飓风中沉没了。施泰福后来又多次尝试该行动，却均以失败告终，始终未能建立适合生存的海上平台，也未能获得国家主权。最终，发起人被迫放弃了该项目。

报，在汽车旅馆中聚集的同志越来越多。于是，他开始推进下一步计划——建造一艘坚固的大海船，航向他们的应至之地。亚特兰蒂斯人的目的地是银滩礁，此地是一个争议地带：巴哈马和海地都宣称这处岛礁是他们的领土。

从 1970 年末到 1971 年末，在一些独立工作者的帮助下，他们花了整整一年时间建好了海船“亚特兰蒂斯 II”，接着就迫不及待地从哈德逊河上起航了。他们想赶在河面结冰之前驶入大海，却在退潮时在岸边的泥地里翻了船。更糟糕的是，船上的一盏煤油灯被打翻，引发了火灾，一部分内部结构因此被烧毁。

万幸的是，铁矿碴水泥铸成的坚固船身依然完好无损。这艘多灾多难的大船继续航向银滩礁，经历了无数磨难——包括一只螺旋桨损坏——之后，终于抵达了巴哈马海域，却没能坚持到最后。一场飓风毁掉了他们的船只，他们的国家就像传说中的亚特兰蒂斯一样，沉入了大海。

即便如此，亚特兰蒂斯人也没有放弃。他们在银滩礁上建立了自己的据点，甚至还从岛礁附近的一艘沉船中打捞出了银币。正当他们以为苦尽甘来的时候，命运又一次给他们开了个残酷的玩笑。

当时打沉船主意的不止他们，还有一伙海盗。海地海军在巡逻的过程中误把他们当作了海盗。在炮艇的大炮和士兵的枪口之下，他们不得不忍痛抛弃了自己苦心经营的据点，离开了这处承载着他们梦想与奋斗的小小寸土。

在此之后，他们中的大多数成员都回到了美国。施泰福本人还没有放弃，他又做了两次尝试。第一次，他买下了一座石油钻井。不幸的是，这座钻井平台也像那艘大船一样在飓风中沉入了大海。第二次也是最后一次，他从伯利兹政府那里买来了一座小岛。小岛不会因为飓风而沉没，但他的身边却早已没有当初那群跟随他的伙伴了，他自己也年事已高。最终，他将这座好不容易搞到手的小岛挂牌出售，他和他的伙伴的理想终于化为了南柯一梦。

和波澜壮阔的亚特兰蒂斯比起来，密涅瓦共和国的记录就相对比较少了。这个微型国家由一个自由主义组织“凤凰社”创立，组织中的百万富翁迈克尔·奥利弗为此创建了财团“海洋生物研究会”。财团不仅拥有可观的经济资源，还在纽约和伦敦这两个大都市设有办公室。

1971 年，他们在密涅瓦礁上建了一座铁塔。1972 年初，密涅瓦共和国就迫不及待地宣布独立了。组织中的另一人莫里斯·戴维斯被选为总统。然而，他们这样操之过急，显然是没有考虑到旁边的两个主权国家的脸色。

密涅瓦礁是太平洋上一处半沉式的环礁，在斐济和汤加的南边，同时也是两国的争议领土。1972 年 9 月，汤加对密涅瓦礁的主权声明得到了南太平洋论坛的认同，他们还派出了一支探索队走上了密涅瓦礁。于是，密涅瓦共和国的火炬旗只飘扬了不到九个月，就被汤加的国旗取代了。

1982 年，莫里斯·戴维斯又率领一队美国人试图重新占领岛礁。不过，三个星期后，他们就被汤加的军队赶了回去。密涅瓦共和国就此彻底成为历史，但是围绕着这块寸土之地的领土争端却依然在继续。2005 年，斐济宣布不承认汤加对于岛礁的主权声明，一场新一轮的外交战争打响了。

绝大多数政治实验类微型国家都因为各种各样的原因覆灭了，究其原因，也许是因为它们身上不切实际的理想主义色彩过于浓厚。

密涅瓦共和国（1972—1972）

一个位于密涅瓦珊瑚礁的国家，由凤凰基金会成员迈克尔·奥利弗在 1972 年 1 月 19 日建立。宣布独立的共和国由莫里斯·戴维斯担任首届总统。但是同年 6 月 18 日，汤加派军占领了该岛，并在 9 月的南太平洋论坛上获得了对该岛的主权。至今，虽然存在领土争端，但是密涅瓦共和国的主权已不复存在。

相比之下，第二种微型国家——经济诉求型微型国家——则更加实在，整体也要长寿得多。这种微型国家建立的原因可以用一个字概括——钱。和第一种微型国家相比，它们少了些理想主义的凛然，多了些成熟世故的稳重。它们与身边的主权国家保持着合适的距离和“冲突”，既营造出一种“独立”的感觉，方便它们通过货币、邮票等纪念品兜售概念，又不会过度触碰主权国家的神经，给自身招来灭顶之灾。著名的西兰公国和赫特河公国，正是其中的佼佼者。

1967 年 9 月 2 日，英国皇家海军前上校帕迪·罗伊·贝茨占领了一座废弃的人工军用建筑“怒涛塔”。该建筑是二战时英国为了防止德国入侵而修建的，战后即被废弃。贝茨根据他自己对国际法的解释，声称对其行使主权。以怒涛塔为领土（也是该国仅有的一块陆上“领土”），西兰公国就此成立。

我们并不清楚这位前海军上校当时怀着怎样的心情和目的，带着家人登上了这座连建筑都被拆除干净了的海上平台。或许前上校建立西兰公国并非单纯受经济诉求驱使，但现在的西兰公国已经是一个擅长盈利的组织了。

多年以来，西兰公国历经许多劫难而屹立不倒。1968 年，一艘英国海军巡逻船进入了西兰公国。贝茨和他的儿子迈克尔对其鸣枪示警，还投掷了燃烧瓶。他们因此被英国法庭传令受审。然而，就连那艘巡逻船上的人的证词都自相矛盾——有人称他们正是要驱赶贝茨

西兰公国（1967 年至今）

位于英国萨福克郡海外十公里的怒涛塔，由陆军少校帕迪·贝茨在 1967 年 9 月 2 日建立。建立以后，该国主权得到了联邦德国政府的承认。国家政府后来还发行了邮票和货币。

如今，该国归避风港公司管理。但是 2007 年初，贝茨家族表示愿意以 6500 万英镑的价格转让国家统治权。

一家前往该海域，也有人称他们只是去清理浮标。此事最终不了了之，法庭以“事发地点在英国海域之外，他们无权干预”草草结案。

在公国的历史上，它所遭遇的不仅有“侵略”，还有“政变”。1978 年，贝茨任命的首相——德国公民亚历山大 ·G. 阿亨巴赫教授——乘贝茨不在西兰之机，与其他几名荷兰公民策动了一起武装政变，强制接管了怒涛塔，并俘虏了贝茨的儿子迈克尔。贝茨闻讯后招募了一批雇佣兵，在一次成功的直升机空降突击之后，重新夺回了堡垒的控制权，俘虏了入侵者，并声称他们是战犯。参与政变的荷兰公民在战争结束之后被遣送回国。不过阿亨巴赫教授就没有这么幸运了。由于他持有西兰公国护照，他被控叛国，遭到了拘押。

之后，荷兰和德国政府都曾向英国政府提出要求，要求英国政府设法让公国释放阿亨巴赫，但英国政府援引 1968 年的判例，宣称西兰不在它们的管辖范围内，它们无权干预此事。于是，德国政府派出了一名外交官前往怒涛塔，直接与贝茨磋商阿亨巴赫的释放问题。在几周的谈判之后，贝茨的态度明显温和了许多。后来，他还宣称：德国外交官对西兰的访问，标志着德国政府对西兰公国的“事实上的”承认。尽管德国政府始终没有承认这一说法。

在被遣送回国之后，为了与贝茨针锋相对，阿亨巴赫在德国组织了一个流亡政府，自封为枢密院院长。1989 年，他因健康原因辞去了这一职务，约翰内斯 · 塞格尔从他手里接过了流亡政府的权柄，并继续宣称自己才是西兰公国的合法继承者。

西兰公国的盈利方式种类繁多，发行货币、护照和邮票只是最基本的方式。有趣的是，流亡政府也发行了他们自己的护照和货币，只不过他们的货币上印着的是流亡政府的领导人塞格尔的头像。双方发行的护照虽然不被国际承认，却被一些犯罪分子拿来招摇撞骗。多起震惊欧洲警方的洗钱案、贩毒案中都出现了西兰公国的护照。贝茨不得不于 1997 年宣布过去 22 年间发布的所有西兰公国护照作废。

西兰公国售卖的不仅有纪念品，还有贵族头衔。尽管公国的王族只有贝茨家族，不过你只需要花60英镑，就能成为西兰公国的男爵，如果你花上500英镑，甚至能成为西兰公国的公爵。除了售卖之外纪念品与官爵外，西兰公国还注册了公司。2000 年，美国的“避风港”网络公司的总裁西恩找到了罗伊，同他一起在西兰公国建立了一家网络公司。8 月 22 日，迈克尔 · 贝茨在英国贸易工业部下属的公司管理部门对其进行了注册，注册的办公地点是英格兰伦敦科尔德港的金泰尔大楼的 11 号。公司的董事包括公司的首席运营官罗伊 · 贝茨，以及一位 1979 年 3 月 17 日出生的美国公民瑞安 · 莱基。

避风港公司宣称其自 2000 年 12 月起开始进入正常运作。根据公司的运营条例，它们接受除儿童色情、垃圾邮件和恶意黑客行为外的一切其他业务。它们还声称：西兰不是世界贸易组织和世界知识产权组织的成员，故不在国际版权法的管辖范围内，因此，存放在它们的服务器上的数据可以不受版权和知识产权法规的约束。真是一个名副其实的“避风港”。

不过，在 2001 年的“9 · 11”事件之后，这个“避风港”也不再是一个绝对的法外之地了。莱基宣称避风港公司将会关停“有悖国际共同习惯和惯例”的业务。避风港公司还说，其业务几乎没有遇到来自世界上的任何国家和组织的麻烦。然而根据其反对者的说法，英国政府已经根据英国法律中的相关条文，加强了对进出西兰的未经许可的数据的监管，从而“平静地做出了反应”了。因为与贝茨家族在运营理念上产生了矛盾，莱基同年离开了避风港。现在避风港依然在运行，但其具体业务内容就无人可知了。

西兰公国一直存续至今，在国际法领域，人们也将其视作一个有趣的个案。不过，它的创始人罗伊亲王却不若这般长寿。2012 年，在与阿兹海默症抗争多年后，这位开国元勋在英国埃塞克斯郡滨海利尔市的一家养老院与世长辞。一生坚持西兰独立的他，最终却没能长眠在西兰的土地上。

和西兰公国同属一类的赫特河公国则从一开始就是出于经济诉求而独立的。1969 年，由于与西澳大利亚政府就小麦配额的问题长期存在争议，农场主伦纳德·卡斯利认为州政府的行为是在迫使他选择独立。于是，1970 年 4 月 21 日，他和几位追随者宣布他们的农场正式脱离澳大利亚，成立了赫特河公国。但是他也同时宣布：自己依然效忠于英国女王伊丽莎白二世。随后，卡斯利被他的国民（即他的家人）推选为国家领导人，而他也自封为“至高无上的赫特河君主伦纳德殿下”。

澳大利亚政府从来没有“收复失地”的意思，总是尽量避免与赫特河公国进行法律上的争辩。尽管他们一再声称赫特河公国只不过是一名商人的自我炒作，官方从未认可其合法性，却对于其不缴税、不经审批私造建筑等一系列越界行为不闻不问。因为他们根本辩不赢卡斯利。卡斯利是一名出色的律师，熟读各种法律。在建国之前，他就已经用法律武器和西澳政府进行了一番交涉，试图改变他们不合理的小麦配额。在对方仗势欺人之后，他才使出了“独立”这一招，并且依然援引了合理的法律，证明了自己的合法性。

赫特河公国（1970 年至今）

前赫特河省，位于澳大利亚澳大利亚州境内，占地面积约 75 平方公里。1970 年 4 月 21 日，因与西澳洲政府存在纠纷，农场主伦纳德·卡斯利和他的追随者宣布其农场脱离澳大利亚联邦。

该国家的主权虽然未得到任何一国政府的承认，但是澳大利亚的官方观光地图却注明了该地区的特色旅游景点，并表示该国家已宣布独立。

在澳大利亚政府的放任下，赫特河公国已经发展为当地的一个著名旅游景点，每年游客达 4 万人。除了邮票、货币等纪念品之外，赫特河公国依然做着农场的生意，出售农产品和野生花卉。公国内部流通货币为赫特河元，与澳元一比一兑换。国内虽然接受全世界所有主要国家的货币，却不接受信用卡。

赫特河公国的领土有 75 平方公里，这比许多小主权国家都要大。在这片土地上，赫特河人制造货币，出版邮票，发行驾照，接受公司注册，还运营着自己的大学。他们甚至还有自己的军队“皇家国防军”，只不过这支“军队”起到的仅仅是仪仗队的作用。尽管它仍然只是个微型国家，可是，它发行的邮票在澳大利亚境内可以流通，发行的护照在许多时候都可以作为出入境的有效证件。而“开国元勋”卡斯利本人，更是作为一项展览，被永久性地陈列在堪培拉的澳大利亚博物馆中。大多数澳大利亚人都认为他的行为只是“无害的古怪行为”，还有许多人认为他面对强大政府所表现出的坚韧和无畏令人钦佩。

由于占据了舆论的制高点，赫特河公国在政府那里并没有碰到太多麻烦。但是来自内部的“政变”却依然差点颠覆了这个小小的微型国家。20 世纪 80 年代早期，拥有超凡领袖气质的凯文 · 盖尔加盟了公国，他的头衔也很快从贵族升为摄政王。尽管他住在澳大利亚另一端的昆士兰州，远离该国，但他却依然迅速掌握了财政大权，大规模发行本国货币和邮票，在欧洲和北美积极出售贵族头衔。

凯文的活跃最终引起了卡斯利的注意，他当即宣布这个摄政王为叛国者，并在他死后收回了所有的贵族头衔和其他荣誉。从此，对于凯文 · 盖尔在赫特河公国的 15 年工作，国内一直争议不断，官方机构对凯文为本国做出的贡献也很少提及。但值得注意的是，赫特河公国在 1995 年之后变得愈发低调，就连2000年4月31日众多国际媒体和支持者出席的30周年国庆也一样默默无闻。

最后一种微型国家的建国目的已经与互联网时代的微型国家非常相似——一群有着相同兴趣的人聚在一起，于是便有了相应的微型国家。无关政治，亦无关金钱，只是兴趣使然。这就是第三种类型的微型国家——“文化认同型”。

雷东达王国（1865年至今）

位于加勒比海地区雷东达岛，由科幻作家M.P.希尔的父亲在1865年取得所有权，后由希尔继承统治权。

当前，雷东达岛在法律上属于安提瓜和巴布达。该岛是无人岛，岛上没有淡水，并不适合人类居住。希尔本人曾多次在他自己的作品中提及该岛和相关的君主政体，但是他本人却并不在该岛定居。

希尔死后，根据他的遗嘱，他的财产将被托付给诗人约翰·高斯沃思。而在高斯沃思以后，该国陷入了统治权纠纷，先后出现了五位统治者。英国BBC广播电台在2007年5月的广播节目《雷东达：国王过剩之岛》中播报了相关争端。

在这些微型国家中，最早出现的是雷东达王国。所谓“雷东达”，不过是加勒比海上的一个无人岛，没有海盗的财宝，也不具备任何商业价值。但这个王国的历史却充斥着疑云与传奇，其中更是有很多真假莫辨的情节。这不是因为别的，而是因为雷东达的国王，是一名科幻小说家。

这位小说家名叫M.P.希尔，本人名气不算特别大，代表作为《海洋之主》。雷东达岛也不是他占的——他的父亲马修·道地·希尔在经过雷东达岛的时候，正值儿子出生，于是他便声明了对这座无人岛的主权。而M.P.希尔也在他15岁的那一年，在一名来自安提瓜的传教士的主持下，正式加冕为雷东达之王。

但是，关于他加冕的这一系列事情直至1929年，也就是他64岁那一年才见报。在他自己的著作中，连传教士的名字都有两个不同的版本。因此，这件事情很有可能是完全的杜撰。希尔一族也曾向维多利亚女王申请亲王头衔，而根据同样不可靠的传说，英国殖民办公室真的给了他们正当的名分。

有趣的是，在希尔的小说中，有关“君主”之类的设定非常多。在他1901年的小说《紫云》中，地球上最后的人类亚当·杰弗逊在化为废墟的星球上自立为王。在他的代表作《海洋之主》中，有个叫理查德·霍加斯的超人类生物君临了整个地球。在《走私战争》这部冒险小说中，他甚至直接将“拜访雷东达”作为一个情节写了进去。

在他的晚年，他把他的作品和国王的头衔全部传给了他的铁杆书迷约翰·高斯沃思，后者是伦敦的一位编辑兼诗人，同时也可能是希尔的小金库——在希尔资金不足的时候，他就已经从希尔那里继承了好几次头衔。

然而在希尔死后，继承问题反而变得扑朔迷离起来。高斯沃思承诺自己将把自己所继承的所有雷东达财产赠予自己的朋友的第一个孩子，包括他的皇室名字“胡安”。这时却跳出了两名作家，声称他们才是高斯沃思的继承人。另外的两名“继承人”的理由则更加神乎其神，他们称希尔通过超自然接触与他们交谈，将雷东达赠予了他们。希尔的孙女也掺和进来凑热闹，要求得到“玛姬女王”的封号。

尽管最终的继承结果严格按照高斯沃思和希尔的遗嘱执行了，但是，正如雷东达的“继承人”之一韦恩·泰森所言：“作为一个传奇，雷东达应该维持一个幻想故事中的模样，带着些许风趣浪漫的叹息、适度的混乱和一些娱乐精神，但绝不应该被严肃处理，因为不管怎么说，它都只是一个幻想故事。”

日本微型国家热（1981—1991）

受井上厦的《吉里吉里人》的启发，日本在20世纪80年代涌现出了大量微型国家，数量一度高达200余个。其中，大部分微型国家都是为了促进当地旅游业发展，进而拉动当地经济而成立的。

上个世纪80年代，在日本也掀起了一股这样的浪潮。这股浪潮始于日本作家井上厦的一部魔幻现实主义作品《吉里吉里人》，而他写这部小说，也是受了一个微型国家活动家莱斯特·海明威的报导《新亚特兰蒂斯》的启发。在小说中，他描写了一个日本村庄独立的过程：宣传自己的民风民俗，将本地方言作为官方语言，甚至还有一场小的独立战争。

受这部小说影响，许多日本乡村——尤其是日本北部的乡村——纷纷宣布独立。他们的主要目的正是让那些把乡村视为“落后”“土气”的城市居民看到他们独特的乡土文化和手艺。在1983—1985年间，他们还组织了“国际峰会”，其中的一些微型国家（也就是乡村）组成了联盟。

他们确实暂时达到了目的——被这股“微型国家热”吸引，许多城里的游客纷纷来到乡下，体验他们独特的乡土文化。但是好景不长，90年代泡沫经济的破灭使许多乡村不得不与邻近的大城市合并。许多微型国家也像泡沫一样，一夜之间消失了，更遑论那些“联盟”和“峰会”了。

90年代之后，互联网出现，微型国家这一存在上的“反主流”意识逐渐褪去，将微型国家的“国民”联系在一起的，不再是与众不同的政见或诉求，只不过是相同的兴趣罢了。微型国家也不再需要在主权国家的眼皮底下圈地，在无边无际的赛博空间建立一个国家要容易很多。亚利加帝国和阿斯嘉迪亚便是新时代微型国家中两个很典型的例子。

亚利加帝国就是前文中提到的那个“有900万平方公里领土”的帝国（尽管以人类已有的航天水平，该国绝无可能染指这其中的大多数

亚利加帝国（1987年至今）

娱乐性微型国家的代表，由埃里克·李斯和一群朋友在1987年5月8日成立，奉《银河系漫游指南》为圣典，国教为“睿智教”。至今，该国领土遍及全宇宙，包括艾达利亚、加拿大等地区的小片区域、火星的一处殖民地、冥王星北半球，以及一颗想象中的不存在的星球。国家还发行了自己的货币和邮票。

土地）。帝国的名字来自于“American Empire”，也就是亚美利加帝国。这个微型国家于1987年由加拿大人埃里克·李斯和他的朋友们创建，其历史横跨了前互联网时期和互联网时代。不过，不管是在哪个时代，这个微型国家都洋溢着一股滑稽的气息。

在他们的官方宣传主页中，记载着他们自1987年建国以来的30年的光辉历史，而这些历史大多都是“战争史”或者“兼并史”。在与其他微型国家的“战争”中，他们屡屡得胜，最终打下了900万平方公里的“领土”。

1989年，他们与另一个微型国家“HFser”遭遇并且发生了“战争”，战争的形式是“战争模拟和吵架”，整个过程在院子里进行。他们赢下了这场战争，成功征服了对手。1990年，名为“Comiconia”的微型国家主动挑衅了他们，两个国家之间的“战争”以各种各样的形式持续了六个月。主要形式是短故事写作竞赛和电视游戏战争。1998年，他们第一次看到了“奇迹”显现：在与敌对势力的“辱骂战争”（一种桌游）中，一棵大树在一个很幸运的时机砸在了帝国的敌人身上。可以看出，他们所谓的“战争”，其实就是我们平时玩的各种游戏。

这个帝国诞生于埃里克小时候与伙伴的玩乐中，却奇迹般地延续到了现在。在此期间，埃里克本人已经在麦吉尔大学念完了本科和研究生，而亚利加帝国的活动也年年不停。他们对科幻小说展现出了极大的兴趣，表露出了强大的幽默感，每一年的活动几乎都在玩科幻梗，这些科幻梗或来自《星球大战》，或源于《银河系漫游指南》。每一年的活动几乎都包含了故事写作竞赛和角色扮演类战争游戏。他们甚至还发展出了一个崇拜巨大企鹅的宗教“睿智教”。这起初只是个玩笑，但是后来，亚利加帝国宣布在世界范围内共有30个教徒。即使已经过去了三十多年，当年的小孩已经散落在天涯海角，他们却依然在网络上保持着紧密的联系。线下也常常相约去参加微型国家大会或本地的体育赛事。这样长久而稳固的关系，可以说是爱好者社团中的典范了。

阿斯嘉迪亚（2016年至今）

全名阿斯嘉迪亚太空王国，筹建于2016年10月，是人类建立的第一个太空国家，目的是保护地球免受外太空的毁灭性威胁。2018年6月24日，国家召开首届议会会议，确立政府的基本框架。截至2019年10月，该国总人口已达106万人。

和亚利加帝国比起来，阿斯嘉迪亚这帮人要走得更远一点。他们的兴趣不仅仅是读科幻写故事，而是把卫星发射上天——没错，这是一个成功把卫星发射到天上的太空帝国。

这个于2016年10月建立的微型国家以北欧神话中的神国“阿斯嘉德”为自己命名。它也确实有这个资格——阿斯嘉迪亚背后的出资人是俄罗斯科学家兼大富豪伊戈尔·阿什尔别伊利，他同时也是阿斯嘉迪亚现任的主席。建国一年后，他们就已经完成了自己的第一个小目标——把一颗卫星发射到宇宙中。

2017年11月，阿斯嘉迪亚1号卫星搭了为国家空间站提供补给火箭的顺风车，升入太空；12月初，这个只有面包大小的卫星正式与空间站分离，成为阿斯嘉迪亚在宇宙空间中的第一块领土。在阿斯嘉迪亚1号卫星上，搭载着一块0.5TB的移动硬盘，上面存储着阿斯嘉迪亚的宪法、国家标识和所有公民的个人信息（包括家庭照片）。卫星甚至还搭载了一个粒子探测器，用以探测太阳辐射的磁通量。不过，由于这次卫星发射计划本质上是搭了NASA的顺风车，所以这颗卫星实际上归美国管辖。而阿斯嘉迪亚人的下一步计划，就是找那些没有签署外太空条约的国家合作（诸如埃塞俄比亚或肯尼亚等非洲国家的航天局），希望以此避开外太空条约对于各主权国轨道的限制。

目前，阿斯嘉迪亚1号的轨道与一家商业卫星发射公司的轨道重合。除了宇宙殖民地计划外，他们还提出了许多其他的目标，例如建造地球防护罩，保护地球不受小行星撞击，或是建立月球基地。不过，不管是怎样的目标，都离不开一个过程，那就是发射卫星上天。

阿斯嘉迪亚人下一次想发射上天的，就不再是小小的卫星了，他们想真正的发射一片殖民地上天，也就是说，他们至少得造一个国际空间站那么大的轨道卫星。据估计，阿斯嘉迪亚 1 号计划耗费了约 70 万美元。而国际空间站总共花了 1000 亿美元才建成，每一趟飞往空间站的航班要花 4000 万美元。即便是伊戈尔这样的大富豪，也难以招架这样高昂的开销。即使和火星移民计划相比，阿斯嘉迪亚人的计划看起来更加可行，但是，束缚住他们的却是同一样东西——钱。许多投资者都认为他们没有一个成熟的商业计划，因此拒绝给他们融资。

在互联网时代开始之后，传统的“圈地为王”模式的微型国家便渐渐不再出现了。新兴的微型国家的成员一般都像上述两个例子中那样，分布于五湖四海，平时靠网络等远程通信渠道联系。微型国家与兴趣社团、角色扮演游戏之间的界限越来越模糊。微型国家本身，已经逐渐成为爱好者的乐园。

微型国家的建立方式和生存方式在日新月异地进化，大众对微型国家这一现象的关注度也在逐步上升，尽管目前大众对这一现象的关注度依然不算高，某些专有名词甚至没有很好的中文翻译。

学界对微型国家的兴趣主要集中在三个地方：它们所处的异常法律环境，它们背后的草根政治诉求和它们中出现的一些具有指导意义的理念。2000 年，艾克斯 - 马塞大学的法布里斯教授就出版了一部 300 页的书籍《它们不属于联合国》，专门探讨与微型国家相关的问题。

媒体界对微型国家的报导也越来越多。2000 年 5 月，一篇题为《乌托邦式的规则和模仿秀正在网络空间宣告主权》的文章在《纽约时报》发表，将这一现象带到了大众的视线内。2004 年 12 月，一场关于微型国家的专题展览在桑德兰大学举行，同时在此进行的还有一场微型国家峰会，这次峰会后来被BBC制片人丹尼·华莱士做成了五集连续剧《如何建立你自己的国家》。

步入21世纪之后，微型国家峰会也越来越多，与会国家每年也都不一样。除了有着悠久历史的西兰公国和赫特河公国之外，每年几乎都会有几个新的名字加入他们，例如安特蓝德帝国以及珊瑚礁岛上的男同女同王国。

虽然这些微型国家的名字或中二或古怪，但它们的出现已经说明：微型国家正在逐渐从边缘化走向主流舞台。进入互联网时代之后，微型国家更是抛去了那些反主流的元素，逐渐成为志同道合之人聚集的乐园。或许，终有一天，微型国家和兴趣社团之间的界限会完全消失，每个人都能在这里找到属于自己的一片理想国。

生而为人
LIVE TO BE HUMAN

文 / 司马

你不是你，你只是寄居在你皮囊里的小小怪物

你从一个漫长的梦中醒来，转过身看向床头的闹钟，时间是差一分钟到五点。秒针滴答滴答地在钟面上转动，你看着它，又像是看着钟面背后的墙壁。远景、近景和幻景交汇在了一起，你迷迷糊糊地想着什么，但又抓不住那一闪而逝的想法，昨夜的梦境又浮现眼前。

在梦里，你能感到血液不再静止而是在血管里飞速奔流，你会因为有什么逝去而哭泣，你会为了某种预期达到的目标而异常激动，但你又碌碌无为地活着，沉迷于虚无缥缈的东西。

突如其来的现实感压得你无法呼吸，就在你以为你快要被淹死在空气中时，你飘离了那个身体，从高空俯视着你自己。“看上去十分可口”——这是你对你的第一印象。你开始疑惑自己是快要疯了，还是已经疯了。

但是还不及你细想，秒针又转过了一圈——五点了。古旧的闹钟声开始发出一种类似于指甲刮过黑板的声音。你知道那是它其中的某几个齿轮和铁皮外壳正在摩擦，而最好的修理办法就是抓起它狠狠地砸向墙壁。

你照做了，丝毫没有顾及这闹钟比你自己的年纪都要大。

今天是周日，在你本来的计划中——如果你确实有一个关于周末的计划——你应该在经历了五分钟的半梦半醒之后完全沉浸于梦中，说不定还能在那里遇见一个年轻的姑娘。但是很不幸也很明显，现在的你已经完全清醒了。你从床上爬起，走到空旷的客厅，望着一片空白墙壁，开始了你在休息日最常做的事——发呆——在医生给你的治疗方案中，这一步也叫作冥想，不过对于你这两者并没什么区别。

这样的生活是从什么时候开始的？你默默地问自己。你，汪海，一个普通的医学博士生，七年前，你的母亲病故，你在为了学医和父亲展开了长达八小时的辩论未果后离家出走。

三年前，一场车祸带走了那个老家伙的半边身体，没等你想好是立刻根据传统用榔头敲碎他的头，还是遵行现行死亡法花上两三年的时间申请通过亲属死亡标准火化执行流程，他剩下的另一半身体就用四肢里仅存的右手签署了遗产捐赠协议，然后潇洒地唱着歌睡进了焚化炉，唯一留给你的只有这间老房子。

在这三年里，你基本重复着实验室—家—实验室的两点一线的生活，尽管单调但是却并不枯燥。老板的新药研发进度很不错——小鼠实验大概能在两个月内结束，之后只要临床测试也不出意外，应该在两年内就能上市，你自己的博士论文在那之前就能提交并通过。在那之后，你应该就能摆脱现在这种普通的生活，至少，能够摆脱现在这个空无一物的房子，你如是想着，但心中却又没有太多的渴望。

风吹进了你所在的客厅，随着卷起的窗帘而来的还有完全没有意识到自己已经成为不速之客的阳光，它经过镶嵌在客厅墙壁里的落地镜，直直地闪进了你的眼。

你抬起头，看了看镜子中自己的样子，那是一张熟悉的普通青年男子的脸，一头凌乱的中长发显出了你刚睡醒的状态，因为长时间的熬夜，本来纯正的血红色眼睛里散布着几缕白丝，不靠近不容易看出来。如果不是苍白而至青绿的脸颊上的几个黑色的斑块，以及左边额头因为幼年受伤而缺损的一小块头骨，倒也是一个中上的样貌。

你忽然想起，今天上午八点是你和心理医生普奇约好的复诊时间。尽管在你心里，你并不相信那个可疑的白发黑人，以及他在治疗中给你讲述的一系列不明所以的理论，但考虑到他的方法确实缓解了你的偏头痛、幻觉和偶尔莫名产生的饥饿，你还是坚持了下来。

现在，你确信你已经完全好了，已经一周多没有再看到幻觉，也不曾产生过把什么东西咬下来的冲动。或许你应该打电话取消这次会面，毕竟两周一次，一次五百的治疗费对于你这个被老板剥削的科学民工可不便宜。

“别担心，我们还有实验经费可以报销。”一个声音这么说着。

什么？报销？你可不敢把治疗费当实验经费来报销，要是自己能看见不明黑影吃掉试验品的事被捅出去，到时候有谁会雇一个疯子来做实验助手？

“除非他足够便宜。”我也开始在你脑子里插话。

你明白你确实需要再见一次普奇。

“咔哒，咔哒，咔哒……”

黑暗中回响着那些它们忽远忽近的脚步声，如果细听，还能听见几道沉重的呼吸。我知道它们在搜寻着什么，我知道它们最需要什么。

二……三……五……七……十一……

两周前，我的心理医生告诉我，我需要一种方法来缓解我的狂躁症发作，那是我最后一次同他说话。三天前，我在五道口广场看见他时，他正忙着挤进人群去用血肉填饱他不可能填饱的胃，没时间跟我探讨我的病情。

而我也正一边想着二百二十九之后的下一个质数是什么，一边忙着从几近疯狂的人群中脱身而出，没有及时因为病情稳定而向他表示我的感谢。

你独自打着黑色的伞走在长街上。雨淅沥沥地下着，似乎永远没有停止的时刻。这雨是从日落时分开始下起的，那时你已经走在了去往诊所的路上，不过还好，你记得带上了你的雨伞。不然你就要被淋个通透了。

你讨厌雨，毫无疑问。大部分的人类都避免淋雨，就像他们会避开阳光一样，阳光会让他们身心不适，而雨会让他们更容易腐烂。

腐烂，和痔疮一样，是困扰人类成千上万年的一大问题。

即使失去四肢也不会死，头被取下只要供给营养也能存活很久，躯体被劈开成为两半，稍微缝合之后还是能继续工作，这就是人类。可人类还是用尽一切办法避免受伤，因为一旦伤口开始出现，它就永远不会被修复。

翻起的肉，疤痕下面的脓，永远驱赶不完的苍蝇，三十米外就能嗅到的臭味，蔓延开来的灰黑色霉菌，腐烂从一开始出现就会伴随你直到生命的终结。你永远也没有办法躲开它们。

有人说福尔马林是一个办法，酒精也是一个办法。但你知道的，它们都只能掩盖表象，腐烂是你的天性，无法被抹去。

早晚有一天，你会烂到骨子里，说直白一点，你会成为字面意义上的一堆烂肉。你意识到你再也动不了，于是你开始呼喊“我已经死了”，直到有人听见，搭把手，把你抬到火化厂，烧成一堆灰——这也是人类生育后代的原因之一。

现在的法律使这种情况有所改善，等你活到标准寿命，只要通过申请，政府会派人来负责你的后事。即使没有后代，人也能死得轻松明快，呵，文明世界的伟大。

说起来，你老板正在开发的新药 IP2SAA 据说有可能从根源上缓解腐烂的问题。不过你负责的只是那药有关运动能力改善方面的实验，腐烂问题是老板亲自负责的部分，所以你应该对具体的机理和测试一无所知。

但你真的一无所知吗？

出于某些原因，你没有回答那个从你心中响起的问题。

“铛——铛——铛——铛——铛——铛——”远处的钟声响起，你抬头望去，天空中没有冬夜老人的身影。想什么呢，那只是个传说而已啊。你在心里这么对自己说。

可能是雨的缘故，路上的行人不多，你低头继续匆匆走着，赶着赴和医生的约。

我可不想死，特别是死在这种地方。一个整洁，明亮，但是狭小的实验室？谁会喜欢在这种地方结束生命？天知道死在这的话我的墓碑上会被写上些什么。类似于“这个人直到生命的最后一刻都坚守在他的工作岗位上”这样的话还是留给老板那种人比较好。

二十三……二十九……三十一……

我知道它们就在那里，在光亮处蛰伏，小心翼翼地向着黑暗摸索。我腹中的饥饿感时时刻刻地提醒着我它们的存在，想要冲出去把它们撕碎吞噬的冲动愈发地强烈，幸好我的理智加上三针氯丙嗪克制住了本能。任何接触它们血肉的行为都是危险的，所有变异者都是感染源——像我曾经看到的那样。

你站在五道口广场边缘，开始后悔没有早一点开始你和你心理医生的第十二次见面。

你相信你确实已经疯了，因为眼前的场景像极了你十四年前做过的梦——十四年前因为某场意外一根钢筋插进你脑子里，医生用了三天才让你从幻觉中醒过来。

在奇怪喧闹的吉他、贝斯、键盘和大鼓声中，你看见一个女人颤抖着跪在广场正中央，暗红色的血从她身下不停地流出，混合入没过脚腕高度的积水中，四散而去——虽然看不见脸，但你还是一眼认出她是你同实验室的学妹张宁宁。

围绕着她的人群正以她为中心收缩着，有的人开始跪下舔舐四处流淌的血液。有的人还在前进。也许是你的错觉，张宁宁被撕碎时一边沉默地笑着一边安静地哭。总之，她没有发出什么声音，因为人们下手迅速。但接下来广场上人人相食的场景就不那么平静了。

靠近广场的四层超市有着能让人探出头查看情况的窗口，现在那些窗口上挤满了人，你猜测他们起初只想要查看情况，后来却不知为何转念想要纵身跃下参加这场地狱宴席。人像蚂蚁一样从那面墙上挤出、坠落，你却没有心情观赏这一奇景。

尽管你相信你已经疯了，但你仍有生存的意愿，你用理智压制住了你的饥饿感——至少你相信你是这么成功压制住它的——以免你冲进食人的队伍。

慌乱中，你瞥见你的心理医生，那个曾经手持圣经向你布道的男人，正迈着他僵硬的步伐向着人群中走去，由于你相信他只是你幻觉中的一部分，你没有理会他，转身就跑。

为什么要跑？你问着你自己，明明只是幻觉而已吧，毕竟世界不可能在你发疯之前就疯掉吧。

“为什么不会？”一个魔鬼在你的左耳边低语，“想想你曾经做过什么？”

在那个瞬间，一些关于撕咬和血的场景在你的脑海里一闪而过，但你没有抓住它们，你只是明白你的确忘记了什么，并确信那是你不该想起的东西。

“是什么？”魔鬼的声音带着莫名的诱惑。“普奇”“老板”“IP2SAA-9”“阿尔法”……一个个名字闪过，终于，你记起了模糊的片段。奔跑中的身体颤抖着，像是快要坏掉一样。

你试图停下来，但是身体已经不再受你驱使了，就像那个梦里一样，你的灵魂已经被驱赶到了高空，只能沉默地任由身体自己行动。一种你从未有过的情绪控制了你的身体，无师自通地，你明白了它的名字叫作恐惧。

并非因目睹熟悉的人被撕碎的恐惧，并非经历人间地狱的恐惧，并非意识到人类文明即将毁灭的恐惧。你深刻地明白这一点，因为那种强烈的恐惧的根源不是外部世界而是你自身，你因为恐惧本身而恐惧。

“是啊，你已经不是你了。”低吟又一次在你耳边响起，你终于听清那是你自己的声音。

“你又是什么东西？”

一边在及膝深的雨中跋涉，一边徒劳地看着在身前摆动的双手，你这样问道。

我呢，就是我啊。

我是什么？人类？它们？两者都是？两者皆非？我不能回答这个问题，因为我的答案没有任何意义，种族的分类只是一种表象。不同的人会有不同的看法。我不止一次地想过：如果我还是人类就好了，如果我彻底变成它们就好了。

可是我一直没有想清楚，我到底是什么？无论是现在濒临灭绝的人类还是那些正在我屋外移动的生物，都不会允许我这个异类生存在世界上吧。

五十九……六十一……六十七……

“滋……滋……”伴随着莫名的电流声，实验室的灯光忽然闪烁了两下。或许是电流不稳的原因，一台靠近角落的电脑屏幕亮了起来。屏幕上打开的文档里写着这样的话：

……接触感染源后，被感染者皮肤在不到三分钟时间内颜色由白转红，伴随有旧伤口血液喷涌，眼红消失眼白扩散。随后，部分感染者倒地，发出不明叫声，其余部分显现出明显茫然状态，此时可以确认其变异。变异者出现，周围未感染者出现明显狂躁，开始疯狂攻击变异者，并咬噬变异者血肉，继而感染源扩大……

那个角落曾经属于杨梦，我的另一个同事，一提起他，我就想起他躺在躺椅上，腰间的赘肉从椅背的间隙里挤出的样子。我已经很久没有看见他了。电脑上现在打开的文档是我三个小时前从他惯用的隐藏文件夹里翻出来的，最后的保存时间是危机爆发前一周，也就是他最后出现的那天。他做过什么？他去了哪里？他是什么？我想这些对于我将是永远的谜。

漫无边际的黑暗包裹着你，你极目远眺，想找到并不存在的光亮。忽然你发现你脚下是黑暗的深渊，于是你开始坠落。然后你意识到你在做梦，然后你醒来，看见太阳带着耀眼的光从天际袭来。你看着它吞没了大地，然后再一次醒来。

环顾四周，你发现你正站在一个整洁，明亮，但是狭小的实验室里，左手正掌着实验室里唯一一台透反射偏光显微镜的把手。你的心中泛起一丝明悟，你知道这里是哪里，你知道你在做什么，你知道你将要做什么，你知道你是谁，但是你也知道你所知道的一切都毫无用处。

即便如此，你还是低下头向着镜头看去。

在很久很久以前——在你的感觉之中是如此，虽然那只是大约三个月之前——你没有害怕过死，也没有害怕过失去人类的身份。就像大多数的人类一样，尽管不会感到疲惫，你也从未为了未来做出哪怕一丁点的额外努力，你只是一个零件。

每个人都像零件一样活着，社会这个大机器就能懒洋洋地开下去。没有人知道它要开向哪里，想开向哪里，也没有人需要思考这个问题，因为每个人只要像零件一样活着就好。你认为生命将会这样无休止地继续下去，直到某一天你腐烂，被火化，或者干脆被某块从天而降的石头砸穿天灵盖，陷入永眠。

人类到底是什么？你站在显微镜前，不停思考着这宏大的问题，除此之外，你大概也没有什么别的事可以干了。已经结束了，你的生活、你的存在、你的未来都已经结束了。不愿意承认也好，不能够接受也罢，明明白白的证据就摆在载物台上，那是刚刚做成的你自己的细胞切片。尽管你细胞学这门课的成绩只有六十四分，还全靠考前突击，你也能从烂成一团糊的切片中看出你的身体早已走上不可逆转的崩溃之路。

你走上不可逆转的道路，从人类到怪物终究只是一个时间问题。这是你早已了解的事，早在你经历五道口血腥派对之前你就已经隐约察觉到了。你来这里是为了另一件事，一件比你自身是什么更重要的事，但你忘了那是什么。

人类到底是什么？你站在显微镜前，不停思考这宏大的问题，消磨着你死亡前最后的时光。除此之外，你大概也没有什么别的事可以干了。

他关闭了摄像头。

他起身看着明亮的实验室。

他笑着离开了，心中没有喜悦。

他回来，关上了灯，然后又走了。

——这是你从监控录像里看到的故事

我明白你明白。我就是你，你就是我。人称的转换不过是没有意义的叙述诡计，如果你在这，一定会这么说吧。可你已经不在了不是吗？你这过去的幻影。

所有对过去的追忆不过是对现在生活的不满。可我又有什么办法，现实总是这么令人难受不是？安静地待在被包围的实验室里等待它们破门而入，或者等待我自己细胞自行崩溃，这就是我现在的生活。

虽然我正身处全北平最好的医学实验楼，但我一点也没有想要研究解药的冲动。倒不是说我一个人做不到，真想做还是能做的。事实上，这东西知道了原理，真的很简单。就算老板把配方都毁掉了，有了样本，差不多花上一两周的时间我就能搞定。毕竟这边试验品这么多，还不用担心安全标准问题，也不用搞什么文献调研。

但那又有什么意义？

人类早就完了，早在一万年前就完了。别误会，这不是我说的，是我老板说的——就在他在每一台实验室电脑上设置的留言视频里。

九十七……一百零一……一百零三……

我有没有说过，我们这次试验药品的配方是老板考古系的朋友从上古废墟里挖出来的？对，就是和现代物理、化学和基础工业起源一样的那些泛着银白色金属光泽的“上古废墟”。

随着配方出土的还有一大批其他的记录文字，据老板说，都是些是古亚文字和古欧文字的混合，可难坏了那帮搞文字翻译的人。除了药方，其他的文字残破不全，翻译工作进展迟缓，这五六年过去了，博士都养出来好几个，还没翻译完全。

那只是对官方的说法。

事实是那边留着这个翻译项目只是为了再弄点经费而已，他们早就发现留下的文字记录每篇和其他相比较都有接近百分之三十的重复部分，认真起来翻译，很快就能译出大部分，实际上，他们已经完成了全部文字的翻译。

我之所以知道这一点，是因为那些翻译好的文献就存在老板的电脑里，除了配方和文献，还有一篇短小的文字记录，由于保存不当，记录的大部分文字缺失了：

病毒爆发第二天：我逃回了实验室，不知道外面情况怎么样了，我很忧虑。实验室食物储备还够，明天我准备去探索一下。

病毒爆发第三天：外面全都是僵尸，很远就能发现我，还好我装备齐全跑得快。它们似乎畏惧阳光，具体机理不明，没有找到活人。

……

病毒爆发第五天：最近打算待在实验室里，不知道我一个人能不能研制出解药。

……

病毒爆发第三十七天：食物就要不够了，我低估了它们变质的速度，水还有一点，大概能撑一会儿，实在不行再去外面找吃的。解药进度太慢了，不能浪费太多时间在外面。

……

病毒爆发第四十三天：今天找到了一个大型超市，居然还没有被洗劫一空，大概能撑个一个多月吧。

……

病毒爆发第二百二十七天：解药的治疗效果已经很明显了，只要消除“杀掉病毒时同时杀掉被感染细胞”这个问题就好。

……

病毒爆发第三百一十三天：解药终于研究出来了，今天抓了一个半残的僵尸做实验，注射后十分钟他恢复了正常。我看着他，他看着我笑。一边笑一边用右手把自己的心脏掏了出来了。

我……到底在做什么呢?

……

病毒爆发第三百六十七天：城里僵尸越来越少了，不知道它们去哪里了。

……

病毒爆发第四百一十九天：每一个被我治疗过的人都自杀了。我不是心理专家，我不知道该怎么救他们，这个城市已经完了，我要离开这里，希望别的地方能够有活着的人。

如果我是最后一个人类……

……

没有了，没有活着的人了，人类在一万年前就已经终结了，我们继承了你们，除了文明还有身体——就像一群不知羞耻的寄生生物一样——但是我们什么也没能超越。是时候结束了。

我猜文档的最后一段是老板加上去的，因为我能透过字里行间看见他的痛苦和与他年纪不符的天真，想来他可能和你一样疯了吧，真希望能把普奇医生介绍给他。

噢，可惜普奇已经死了。

总之，没错，早在一万年前，人类就完了，现在活着的，不过是一群病毒罢了。

这就是真相。

他不小心被“治愈”成为真正的人类。

他重新“感染”了自己以防被提前发现。

他决定给文明以重新开始的希望。

他开始通过各种途径出售实验药剂。

他把计划留在了电脑里。

他留下最后一瓶解药但毁了它的配方。

他将作为真正的人类活下去。

他给你选择——生存还是毁灭？

——这是他在视频里讲述的故事

真相？都到这时候了，谁还在乎真相？你真的在乎吗？人类到底是什么，你到底是什么，外面那些晃荡的可口的生物到底是什么，这些问题的答案真的重要吗？

你说："很重要。"说这话的时候你就站在那边，站在跨过这个试验台不远的那个角落里。 我说："不，根本没有人在乎，至少我不在乎。"说这话的时候我看着你的眼睛。你看着我，红色的眼睛里充满了某种令我满意的惊恐。我向你的方向伸出手挥动了一下，你就像其他过去的幻影一样消散了。

一百三十七……一百三十九……一百四十九……

老板说，放在他办公桌左手最上边的那个抽屉里有一个小盒子，盒子里装着两颗胶囊，蓝色那颗能帮我恢复到从前的样子，红色那颗能让我没有任何损失地变成真正的人。

我打开了那个盒子，盒子里有两颗药，一颗蓝色，一颗红色。一颗象征过去，一颗指向未来。一颗注定了灭亡，一颗暗示着生存。

生存还是毁灭？这不是一个值得思考超过三秒的问题。

三秒后，我打开了窗户，用尽全身的力气，把小铁盒连带里面的药丸一起投出。铁盒砸到了对面天台上一只晃晃悠悠的生物。我看着他从天台边缘坠落，在水泥路上砸出了一朵漂亮的花。

你看，就这么简单。

毫无疑问，老板他疯掉了——我知道这么说会有点奇怪——但我可没疯，我很清楚我在做什么。

别笑，千万别笑，别让所有主观的东西影响了判断。

仔细想想，疯掉的人是谁？是你。但你已经不在了——你死了，死在发现自己失去人类身份的瞬间，之后的你不过是死亡时的幻影。我活着，从发现人不再为人的那一刻起察觉到自己的存在，但是我实际也是虚无的。自我意识说到底其实都只是幻影。

我们共享这具身体，我们共用这些记忆，但是我们到底是什么？或者，换一个问法，我们是什么是由谁来决定的？你是不是活在人类身体里的病毒？我是不是活在另一个物种身体里的核糖体？谁又能说清楚？

还记得那个什么被换过全部零件的船的古老问题吧，回答我，当所有我们依存的客观物质都被替换，我们还存在吗？

还记得那个什么疯子王国和清醒国王的寓言吧，回答我，当世界变得和以前不一样，是我们病了，还是他们病了？

你不能回答了，因为你已经死了。

我能回答，可这世上在哪又能找到一个肯听我说这答案的人呢？

“你孤独吗？”

一百七十九……一百八十一……一百九十一……

一万年前，人类以新的生命形式在这个星球重生，一万年后，他们不自愿地将文明的火炬递出。一万年，不是轮回，也不是文明的螺旋上升，只是平静的时光长河中掀起的几朵小小浪花。而你我，连这浪花上的水沫也算不上。

人类从来不是由生理结构定义的，这跟生命本质是 DNA、是 RNA 还是机械零件没有任何关系。它只和你所认同的自我有关，你的种群就是人类，别的都不算，就算他再伟大，再先进，再有希望，也与你无关，你的一切都已经在那个浪花重归河流时逝去了。

老板没有明白的是，他想成为的那种人类，早在一万年前就完了，他所认为的同类，早在一万年前就消失了。现在外面那些生物，诞生于现在，存在于未来，延续的是我们这个糟糕的，没有希望的文明。

他们不是他的同类，没有人是他的同类，他是孤独的。

至于我，我不是病毒，也不是人类，从诞生起我就知道，我什么也不是。我只是你用来逃避这个现实的自我。你逃走了，留下我来面对这个世界，但我不需要成为什么，我只想做我自己。我无意拯救世界，也无意拯救你，所以不要怪我扔掉了那些药。

哦，你死了，没法怪我。

黑暗中回响着那些它们忽远忽近的脚步声，如果细听，还能听见几道沉重的呼吸。我知道他们就在那里。在黑暗中寻找着他们的同伴——这些畏惧黑暗的生物向来如此。

他们不是我的同类，没有人是我的同类，我不孤独，因为我就是整个种族。

我不会承认我孤独。

二百二十七……二百二十九……二百三十三……下一个是什么？

算了，不重要了。

我拿起手边的灭火器，推开门，用力一轮，狠狠砸在楼道里从来没有打开过的落地窗上。黑色的窗玻璃整个碎掉，露出一个萧瑟寂寥的世界。

阳光和雨水同时洒了进来。

我走到窗边，看了看外面，然后纵身一跃……

这不是结局，我的传奇才正要开始。

这是一个向死而生的故事。

他说生而为人，真是抱歉

第一次被情感侵蚀时，司国明四十三岁，当时他正和妻子李楚涵在常去的餐厅，坐在常坐的靠门的双人小桌吃饭。那天是他们结婚十五周年纪念日，但他们很默契地没有提这件事。因为他们都知道纪念婚姻这种行为毫无意义。

说到底，纪念到底是为了什么？

人会为了过去的苦难、现在的成功而心怀感恩吗？

人会因曾经的辉煌、现在的落寞而深陷往事吗？

人会为了十五年一成不变的生活而高歌一曲吗？

司国明记得二十五年前他们见面那天，记得十五年前他签下婚姻契约那晚，记得十年前关于不生孩子的理性讨论，也记得他和李楚涵相敬如宾的十五年。但他从没有想过这一切对他来说意味着什么——直到那天晚餐时，他看见妻子惨白的嘴唇依附在红色酱料覆盖的土豆上，就像是吐泡泡的鱼嘴那样前后耸动着。

她好像一条鱼啊。

司国明这样想着，忽然意识到这个场景自己已经看过一千五百七十四次，还是第一次想出鱼的比喻。紧接着，一股恼人的臭味冲击了他的感官，让他不得不停下张开嘴进食的动作，转而寻找气味的来源。

随后他意识到，是自己在发臭——和很多学术工作者一样，因为长时间伏案做研究，他的头皮在没有精心护理的情况下自然而然地溃烂得不成样子。这种他早已习惯的气味，不知为什么在此时变得格外让他在意。

当司国明从寻味的行为中回过神来，再次打量自己碗里的食物时，他忽然对这些吃惯的东西产生了不一样的认识。咸的红烧土豆让他想起家；水果沙拉是甜的，甜到恶心；鱼皮脆又粘，鱼肉顺滑，非常好吃，就好像……

本应该客观存在的食物突然间就拥有各式各样的标签，这让司国明很是疑虑。他抬起头看向四周，发现周围的事物不知不觉间也被贴上了标签，除了像是鱼的妻子，还有半边脸缺失令人不适的服务生、一脸贱气让人忍不住想打的胖子店主、压抑的昏黄房顶、让他想起父亲的老电视等等，不一而足。

除了疑惑，更多的是新奇。世界对司国明来说似乎变了模样，好恶、变革、梦想、爱情等本该存在于假设和历史研究中的东西突兀地出现在司国明心中，他虽然没办法立刻用对应词语来描绘这些感觉，但已经开始觉得人生似乎充满了希望。

还没等他想出“希望”这个概念该怎么发音，四十三年的记忆和情感就一同反涌了上来。新鲜感在片刻后消失不见，取而代之的是对无尽重复的恐惧和怀疑。

“人真的有活过吗？”不知觉间，司国明将脑中的想法脱口而出。

“你在嘟囔什么？这个还吃吗？”李楚涵指着司国明面前剩下的那点水果沙拉问道。

“不……不吃了。”司国明说。

“哦，那给我吧。”李楚涵说着，端起盘子不顾形象地把沙拉赶入自己的嘴中。奶油糊在她的嘴边，让她像个偷吃的肥猫一样——至少在司国明眼中是这样的。

“我们应该生个孩子。”

司国明想这么对李楚涵说。在突如其来的虚无主义陷阱中，他本能地想通过创造一个延续自己生命的客观主体，去证明或者推翻自己的怀疑。但他不是哲学家，他甚至不认识任何一个还活着的哲学家——在六千年前人们靠古代文明技术进入工业时代时，哲学就消失了——所以他根本不清楚自己遇到的到底是什么。

对司国明而言，这些形而上的事目前还不如另一个更加实际的事重要：很明显，要么他的身体出了问题，要么这个世界上除他之外所有人的身体都出了问题。

隐于文献中一万年前的记录浮现眼前，司国明想起了他正在研制的新药，以及对应的症状和处理方法。

“以上，就是我拥有情感的全部经历。”

视频中，司导师面带微笑地讲述着他的故事。我看得出此时的他并不像他所表现的那么镇定，也许他快要崩溃了，只要有人再轻轻推上一把。

“接下来，我将谈一谈我为什么要暂时把情感消除。”

这一定很难，但是为了更伟大的事业，一切牺牲都是值得的呢。

“这个决定很难，但是为了人类文明更进一步，我这点牺牲是值得的。”

更何况，他那时就要疯了呀。

“更何况，我要做的事需要我保持绝对的冷静。”

“心若冰清，天塌不惊，万变犹定，神怡气净……”

司国明弯曲左手食指，放在嘴中狠狠咬住，心里默念着不知何时从哪学来的经文。与此同时，他的目光没有离开桌上的红色针剂 NGGR-1。

在司国明的对面墙边，摄像机的镜头开着。他刚面对镜头讲述完自己身体的异样，接下来要记录的是他在药剂作用下的变化情况。

如果司国明的理论没有错，这一针能完美中和 IP2SAA-3 的效果，让他从现在这样富有活力和情感的状态恢复成之前那种情感缺失，只会按理性行动，没有生存欲望的“人”。唯有这样，才能瞒过其他人，继续深一步的研究。

但理论只是理论，实验鼠的转化成功根本不代表他也能被“治愈”。理论上 IP2SAA-3 还只是增强细胞活性和身体运动机能的注射药物，根本没有挥发性，不可能进入他的体内，更不可能让他体内抑制情感的病毒被消除。

注射这一针失败后会发生什么？司国明不知道，但他知道不注射，他要么在这个麻木的机械社会里疯掉，要么在疯掉之前就被人发现异常。他不知道被发现自后，自己的研究成果让人类社会从将死之态中重获新生的可能性有多大。即使他知道，他也不敢赌。

现在的他害怕失败。

不过，在注射之前，还有一件事要做。

“今天没事了，宁宁你早点回去吧，再晚天就要亮了。”司国明起身打开办公室的门，对外面还在看文献的学生说道。

“啊？好的呀！谢谢老师，”名为宁宁的女生猛地抬起头，飞快收好自己东西，提包走到实验室门口，回头挥手道：“老师再见，您也别忙太晚哦。”

真是个单纯有礼貌的好孩子，但除了这样，她也没有别的与人相处的方式了吧。如果自己还是绝对冷静的状态，大概会找机会先用她做人体试验，还好自己现在有了情感，明白对错。司国明想到这，内心渐渐平静下来。他关紧办公室的门窗，用捆器材的钢索把自己的左脚绑在裸露的供水管上。

“如果我瘫了或是疯了，我授权我的妻子李楚涵将我火化，另外我授权我的学生张宁宁、汪海和杨梦继续我的研究，这句话有很大概率不会是我的遗言，但万一我真的死了，而你们又有人研究出来进化的办法，请转告的我妻子：我对她的情感超过了语言能表述的范围，她是我生命中最重要的人，我想和她一起生活，也愿意同她一起死去，即使在这个终将趋于混沌的浩瀚宇宙中过尘埃般毫无意义的人生，有她相伴也就足够了。”

说完，司国明面对开着的镜头，用略微抖动的右手将针头插入左臂静脉。

过了一会儿，NGGR-1 开始起作用，他的视线逐渐变得模糊。

“滴——”

有人刷开了实验室的门，但司国明这时已经晕得厉害，什么都看不见了。

“司老师，你还好吗？”恍惚中，他听见一个声音对他说话。

谁？司国明想这么问，但话没出口就彻底晕了过去。

“以上就是我变回伪人时发生的事。”

视频里，在明亮而又狭小的实验室里，司老师带着僵硬的微笑继续讲述着他的故事。

看着明显被剪辑过的镜头，我有些不满。那天我回到实验室，看见他晕倒时，旁边摄像机里记录下来的他的犹豫，他的善良和他平静而又深情的告白都没办法在这段录像里找到。

没记错的话，这是老师的第十四版“真相解释”视频了。不知道为什么，不管是感情丰富的他还是冷酷无情的他，都喜欢在镜头前侃侃而谈，区别只是不一样的他挑选的镜头不一样而已。也许他更应该去当个导演呢。

也许吧，但我已经没有心情再看下去，找找这个版本和之前那些有什么不同——他的故事我早已烂熟于心，毕竟这件事从一开始就是我推动的。

时间紧迫，在这个普天同庆的审判日，还有很多事等着我去做呢。不知道等他发现自己为了让人类文明进化生产的药物，最终却被改成让这个无聊的世界变成懦弱者和狂徒的战场的毒，会是什么表情。那一定会很有趣吧。

怀着对美好未来的憧憬，我熟练地用空无一人的实验室画面覆盖掉监控，离开了实验室。

司国明醒来时，天色还正亮，办公室里没有别人，桌上摆着的物件看上去也没有被人动过的迹象。

也许昏迷前听到的声音只是药物带来的幻觉？

虽然可以这么解释，但他还是仔仔细细地将房间检查了一遍又一遍，直到所有证据都显示没有人闯入办公室，更没有人看到他留在视频里的故事。

事实证明那管红色针剂很有效。他不再需要用白色粉末涂抹手和脸来掩盖自己日渐红润的皮肤，也不用再因为怕暴露自己体温高于常人的事实而避免和人有肉体接触。

周围的事物在他眼里也恢复了常态，不再有特殊意义，一切都是理所当然，一切都将顺其自然。唯一有变化的是他头皮的溃烂情况在一定程度上得到了改善——而这正是 IP2SAA 这种药本来的目的：延缓腐烂，推迟死亡。

如果想要推广 IP2SAA，又不让人类脱离现在这种感情缺失的状态，只需要将蓝色药丸和配置的红色针剂搭配使用就好。这么做既消除了暴露的可能，又不会让人类社会产生难以估量变革，更没有改变人类身份认知的风险。

假如司国明没有拥有过希望、恐惧、自我怀疑和爱情，他也许会这么做。但他要走的路在一开始就已经注定了——在他喝下那杯混入蓝色 IP2SAA 药丸的苦咖啡时就已经注定了。

不过，这是他还不知道的事。

即使失去了情感，有些事也不会因此改变。当代人类生活的重复性和无意义性已经深深地刻入了司国明的认知里，虽然现在的他对此并不反感，甚至有些认同。但出于理智考虑，丰富多变的人更能给社会带来活力，即使因此会破坏社会安定，产生不必要的动荡，只要最终结果能加快人类发展，那也是有价值的。

为了达成这个目的，司国明还有很多事要做。

“首先，为了更好地传播，药物潜伏期延长实验必不可少。一开始可以用小鼠，但最终难免会用到人体，既然药物安全性可以保证，倒不如直接进行对人实验。”

打开备用摄像机，司国明如此记录。

用谁？就在他想着这个问题时，门外响起“滴——”的一声。

“诶，我今天居然是第一个到的。”说话的是一个轻柔的男声。

就是你了！司国明做出决定。

天台的风很凉，在我身体变得温热后更是如此。夕阳周围没有晚霞，只有浓厚的乌云正在凝聚，夜晚会更加寒冷吧。

也许今天之后，人们不再会昼伏夜出。

我必须承认，我对于司老师的预测出了偏差。按照本来他的性格，研究怎么加长药物潜伏期首先应该从小动物开始，那样不管是改变配方还是对动物做手脚都很简单。但他居然准备直接对那个死胖子下手。

那死胖子可不是什么好糊弄的角色，要是真把他拉进来，计划可能会更加有趣，但绝不会这么顺利。

还好老天都在帮我，最终一切都回到正轨上来。

一切都会好起来的。

决定对杨梦下手的第二天，司国明梦见了一条鱼——一条躺在绿色人造草坪里的虹鲤。司国明梦见它的时候，它正张大嘴想要呼吸。草坪四周的聚光灯打向它，让它看上去像是某个故事里的重要角色。在梦境背景的夜空中，乌云聚集，随后雷声隆隆，暴雨将至。

司国明觉得自己在雨落前该做些什么，但是却因为在梦中缺少实体。只能看着那条鱼在雨落之前挣扎、死去、腐烂、化为枯骨，虹色的鳞片随着鲤鱼的死散落一地。

天空之上，有不清晰的人声传来，听着就像是摇滚乐，又像是领导在讲话。过了大约一顿饭的时间，雷声和音乐同时停止，雨落了下来。雨越下越大，像是要淹没整个世界。没有皮肉的鱼骨扭动身躯逆着雨水向天空飞去，散落的鳞片随它一同，翩跹升起。

望着直通天穹的虹光，司国明突然察觉到自己的身体。大雨之中，他的身体正因为窒息走向死亡。

在梦境的虚假死亡中，司国明产生一种想法，也许人间只是一个空鱼缸，人们都是生活在没有水的鱼缸里的鱼，静止着等待着干涸。当水终于注向鱼缸，鱼终于获得了自由，这自由来得就像死亡来临前的幻觉。

漫长而潮湿的寂静后，司国明醒了过来。月光透过窗帘缝隙照在他一旁的李楚涵身上，让她看上去冰冷得就像块石头。司国明伸手探了探她的呼吸，然后又探了探自己的。

我们都还活着——司国明得出结论。

我们一直在死去——这是杨梦对生活的结论。说出这句话时，杨梦正躺在木质的摇椅上，任腰间的赘肉在椅背的间隙里自由生长。跟大多数忙忙碌碌却又不知为何而生的人不同，杨梦虽然同样没有人生的目的，但他从来不为生活忙碌。

因为他很懒。

懒得动，懒得说，懒得改变。因为懒，即使和其他人一样随波逐流地生活，杨梦所付出的精力和时间永远是最少的，生活对他的改造也是最小的。质量越大的东西，运动状态就越难改变，用这经典力学的定律来描述杨梦的生活再恰当不过。

不管从精神还是物质层面来看，杨梦的质量都很大。

在司国明的实验计划中，杨梦作为潜伏期加长实验的第一期实验对象，将在不知情的情况下参加三个月的实验。前两个月司国明会向杨梦的食物里注射不同剂量 IP2SAA，观察他的身体情感变化，同时以还原药剂 NGGR 控制，防止他彻底转换；最后一个月将其还原后，施以改良后带潜伏期的药物，继续观察。

即使杨梦在实验期间察觉到了什么，按他疲懒的性格，也不会到处调查和宣扬。最多也就是乘机跟司国明告假，回家睡几天而已。到时候实验数据也应该搜集得七七八八，更换实验对象做二期也不会有问题。

之后司国明除了会继续做改变潜伏期的研究，还会增加药物对身体机能的改善功能，试着以不腐药的名义售卖出去。

只要一切按照他的计划，不出意外，三年后，第一批对这个世界充满爱，渴望让这个世界进步的社会精英就将逐渐拥有话语权，再然后，由他们推广，不出五年，全世界的人都将拥有情感。只要十年，社会就将从麻木衰老走向新生。

实际情况是，意外比司国明设想的来得早了很多。确切来说，在一期实验开始的第一周，司国明就不得不改变他的计划。

在这里不得不说明一下杨梦的具体工作。

杨梦在司国明手下，除了偶尔帮帮手，其他大部分时间都是在研读一些前代文明留下的文献——这些文献使用的古汉语晦涩难懂，除了专业人士，没人能解读其中含义。杨梦自称小时候还没那么懒时，跟一位老先生学过七门语言，其中一门就是古汉语。

在读博士期间，杨梦先是研究《一只特立独行的猪》花了半年，然后读《我给参议员当秘书的经历》用去七个月，接着翻译了一篇狗屁不通的《说一说在我老家，庄稼的种植情况》，翻了整整两百天，到博士第三年又开始研究这篇《我听见天军在唱哈利路亚——向尼可斯·卡赞扎基斯和 1997 年致敬》直到现在。

据杨梦说，《我听见天军在唱哈利路亚》一文，除了生动形象地描写了古人匪夷所思的日常生活外，还记载了古代的医疗技术，在那些古老的东方智慧中，蕴藏着无限的潜力，只要能够解读出来，就能对当代医学进行一次大的革新。

司国明不怎么相信杨梦的说法，但 IP2SAA 的原始药方又的确是靠杨梦和历史系的几位教授搭上线，才从他们的成果里借来研究的。考虑到手下多个便宜又经久耐用的博士生对他来说也没坏处，司国明就放任杨梦自由发挥了。

当这个博士生变成被实验对象，却仍然自由散漫，情况就大大不妙了。

在被实验的第一周，杨梦每天仍然雷打不动地读书睡觉，就好像药物对他不起作用一样。如果不是实验室的几只实验猕猴都同司国明预想的一样，情绪明显发生改变，成天闹腾得不行，像是要为朝三暮四的桃子配给而暴动。司国明真要怀疑自己的精神出了问题。

也许是一开始的剂量太低，让杨梦产生了抗药性；也许是他的懒惰彻底压抑了情感爆发；也许这种药只对特定人群起作用，体脂率太高或者头发太多都不行；也许还在潜伏期……

可行的解释有很多，真相只有一个，而司国明没有机会找到。

那天，杨梦一反常态地没有和往常一样，躺在他专属的木质摇椅上，晃动着他相对于身躯小而温润的脑袋，一边研究《我听见天军在唱哈利路亚》，一边说些什么“伯利恒虽然只是个犹太的小城，但是小城故事多！”之类抄袭已死网络严肃文学家说的话。而是低着头，在本来就不宽的实验室来回踱步。

就在司国明以为药物终于起作用时，杨梦敲开办公室的门，向他告假，说在西伯利亚的一个拖拉机厂有些事需要他去处理，要离开一段时间。因为实验室目前不忙，而杨梦的年假又攒了几个月的没休，司国明没有借口，只能许了假。

看来要放弃这个实验对象了。那几只猴子够用吗？要不要再买几只？

司国明这样想着的时候，看见汪海睡眼稀松地走进实验室。

“老师早上好。”汪海说着，走到工位上，坐下睡着了。

黄昏时候的五道口是最热闹的。成千上万的人类从北方赶来，试图赶在东南方的旗帜升起前突破浓雾去往南方的工厂。长龙般的车流由西向东挪动，缓慢得好像时间都已停滞。月光到不了五道口，浓雾中只有灯光指引人们前行。

昏暗冷清的黄色灯光点缀在沿公路的高柱上，又被玻璃外墙修成的高大建筑群反射，将五道口映照成凄凉的迷宫。沉默的人群在其中绕着圈踏步，忘记了自己本来的目的。

直到黑夜真正来临。

我爱这样的五道口。自从拥有情感，我每天傍晚都会来这看人潮涌动，幻想这千万人的千万种人生，以此得到欢愉。

我爱这样的热闹，但我不得不毁了它，因为它不过是我的错觉。事实是这个世界了无生机，只是一个秩序的灵堂，无数活死人行走其间，过着同一种人生。

无趣！无趣！无趣！

我爱喧嚣和混乱。我想要一千个人过上一千种不同的人生。

我想看到人们恐惧、狂笑然后哭泣。

我不要地上太平，我要这地上动刀兵。

今天过后，我要的都将到来。

我看得见。

在汪海身上进行的实验一开始顺利得让人难以相信，就好像他天生就准备着变成另一种生物一样。无论是IP2SAA还是NGGR，在他身上扩散和发挥作用的时间都短得惊人。即使只使用正常猴子实验剂量的两倍，不到一个小时，汪海就会完成从一种思维模式到另一种的转变。

在这种情况下，司国明本来计划四期共一年的实验周期提前到了半年。相对应的第一期实验，也在头一个月就完成了大半。

根据已有的结果，接受药物的生物除了拥有情感，代谢更快，更容易恢复外，还会从本质上发生改变——简单来说，细胞的结构会发生改变，使之和原生物种产生生殖隔离，变成另一种生物。

两种生物将如何相处的问题并没有困扰到司国明，因为他已经打定主意要把全人类都变成后一种。真正的问题出在实验对象——汪海身上。

也许是转变太过频繁的缘故，汪海的精神状态并不怎么好——用心理医生普奇的说法，汪海已经在崩溃边缘蹭来蹭去好几次，只差一点就会掉下去了。

因为考虑到实验对象的不稳定会对实验造成不可挽回的损失，即使计划本身是造福全人类的好事，为此牺牲汪海也完全符合社会道德，司国明还是决定暂停实验。

但也就是在这个时候，司国明收到了妻子已经怀孕一个多月的消息。

还有八个月——他计算着时间——要加快了。

于是，司国明改变了之前的想法。

因为冬天的缘故，天不到六点就全黑了。长龙般的人群仍然堵在五道口，个个面无表情，默不作声地挪动着。除了路灯，沿街一排排形制相同的招牌也开始发出青绿色荧光，象征性地开始招揽顾客。

我挺享受这最后一会儿寂静的。

一旦他们开始转变，就再也没有这样的寂静可以休息了。就像实验室里那几只小老鼠一样，感染源一出现，这些家伙除了互相撕咬，就只会发出刺耳的尖叫和阴沉的低吼——不是说我不喜欢这些疯狂的行为，相反我爱死它们了，只是到了最后，不管多糟糕的东西，都值得怀念一下不是吗?

“铛——铛——铛——铛——铛——铛——”钟声敲了六下，时间到了。

在古老的传说中，在冬夜节这天，会有一个高高瘦瘦，穿红戴绿的男人，骑着一头枯瘦的黑驴从南方飞来。祂来时会带着一个大大的口袋，袋子里装满伏特加和冬眠灵，去时会带走满满一口袋的腐败和光明。

还在工作的人会获得一整个冬天的安宁，失去工作能力的人则能跟随祂去往没有腐烂，没有光照的永恒黑暗空间。

根据占星学家三千年的计算，冬幕老人路过五道口的时间是每年这天的晚上六点整。但很遗憾，天空上什么都没有。

冬幕老人只是个传说，和所有传说一样，总是令人失望。

为了最广大人民的根本期望，这个时候应该发生些什么——最好是真实而又充满戏剧性，另外还带点荒诞色彩的惊喜。

比如像我这样的美少女从天而降，带给无聊的世界应有的毁灭。

我退后，展开滑翔伞，助跑，准备纵身跃出。

突然，一段急促的鼓点打乱了我奔跑的节奏。

这时我才注意到，广场上有一片被清理出来的空地，其中有一个胖子猛敲着他的大鼓。随着他的鼓声，本来沉寂的人群开始起了变化。

变得如过去的记忆一样令人憎恶。

“夏天到了。”司国明又一次打开了摄像机。如果不想暴露自己，他应该不留任何记录，但如果什么都不留，后世又有谁会知道他曾经来过这世界，做过这些事呢？

“楚涵怀孕三个月，我还没告诉她我正在做的事。实验已经证明：IP2SAA虽然能增强细胞活性，但也增强了细胞需求，大量失血或者大面积受创很容易导致个体死亡。用在孕妇身上会出现什么后果是个很值得研究的问题，但我不能冒这个风险……”

说到这，司国明停顿了一会儿，然后继续开口。

“不是不能，而是不敢，看来NGGR的效果并没有我想象那么好，不过那不重要，毕竟是要毁掉的东西，人类不能走回头路。控制潜伏期的研究很顺利，先一步的目标是增强药物的传播能力，为了赶在孩子出生前后完成第一批扩散，通常的传播方式已不可取，除了现在以续命灵药的名义在有钱人中私下扩散的方式外，我还需要一种能在民众中传播的手段，目前考虑的是让新型IP2SAA能在细胞中自我复制，同时能通过水源传播，但技术上还有很多难点，不知道能不能在那之前解决。也许可以让他们几个接触到我的实验？不，还是太早了，不，要来不及了……”

我在天空中旋转着，这当然不是我的本意。

因为被突如其来的鼓点打乱节奏，我在跃起时崴到了脚。本来应该华丽地如同死神般从天而降，变成了小丑表演一样滑稽的自寻死路。

我又失败了，每一次都是这样。

我在还是个小孩的时候就察觉到了，每当我全力以赴去做一件事的时候，就一定会失败，而且刚刚好所有心血会在最后一刻被一个意外化为乌有。

经历过这种情况几次后，八岁的我很自然地总结出了一条人生经验：不要去做那些需要全力以赴才能成功的事，我只是个普通的小姑娘而已，怎么可能不出错，完成明显在我能力极限的事。

因此，我一直都是个乖孩子——那种提起来，除了乖巧懂事以外，找不出其他优点的孩子。

当然我身边也不都是乖孩子，我也认识一些坏孩子——那种提起来，除了自由散漫以外，找不出其他缺点的坏孩子。

没人知道，更没人告诉我们，除了乖孩子和坏孩子，我们还能成为什么。

总之，我小时候没遇到什么超出“普通”这个范围的人类。

随着我慢慢长大，我发现，这世上根本没什么“普通”以外的概念。所有人都和我一样，在能力和规则的限定内，过着普通的生活。

坦白说，我一直不懂为什么所有人都是一样，为什么我要和所有人一样。假如一种生活已经被无数人经历过无数遍，我再去重复它又有什么意义呢?

当然，那个时候的我并不知晓“有意义”的真正意义。

尽管我也有想过，和普通相对应的不普通该是什么样，变得和别人不一样需要什么条件，我又有没有变得不普通的原因，但这些思考最终都会终结于一句话：

我只不过是个普通的小姑娘而已，想这些我全力以赴也不知道能不能做到的事有什么用呢?

当我发现IP2SAA-1的实验小鼠开始变得“不普通”时，我意识到所有的问题也许都能找到答案。于是我毫不犹豫地将实验对象扩大到了人类身上。

司老师是我第一个，但不是我最后一个人类实验对象。

观察到他的变化，我才放心对自己也进行了转换。虽然在一开始差点被过去无聊的人生击溃，但我挺了过来，并且再也不会回去。

我很好，除了受不了这个世界太无趣。

司老师的计划也许能推动这个世界改变。但他的做法太过温柔了，温吞的水般的改革只会被这个无趣的世界吞噬，变成平凡的一部分。那时候，即使拥有情感，人类也不会改变。

只有打破一切旧的东西，用毁灭和恐惧来让人和这个时代彻底割裂，新的时代才会到来，就像我留在老师电脑里资料后，希望他明白的那段话一样：

“是时候结束了。”

就当这是我送给老师孩子出生的礼物吧。

在原本的计划中，我会在天上散播改良过的IP2SAA+，不但能感染人类，在人体内自我复制，还能使被感染者散发一种信息素，使得还没转变的普通人充满想要攻击被感染者的欲望，药效则会在人类体内潜伏小时后才出现，

到时候北平城都会被毁掉，感染者逃出这个城市，去向四面八方，将变异扩大成世界级的恐慌。也许最后会有大批的人类幸存，但两种生物的对立又会带来更多的战争和毁灭，混乱中诞生变革，变革又产生更多的混乱。

最后，当一切尘埃落定，文明的废墟也许会诞生出真实的，和现在完全不同的东西，那些东西只会把我们这个时代当成传说，在他们

的传说中，我将是冬季带来死亡的神明，他们如若变得无趣，就会受我诅咒，被人分食。

多有趣的未来啊！不是吗？

可我失败了，我就要死了。到最后我什么都不是，只是个普通的小姑娘，什么也做不到。

但我真的全力以赴了吗？还是说一直以来，我都是在最后一刻选择了退缩，所以才会失败？

我努力调整姿势，想掏出喷雾罐播撒希望。

最后一次了，我想赢。

话虽如此，但雨实在是太大。我几乎握不住喷罐，只能抱紧它，调整姿势任自己在雨中飘零。

不知在天上飘了多久——也许是一首歌的时间，也许只有几秒。总之，在奇怪喧闹的键盘、吉他、贝斯和大鼓声中，我终于坠落地面。

水花激荡，我听见左腿骨折和肺部破裂的声音。

没死，但也离死不远了。

这时，我听见一个沙哑的女声唱着五年前北平城地下乐队风格的歌曲，便循声望去，远处的高台上，唱歌的黄衣女人身旁，我的师兄杨梦正站在大鼓后，低头看向我。

李楚涵临产的时间比她预产期早了三周。当时司国明正在八宝山地下市场和科罗拉多州来的黑鬼做交易，等他收到消息赶到医院时，充满血腥的生产过程已经结束了。

他的儿子——一个皱巴巴的青皮婴儿正安静地躺在准备好的福尔马林箱边。

“你再不来，就要错过儿子的第一次浸礼了。”一旁病床上的李楚涵见到司国明进来，这么说道。

在人类一生与腐烂对抗的过程中，浸礼有着格外重要的地位。因为新生儿没有保护自己的意识，他们往往很容易伤到自己而不自知，很多婴儿甚至在出生时就因为用力过度而留下了暗伤。这些伤口虽然很少会导致早夭，但因此造成的少年残疾却比比皆是。

法律规定，出生后八小时内，必须进行第一次浸礼，之后还要进行满月复浸，半年三浸，一岁终浸，等等。浸泡使用的液体大部分是福尔马林溶液，极地地区有时也会使用高浓度乙醇溶液，赤道附近则流行一种古老的草药秘方。

浸礼的过程是这样的：婴儿父母在场，或者采用可信录像工具记录的情况下，由一位具有初级以上资格的浸礼人甲抱起婴儿，再由具有中级以上资格的浸礼人乙给婴儿套上防漏眼罩、呼吸器和护裆，检查无误后示意甲。甲在接到示意后，将婴儿放入浸泡液体，一分钟后取出交给乙。乙收到后，卸下保护装置，交父母验收或在录像工具前旋转展示。

因为考试简单，大部分父母在进行“为人父母”资格考试时，也会顺带考一个浸礼证，不过司国明当时忙着他的救世大业，没有参加。

看着医护人员抱着小家伙上上下下忙活着，司国明突然不知道该说些什么。假如生产时间再晚上一两周，他散出去的那些药就应该发挥作用了，到时候直接转换妻子和孩子，根本不会有什么浸礼。但现在……

现在司国明还有太多的顾虑：他的那批药物还没生效，张宁宁的疯狂计划随时可能发动，汪海特殊的身体状况有待研究，杨梦脱离控制后就不知所踪，世界政府差不多快知情了，美洲黑帮、南非巫医也都搅在其中……这些大大小小的事和人牵制着他，让他放不开手脚。

把妻儿从医院接回家后，司国明回到实验室开始录制最后一个视频。

“……蓝色的那片能让你恢复成原来的样子，红色那片能让你获得进化，这是我对你的补偿……”

和视频里的很多话一样，这句也是假的，但司国明不在乎。

杨梦看向我时，脸上没有惊讶，手里的动作也没有停，就好像我只是跟他毫无关系，普普通通的一个高空坠物。看了我一会儿，他摇了摇头，把视线挪开了。

我应该生气，应该破口大骂，应该嘲笑他是个什么都不懂的普通人。

但我没有，此时我比之前所有时刻都要平静。

喷壶跌落在几米外的地上，摔得变了形。IP2SAA+ 从变形喷壶里慢慢漏了出来，汇入浅浅的水洼中。

我艰难地挺起身，用半跪的姿势向着喷壶挪动。

我应该疲惫，应该感到疼痛，应该因为失血和缺氧而越来越冷直到昏迷。

但我没有，此时我比之前所有时刻都要清醒。

花了一分多钟，我成功捡起喷壶。里面的药水还剩小半，但雾化喷洒装置则彻底坏了。

抬头四顾，因为我的缘故，人群散开来，看样子一时间他们也不会聚拢过来。只剩一种方法了，说真的，我没想过这么做，这样会让我看着不像是带来死亡的神，反而像是个为人类受苦的圣人。

不过本来快失败了，也顾不上那么多吧。

我把嘴对准喷壶缺口，一饮而尽。

"啧……呸。"

比想象中的要苦啊。

对没有接受转换的人来说，药物一到三个小时才会发生作用。但我早就拥有了情感，信息素的产生和挥发都会很快，也许在我脑死亡前就会完成。

音乐声没有停止，但不知什么时候开始，台上几个人都带上了透明头套，而杨梦则不见了踪影，他原本的位置站着一个半大小子，正在卖力演奏。

不多时，本来四散的人群开始向我靠近。我看着他们，想起的却是很多年前的一个上午，父亲带我去听“世纪初”乐队的露天演唱会。那天人很多，我在人群中和父亲失散了。我没有慌张——那个时候我不会慌张。人如浪潮般向我涌来，我被他们裹挟，如浪潮般涌向其他人。

人浪越来越大，但我却不知道它会涌向哪里。直到父亲找到我，把我拉出来，我才发现我已经来到了舞台边缘。舞台上音乐嘈杂难以入耳，就像今天一样。

现在想想，父亲已经死了七八年了。

“哈哈……哈哈哈……哈……”

明明想起的不是开心事，不知为何我却笑得停不下来。

雨越下越大，像是要淹没整个世界。司国明举着红色雨伞站在高楼天台边缘，看着眼前的荒诞场景，隐约觉得这一幕似曾相识。

广场上人群随音乐起舞，天空中少女随风飘零。而司国明只是沉默地看着，不为所动。直到坠落地面的张宁宁喝下药水，他才掏出手机拨通家里的电话。

“喂？”接电话的是李楚涵。

“之前说的大变动就要开始了，你和孩子在家里藏好，别乱跑。”

“你什么时候回来？”

“我夜里还有些事要处理，天亮可能会回家一趟，你不用等我自己先睡吧。”

“注意安全。”

在李楚涵产后，司国明没有继续向她隐瞒计划，还让她服用了 IP2SAA，以免被卷入张宁宁的链式传染计划。至于孩子，因为太小没什么行动能力，服药又可能产生不必要的风险，司国明打算稳定下来再处理。

变动带来的混乱只会是一时的，稳定才是最终的结果。北平的消息跑得总会比人快，而自己提前散播出去那批药，发挥作用的时间也会比人快。只要他造出来的新人类联合起来，带领宁宁制造出的传染源们，正确应对旧人类，加上他的药物帮助，秩序很快就能建立起来。

虽然这和司国明本来的计划有些出入，但考虑到改革带来的阵痛越短越好，当时还是没有感情状态的司国明在查明张宁宁的计划后，毫不犹豫地做出了这样的应对——对人类来说，这是最优解。

这真的是最优解吗？此时拥有情感的司国明心中其实存在着些许怀疑。

在他的脚下，人如同绞肉机挤出的肉条一样从大楼中喷涌而出。广场上满是残肢断臂，疯狂的人继续围拢，被感染的人则尖叫哭泣着试图冲出一条生路。

这代价会不会太大了？不过现在也没有办法回头了。

司国明这么想着，对陷入杀场的人们轻鞠一躬。

“生而为人，真是抱歉。”他为之前那个无情的自己道歉。

“唉……”在司国明身后，突然响起一声叹息。

他惊讶转身，只看见灯光下一个模糊的高大身影。

“你……”

“砰！”

司国明想说些什么，但却被枪声打断。

还没反应过来，世界就在司国明眼前倒转，然后急速坠落。呼啸风声中，他只感到错愕。

雨越下越大，模糊了坠落中司国明的视线。有人说死亡前人能回顾自己的一生，也有人说那只是火化的高温让人产生的幻觉。我们不能说这两种说法谁对谁错，毕竟个人有个人的缘法，司国明在落地前的几秒钟，就没能看见过去——不过他看到了未来。

在漫天大雨中，司国明看见一天后洪水将淹没大地，看见他的妻子出来找他，坐在一面鼓上漂流，直到洪水退去。他看见二十年后旧人类和新人类在大地上征战不休，看见八十年后他的孙子出生。他看见一百年后两族真正和解，看见天上的云散去，天地间吹着暖和的风，大地上生出绿芽，远处山间开满紫色的花，一个短发夏装少女赤足在山间奔跑，那是两百多年后的场景。

杨梦他啊，只想过平静的生活

杨梦初遇老马那年，他们俩都还留着满头长发。

区别在于老马的长发枯黄蓬松，像是大漠里飘零的野草，在他金字塔般的尖脑袋上肆意生长。而杨梦的长发则乌黑油亮自然下垂，遮住了他那张布满青春痘的大饼脸。

那年，老马十七，杨梦十五。

老马全名马明达，上海青浦区白鹤县人，喝着还没被污染过的苏州河喝水长大，按他的说法，他这是本质上海人。但在其他上海人看来，青浦靠近苏南，因此他最多算半个上海人。

老马家是官宦世家，他的曾曾祖父马前进据说还进过常委。因为代代都作为公仆尽心竭力地为人民服务，老马家的人生下来就是国字脸、麻秆手脚、肚子凸起、能发出迟缓而威严的声音。因此，当老马顶着一张头尖下巴大的脸，精神地撕开他妈的肚子爬出来，毫无规矩地哇哇大叫时，老老马心里咯噔一下，好久没缓过来。

还好，随着老马慢慢长大，他的尖头虽然没变，但体型和性格还是长成了马家人的样子。对此，除了老马以及他始终没有出现的女朋友，其他人都很满意。

老马十六岁那年，因为父亲工作调动的缘故，跟着从上海搬到了北平。

身为本质上海人，老马来北平的第一年并不怎么顺利，他既不适应北平的落后和先进共存的现实，也学不会在遮住五感的浓厚雾霾里如何前进。

在这种情况下，他的学业自然一落千丈，因为父母工作忙，老马只有独自应对——花了一年时间，他终于学会了逃课。

如果老马的爷爷没有因为被重型卡车碾过身体，住进青山疗养院头部护理科。这个时候他一定会感慨：“北平真是呆不得的哟，一年辰光就坏了阿拉上海人的品性哦！”

这个说法没什么道理。比起一年就学会逃课的老马，北平胡同长大的杨梦三岁就一个人在雾霾中摸索着去上幼儿园，但直到九岁才想明白，原来不去学校也不是什么大不了的事。

老马爷爷的葬礼后，在老马的“世纪末之心”酒吧里，剃掉长发的杨梦用他的亲身经历这么和老马掰扯北平对人的影响问题。那个时候，老马已经变成了一个彻彻底底的北平青年：抽烟、喝酒、撸串、烫十块钱一次的头。

因此老马没在爷爷腐烂前留给自己的遗言上纠结太久，而是转身看着吧台边上留着夸张波浪头的驻唱歌手，头也不回地问杨梦：

“还记得怎么打鼓吗？”

“还行。”杨梦带着些醉意回答。

人是理性生物，但也有身体缺陷，这是现代科学已经确认的事实：有很多东西都能使人的身体产生成瘾反应，比如烟、酒、猫、二乙胺、碳酸饮料和音乐。和看见猫就想抚摸一样，人在听见音乐，特别是节奏感强烈的摇滚乐时，总是会不由自主地挥舞双手，尽情扭动。等再回过神来，已是天光倒转，物是人非。

那样的情形杨梦见过很多次。他在成为一个二十几岁，寸头，一米八七，体重一百二十公斤的懒惰的药学博士生之前，也曾是一个十来岁，一米八，体重八十公斤，留齐肩长发的乐队鼓手——他、老马、黄诗诗和叶夫根尼·伊凡·尼古拉的“世纪末乐队”。

那时候他们都还很年轻，成天无所事事，活得浑浑噩噩。不像现在，老马当了酒吧老板，杨梦读着博士，黄诗诗在秦城疗养院做护工，尼古拉回西伯利亚继承了拖拉机厂，每个人都有光明的未来。

“明年开春我要搞场演出，缺个鼓手。”老马回过身，低头轻晃着手中的半杯伏特加。

“明年？还早啊，都有哪些人？”杨梦又喝了一口白兰地。

“就咱们几个。”

“咱们？大姐头同意了？尼古拉能来吗？”

“等你点头。”

“行，”杨梦考虑了一会儿，找不到拒绝的理由，“先说好，我一周最多排练四小时。”

“能来就好。”老马一边说着，一边举杯。

“叮。”两杯相碰。“愿演出顺利。”老马说完，将半杯伏特加一饮而尽。

杨梦没问老马为什么想要演出，也没问另外两个人最近怎么样，这些事对他来说无足轻重，即使是喝了酒，他也不会昏了头卷入别人的生活，那种麻烦，经历一次就够了。

第二天酒醒之后，杨梦才想起自己昨晚已经昏了头，又卷入了老马的乐队重组计划，但在这世上，答应别人的事，又哪有再拒绝的？更何况他欠老马的确实还没还清。

这不是老马第一次想要重组乐队，五年前他也闹过这么一出。当时杨梦的酒量比现在要差，所以答应得比这次还快。为了凑够人，杨梦撇下做到一半的毕业设计，跑去西伯利亚劝尼古拉，到了拖拉机厂才收到消息说黄诗诗怀孕，以弹吉他会影响胎儿生长的理由拒绝了参演，只能折返。

这次和上次一样，老马目前只搞定了杨梦一人，剩下两位还没谈。因为熟门熟路，加上不想管最近实验室里出的麻烦，杨梦跟导师请了假，便搭火车去往西伯利亚。

尼古拉的拖拉机厂坐落在西伯利亚的一个小村里，杨梦先是坐船到了符拉迪沃斯托克，再搭乘火车沿着西伯利亚铁路抵达乌尔乌德火车站。离开火车站他又搭乘中转巴士往北，最后才由国道旁的摩托载进了村。

村子不大，几条货运铁轨穿村而过，通向远方。杨梦沿着其中磨损最严重的一条，和轰鸣着的蒸汽火车擦肩，往村里走去，很快就见到了写着“伊凡的拖拉机厂”的木质路牌。

杨梦上次来时，工厂只有一个平层生产车间和半个露天装配车间。这次来，厂里除了多出几间跃层厂房，还用三米高的红色砖墙围了起来，只留出一大一小两个白铁皮门供人车出入，看上去正式了许多。

登记过姓名后，门房给杨梦指了路，便不再管他。听从门房大爷的指示，杨梦沿平整光亮的白色水泥路，走进厂里最大那间厂房。在那里，他见到了尼古拉。

杨梦看见尼古拉时，尼古拉正坐在厂房最中间顶上的吊车中，有节奏地敲打着他身前的电子琴键盘。和在乐队时的绚丽风格不同，现在的尼古拉演奏风格朴实沉重，就像是西伯利亚劳动人民在挥舞斧子和镰刀。

随着尼古拉的演奏，车间里工人们在流水线上如同机器一般，整齐而精确地制造着零件，从上游到下游，没有人有一秒的停息。

“咚！”这是一百个钳工整齐划一地敲打车皮。

“呲！”这是一百个车工一起开机制造齿轮。

“哗啦！”这是一百个装配工人同步旋转轴承检验流畅度。

“嗒嗒嗒……”这是休息的铃声响起后，尼古拉停止演奏，几千个工人分批走出车间大门。

尼古拉看见杨梦，便下到地面，问他来干嘛。杨梦说老马想让“世纪末”复活，搞一次演出，托他来找尼古拉。尼古拉听后想了想，说他的厂离不开他，没了他引导工作节奏，生产效率会降到从前的一半。

杨梦劝他，说这引导工作节奏，用录音也行，他的工作算不上重要。这话放到今天有些许侮辱意味，但在杨梦的年代，没人会因此生气。尼古拉听后觉得杨梦说的话很有道理，又举一反三，想到其实工人的工作也能用全自动机器替代，这样一来工作效率还能更高，运营成本也能降低。

想到这，尼古拉便招来领导小组和工人代表商谈，最终敲定了一系列的产业升级计划，计划将持续三年。在计划完成时，从原料到生产再到销售，一切都可以由机械自动进行，到时候不仅是工人，包括他在内的领导层也没有存在的必要，统统可以解雇。

因为没学工科，杨梦不明白为什么一个把自己解雇的计划能够被工厂人员一致通过，不过他还是很乐意见到尼古拉解雇自己，有时间同他去见老马。

但尼古拉又说自己还是不能走，因为他还剩一件工作没有完成。

杨梦问他是什么，他把杨梦带到一架奇怪的T字形交通工具前向杨梦介绍，说那是他参考最新流行的三角滑翔伞，抽调工人造出来能够飞上天的交通工具——根据的原理是空气流速快压强就会小，这里不展开讲。

因为是全新的设计，目前这项名为飞机的发明还飞不起来，尼古拉想在完成这项发明后再去见老马。

杨梦问尼古拉为什么要研究飞机，尼古拉说他要赶在别人占据天空前先行一步。杨梦又问他先行一步又能怎么样，新发展起的飞机无论是运力还是速度都比不上现在的高速铁路。尼古拉想了想，说他也不知道。

想让一个人放下手中的事去做另一件事有两种方法：一是让他相信让他去做的事非常重要，二是让他相信自己正在做的事毫无意义。

杨梦选择了第二种，因为他知道一个很少有人知道的真相：深究下去，人生本质就是没有意义。

几天后，尼古拉处理完拖拉机厂产业升级的开幕式，就和杨梦坐上了去北平的车。在去北平的路上，尼古拉还是忍不住去想他的小飞机。他跟杨梦说，让人类自由在天空飞翔这事应该有人去做，而自己应该是那个人。

杨梦想问他自由是什么，应该又是什么，以堵住他的嘴。

但这两个问题杨梦自己也答不上来，所以他只是摸着自己第三层下巴，点头称是，劝尼古拉可以先做着理论设计，等老马演出完了，就能回去开始实际制造，还可以让老马补偿他，亲自去试飞。

因为路途遥远、交通不便，杨梦春天从北平出发寻找尼古拉，回来时已经是深夏。深夏的北平城透着热气，散发出一种像是用棕榈叶包住死老鼠，放在火炉上烘烤的气味，熏得杨梦难受。他知道事情不能再拖，赶紧回实验室销假，顺便拿了些新药处理自己的问题——反正那两人做的都是见不得光的实验。

杨梦回实验室的时候，尼古拉去酒吧见了老马。等杨梦也赶到酒吧时，只看见两个喝得烂醉的男人和一个不怎么醉，用龙舌兰逗弄着一个小男孩的女人。

这个女人叫黄诗诗，因为作风豪放，行为粗犷，她又被人尊称为大姐头。关于大姐头是如何获得制霸秦城疗养院，获得一众中老年退役首长拥护一事，这里也就不展开来讲了。我们需要知道的只有：在“世纪末”乐队里，黄诗诗是吉他手，也是主唱，更是话事人——这件事在她和老马结婚以前就确定了。

黄诗诗和老马结婚这件事很简单：大约七年前，秦城疗养院要给员工分福利房，单身的没份，于是黄诗诗找到老马，说肥水不流外人田，老马觉得是这么个道理，两人便结了婚。

没有爱情的年代，婚姻大多是如此。

“老杨来了？快来喝酒。”见到杨梦走进酒吧，黄诗诗招呼道。

杨梦这时正因为老师计划的进度太快，改变太多而烦躁，没什么叙旧的心思。一屁股坐下后，右手掏出刚顺来的红色药丸塞进嘴里，左手拿起老马身前的半杯伏特加就喝。喝完他干脆地眼睛一闭，安心昏了过去。

“世纪末”乐队全员再次重聚的场景就是这样的。

之后的时间过得很快，毕竟大家都有自己的事要忙，一周只有不到四小时的排练时间来相处，现在的四五个月比起十年前整天混在一起的时光，也就相当于不到两周而已。乐队的几人刚重新熟悉起来，冬天就到了。

第一场雪落时，杨梦问老马：为什么要办演出。喝醉的老马是这么说的：

“老杨，我总觉得我这辈子不该是这样的，开酒吧、结婚、养小孩、等待腐烂，这条路我可以接受，可我应该也有别的可能性吧？有别的路可以走，我为什么没有走，我们为什么都没走呢？应该有什么重要的东西在我的选择里起作用吧？为什么我找不到？我是不是错了？我是哪一步错了？你是博士懂得多，你能不能告诉我？我真的不明白。”

面对老马的追问，杨梦没法回答，因此他也没法让老马取消演出。所以他只是把司老师和张宁宁的计划给第二天酒醒后的老马讲了，让老马赶快确定场地和时间，同时给乐队弄些呼吸面罩和武器，以备不时之需——凭借黄诗诗和退休首长们的关系，这不难。出于同样的理由，他还顺便教了老马儿子马咚咚打鼓。

杨梦问老马为什么要办演出这事还有别的版本。

在那个版本里，老马左手端着酒杯，侧身靠在吧台上，转身看向杨梦：“老杨，你说，我们在那时候是不是就死过一次了？”

那个版本里的杨梦也不再沉默，而是正坐着，把酒杯举到和眼齐平，注视着其中碧绿色的液体，自言自语道：“死过？一次？明达，你一定不懂吧。”

因为那个版本没有后续，所以我们还是回到现在这个版本上来。

在杨梦坦白计划的故事版本中，老马将第二年开春的演出计划提前到了年末。为此乐队增加了排练时间，最后几周所有人都是泡在停业的酒吧里，日夜不分地练习。为此黄诗诗丢掉了秦城疗养院大姐头的位置，杨梦连实验室也没回，对张宁宁实验的观察就扔在电脑里也没处理，尼古拉好些天没思考他的小飞机，马咚咚上不成幼儿园，见不到温柔的漂亮大姐姐。

但所有人都没有抱怨，除了他们生理上不太会感到不满，还因为那些都是不重要的事或者可能重要的事。但老马的演出却对老马是重要的。

重要度乘上和老马关系的权重一定比重要度乘上可能性要大，因为“老马系数”等于一，这只是简单的数学推导。

在没有情感的年代，朋友关系是这样计算的。

演出那天，太阳还没下山，雨就开始落了下来。雨会加速腐烂，但杨梦不讨厌雨，因为他不介意腐烂，就像他不介意毫无感情地活着一样，既然这些都是顺理成章的事，为什么要去拒绝呢？

即使在还原药剂 NGGR 失效后，他还是这么想的。

见到下雨，老马决定不再等，宣布等六点后演出就开始。

钟声敲响，演出开始。一曲还未终了，就有像是传说中的冬夜老人的身影从天而降。杨梦认出那是他的学妹张宁宁，知道她的计划提前开始，示意乐队成员带好准备的面罩。曲终之后，他让马咚咚接手自己的鼓槌，自己向着张宁宁走了过去。

“还听得见吗？这东西是你掉的？”捡起掉在一旁的喷雾，杨梦蹲下对摔得快变形的张宁宁说道。

“还给我！”张宁宁的声音虽然激动却又虚弱无力。

“拿好，”杨梦将喷雾器递给了张宁宁，“去做你想做的事。”

接到喷雾，张宁宁一愣：“你……”

“我知道的。虽然我不太能接受你想要的未来，但你能做到这步很不容易，情况已经这样了，我也没理由再阻止你。打个商量，等我们演出结束后再喝这玩意儿怎么样？毕竟这是老马心心念念要做的事，虽然我不懂，但有没有观众对他来说还是很重要吧。”

“老马是……”杨梦说了一通，张宁宁其实一句也没听明白。

“哦对，你不认识老马，没关系，就当帮我个忙，毕竟也是好几年的同学交情对吧？唔，你就要死了，这人情我也还不上。算了，你想怎么样就怎么样，万一你撑不到演出结束就不好了。能做自己想做的事，感觉一定很好，那感觉是什么样的？能讲讲吗？我问老马，他不像你，不理解情感，根本说不清……”

“你……疯了吗？”受不了眼前这个胖子自顾自地说话，张宁宁勉强提起一口气，打断了他。

“疯了？也许吧。你是怎么处理这么多情感的？药物失效这些天，我其实很累，看见老马，尼古拉他们都有自己想做的事，我为他们高兴，但注意力回到自己身上，就一阵阵空虚，这算是疯了吗？真羡慕你们，能处理……”

也许是被吵得受不了，张宁宁突然咬住喷壶的缺口，将药水喝光，然后闭上眼睛捂住耳朵蜷缩起来。看到她的动作，杨梦叹了口气，然后起身。

“对了，其实普通点也没什么。就算像你想的那样，今后真有一个人人都拥有情感的世界，拥有情感的也会变成普通，我想你应该是知道的。”

对蜷缩着好似还未离开母体婴儿的张宁宁，杨梦离开前这么说道。

之后杨梦没有回乐队，而是分开逐渐失去理智的人群，向街对面的大楼走去。他知道有人在楼顶看着这一切发生，他要去见那人。

“生而为人，真是抱歉。”登上不远处大楼的天台，杨梦就见到了背对天台出口，说着没有文学常识的话的司国明。

“老师。”杨梦对着背影说话。

司国明转过身，看着杨梦，先是一惊：“你来干什么？你都知道了？你是来阻止我的？”随后又恢复平静，“你做不到的。”

“我知道。”杨梦说，“我只是来问问，怎么才能变回去？”

“变回去？”司国明疑惑了。

“你看。”杨梦把握枪的右手横举，左手掏出小刀在右手背上一划，红色的血顺畅地流了出来，“我不喜欢这样，有没有办法让我彻底回到从前那样？别说你视频里骗人的NGGR，那药就是个半成品，药效维持不了多久，而且多次服用还会变成汪海那种情况，你能应该知道的。”

“有情感和活力不好吗？”司国明问，“生活中常怀希望不好吗？”

“我不要强烈的希望，那样也就没有深刻的绝望，你所给我的正是我想要抛弃的。追求植物一样的人生，过着平静的生活，这才是我的目标。”

“你就没想过生存的意义吗？”

“啧，原来是在岔开话题啊，这么说根本就没有完美的解药，对吗？”说着，杨梦用枪瞄准司国明，“那就算了。”

“什……”司国明的话卡在嘴边。

“砰！”

子弹打在司国明的胸口。他向后倒去，眼里满是错愕。

生存对杨梦来说就是生存，没有别的意义。也许在某些时候，会有些重要的事出现值得人类去追求一番，但总的来说，不管有没有情感，人生还是无意义的。杨梦相信这是普世的真理，不过这道理没必要跟老师讲。让老师活着见到未来人类仍然重复着现在的麻木和迷茫反倒是一种残忍。

在另一个故事中，杨梦没有停下脚步和张宁宁讨论生存的意义，也没有和司国明争辩情感对人类的必要性，他睿智地洞悉了人心，提前预估到对话走向，按照最有效率的方式，自顾自地行动，不理会他人的感受，显得残酷又无情。

也许那才是真实发生过的事。但对于历史，要允许它有不同的可能，这样才有利于讲不同的道理。

对不对？

杨梦处理完私事回来后，演出也到了终曲，老马接过主唱的话筒，唱着《昨天晚上我可能死了》，声嘶力竭，像极了在哭泣。

因为提前有准备，乐队的几人并没有被张宁宁散播的疯狂感染。虽然整个五道口都已经陷入了混乱，老马还是完成了他觉得重要的演出。

在一片血肉和哀嚎中，五人开始道别。尼古拉准备回西伯利亚造飞机，要赶在北平城彻底乱起来之前先走，黄诗诗说她要回去疗养院，看看那些泡在酒池里的脑袋有没有死掉，第二个离开。老马说自己想做的事已经做了，现在想试试变得有情感是什么样，向杨梦讨了三份药，牵着马咚咚走了。

所有人都离开后，杨梦一人待在广场上，忽然不知道自己该去哪。所有人都有有可能重要的事去做，他却没有，这感觉说不上难受，但也说不上开心。

这样最好，平静最好。杨梦这么想着，掏出准备好的红色药片，用随身准备的白酒送入腹中。

最后一颗了。

眩晕感向杨梦袭来，他跌跌撞撞地想要抓住空气中闪烁不定的光，却一把扑空，摔在墙上，睡了过去。

杨梦醒来的时候，雨仍在下，积水淹没了他的胸口。杨梦在水中扑腾着，从零开始学习游泳，或许是天赋异禀，也许是脂肪够多，待到雨水淹到他下巴时，他已经能熟练地利用狗刨在水中前进了。

凭借越来越熟练的游泳技巧，当雨越下越大，大有淹没整个城市的趋势时，杨梦已经找到一把木质摇椅，稳稳地躺了进去，任腰间的赘肉在椅背的间隙里自由生长。

那个时候，他已经不再去想什么重要，什么不重要这种没有意义的事，而是放松身心，唱着不知名的小曲，等待命运将他带向大海。

根据野史记载，杨梦在海上漂了七天七夜，最终抵达大西洲附近的一座荒岛，和一个名为“星期四又五分之三”的女野人一起养鸡、种田、酿酒、制药、练习长拳，过上了他一直渴望的平静生活。

这种说法并没有获得学术界认同，可我很喜欢，所以这就是杨梦的结局。

后记

新历二二七年深秋，我开始失眠。有时我会连着好几天晚上都睡不着，那些夜里，我闭上眼满耳都是电流刺啦刺啦走在墙壁里的声音，睁开眼则头脑发胀无法思考，只能坐在床上看室友小孙对着亮起的电脑屏幕纵横捭阖——小孙这傻逼一天要睡五加二加三加二共十二个小时，却总挑我要睡觉的时候敞开了玩游戏。

但夜晚总的来说是好的，因为白天更加难熬——我不能睡，又没办法清醒。

根据我另一个室友周浪的说法，我在每三分钟就要表演一次闭眼—低头—前倾—惊醒戏码的情况下，不仅抽时间去上好几门专门开给大四生，点名、签到、随堂测验，无恶不作的小课，顺利通过了期末考试，还昏昏欲睡地骑车去东城区胡同里的一家名叫“白莲工作室”的游戏公司实习，每月拿三千的实习工资，却一分钱都舍不得掏出来请他们吃饭，是个比王某——我们寝拿国奖，却宁愿跟奇怪的男人出去玩，也不请室友吃饭的人——更加饱满的贱人。

这两件事我都不知道。

不，不是说失眠时期的经历对我来说一片空白。相反，我记得很多场景、很多人和事。但它们只是无意义地堆砌在那里，没有开始，没有结果：

这一刻我盯着投影仪上越来越扭曲的年代表，下一刻我就在半篇狗屁不通的宣传稿前敲击键盘；这一刻，我刚和女朋友坐下准备吃午饭，下一刻我就在电影院里独自抱着一桶空了的爆米花；这一刻我在手写《青色人种与返祖人种关系两百年之演变综述》的小论文，下一刻眼前就是窗外飞速倒退的公路和前面座位上缺着天灵盖的脑袋瓜……

我的生活因此支离破碎，直到新历二二八年开春才略微好转。那个时候我辞了实习开始做毕业设计，每天吃完午饭就去实验室报道，然后趴桌上睡到夜宵时分，因此得到了很好的休息。

也是因此，一到晚上我便更是睡意全无，清醒得像在十一岁喜欢上邻家小美的那个夏天一样。

于是我开始写历史小说。

当然，我开始写小说这事除晚上睡不着，还有另一个原因：

我想把失去的东西找回来——再不济，也要搞清楚是怎么丢的。

清醒的夜里，我在翻看电脑里的重要视频时，莫名地发现了一份文档，里面是写到一半的短篇故事。全文叙事拖延、人称交错、时间混乱还有玩梗的迹象，实在不像是我能写出来的东西。但文档和重要视频藏在一个文件夹里，我设置的储存路径九曲十八弯，全然不可能被别人发现。

唯一的解释是：这是我在失眠期间写下的小说。因为其中可能藏着我的记忆线索，我把这半个故事反反复复看了七八遍，然后才终于弄懂原来故事的主角就是那个活到新历一七四年的传奇人物汪海，而故事则是发生在大洪水前的北平，和我的生活几乎没有关联。

之所以说几乎，是因为我在读故事时，想起了我写它的原因。那时我正带着倦意上历史人类学课。那门课第一节讲的就是“返祖异变”和大洪水。

因为洪水和异变动乱的缘故，那段时间的历史并不清晰。唯一可以确定的是，一场大型的药物泄露事件导致了青色人种大规模变异，由于变异后的人类和文献记载中的古代人相差无几，这个事件又被称为“返祖异变”。根据考古发现，药物的传染性只能持续不到一年，但直到大洪水后二十年，人类社会才终于重新建立起“青人”和“原人”共存的新秩序。

当时，不剩几根头发的青人老师张维忆这么在上面讲着，而我在下面和红砂有一搭没一搭的闲聊，具体来说是红砂讲，我半梦半醒地听着。

红砂是我的女友，留一头包住脸的短发，个子小小的有些呆萌，比我低一级，在读历史系，我是陪她才选了那课。她是青人，感情和原人很不一样——也有说法是青人根本没有情感，但因为一些“青人生命也很重要组织”的原人的要求，这个说法被禁止在公开场合提及——我知道我们注定有天会分别，但我没想到，在我失眠症好转时，她已不见踪影。

我先是想起红砂那时是在跟我讲她高祖母——一个坚强的女性在“大洪水”时期抱着红砂刚出生的太爷爷，站在一面大鼓上与人、与浪、与天斗的故事。然后才回忆起之后过了几天，在清清食堂二楼她又问我她讲的故事能不能帮到我在游戏公司的设计工作。

谈过恋爱的人都知道，这时应该打哈哈过去，但我实在是太困，敷衍的水平过了头，说她的故事很棒，答应了一定把她祖先的故事里有趣的挑出来写下了给老板看，她说她等着看我的作品。

再后来的事我已经说过了，故事只写了开头，红砂就消失了。

我怀疑红砂是和我分了手，可我怎么也没办法鼓起勇气找到她，跟她说之前的事我记不太清，问她我们是不是已经分手。因此我只能凭着感觉继续写这个故事，指望写完那天我能想起分手的场景，或是她能主动来找我，要求看我欠她的那个作品。

因为被小孙带着玩起《超宇宙之神超宇宙》，我的故事拖拖拉拉写了小半年，直到快要毕业时才写到“返祖异变”药物的研发者司国明的死。根据历史记载，他应该是在大洪水的前几天就消失了，在他消失的同时，北平城因为异变陷入了混乱。但我没有这么写，我让他死在了淹没北平的暴雨中。

红砂说过，她的高祖父就是这么死的。

毕业前一天夜里，我写着后续红砂太奶奶的冒险故事直到天明也没写完。太阳升起，我把夜里写的都删掉，重写了结局，然后洗澡，吃饭，把故事打印出来装订好揣进包里，精神奕奕地去参加毕业典礼。

那天我没去找红砂。

也许从来就没有什么红砂——这样可能更好。

毕业后，小孙为了继续每天睡觉打游戏，留在本系读博，研究一种叫飞机的新交通工具；周浪想要有钱能浪，考了经济系的研；王某也许是考虑结婚问题，所以回老家荷兰种土豆；而我到重庆一家杂志社做编辑。

编辑工作还算清闲，所以我谈了新女友，个子高高的，性格豪爽，名字我记不清了，只记得她那时还在读大学，学分绩四点六，姑且就叫她四点六吧。交往几周后，四点六问我有过几个前女友，我当时经验不足，把红砂的照片给她看了，还给她看了那篇小说。

后果是我失去了红砂的照片，并且被要求写一篇和四点六有关的小说。我应承下来，却慢悠悠地开始续写跟我女友无关，而是以杨梦为主角的故事。

不像为青人、原人两种族和谐交流奔走百年的汪海，也不像直接导致返祖异变药物大规模传染的张宁宁，史书上关于杨梦的描写很少：

> 杨梦者，北平小菊胡同人。少时好读书，会七国语，拳脚无双，任北平少先队东城区大队长，声名显赫。及长，名渐没而形渐宽。梦弱冠学医，从师司国明，共五年。返祖异日，国明隐，时人见梦高歌乘浪东去，后不见其踪。

我很喜欢这个角色，因为他几乎一片空白，可以让我自由发挥。在我一开始的想法中，杨梦以我的一个学长为原型：一米八五，一百公斤，周身柔软而有力，爱笑，笑声爽朗，擅长相声和导演。但因为相声和笑容在大洪水之前都是不应该存在的，所以我做了一些修改，让杨梦变得更高更胖，并去创作和翻译严肃文学，成为摇滚鼓手，这些都是可能符合历史事实的设定。

至于历史上的名篇《谪仙人归天记》的佚名作者以及经典摇滚歌曲《西伯利亚的拖拉机来到上海滩》的演奏乐队“世纪末”的鼓手 YM 是不是杨梦，又有什么关系呢？

写完之后，我找到四点六，把作品给她看。她却说她已经忘了这事，也没兴趣看。

那之后不到一个月，我们就分手了。往后再谈女友，我都绝口不提小说的事。

前段时间，我接到红砂的电话，她问我现在住哪，要给我寄请帖，她要结婚了。我愣了几秒，先是问她还记不记得当年为什么分手——我知道这问题不礼貌——她想了一会儿，说忘了。

我能想象她歪着脑袋回忆的可爱样子，为了避免尴尬（主要是我），我决定拒绝参加，并挂断电话。但还没来得及行动，红砂又问我那篇小说写好没，她还等着看。

我说还好，差个结局。

她问我结局是什么，我说是秘密，等她结婚那天我会告诉她。

我准备的故事结局是这样的：

曾经有原人试图证明青人只不过是浑浑噩噩活着的低等种族，也曾有原人站在道德的高位想要保护和拯救青人。

这些人死了一批又生出来一批，反反复复，惹人生厌。但不管他们怎么闹腾，在张宁宁献身，司国明坠楼，汪海跃向人间，杨梦架摇椅东去后的两百五十三年，青人仍不受影响地在大地上出生、成长、学习、工作、结婚、生子、死亡——如他们的祖先一样，只不过是在一个（或许）更好的时代。

他们中有这个时代最勤恳的劳动者，有这个时代默默无闻的科研工作者，也有最受人民欢迎的清廉执政者。最重要的，他们中有我曾喜欢过的，能理解我的那个女孩。

她就要结婚了，我希望她安康一生。

又及，写到这我才猛然惊觉，距我最后一次见那个短发小个子女孩已经过去六年了，我几乎就要想不起她的样貌，也根本记不清到底是因为什么，在什么时候喜欢上的她。

谨以此文，纪念我六年前无处可寻的爱情。

最后的西游

——《江南吴氏全书》推荐序

THE FINAL JOURNEY TO THE WEST

文 / 屠思凡

夏庆阳九十六年七月，江南最大氏族吴家再度展开修谱工作。与十年一度的例行修谱不同，各家支的代表此番汇聚一堂，只为决定一个人的去留。

此人本名吴承恩，在竟宁元年因叛国之罪而被逐出家门。朝廷的一纸敕书改变了一切。敕书嘉奖他著书有功，列数其平生功绩，追谥为文忠公，命吴家推举贤才，择日上京，完成其遗作《长生志》的修订工作。这在历史上几乎绝无仅有——直到两代皇帝后，没落的曹氏家族的后人才终于取得足以与之争辉的功绩。

成就吴承恩的，是他耗尽一生创作的鸿篇巨制《西游记》。同其他“明珠之作”类似，《西游记》的创作过程非比寻常：与数十人合力编撰的《山海经》或呕心沥血一气呵成的《石头记》不同，吴承恩一生中博览群书，寻访全国各地，最终以重大历史事件为内核，陆续演绎出了六个版本的故事，故事同根同源，又形态各异，其内涵循序渐进，自通俗志怪小说逐步深化，直至成为家喻户晓的史诗，普照万民。

与先秦时期大量佚名作品的评述方式有所不同，考察汉以后的文学作品的价值，必须将作者的生平纳入分析范畴（二者之间的一致性则要依赖考古成果确定）。

在分析《西游记》时，这或许是最恰当的方式，因为吴承恩不仅创造了脍炙人口的经典名篇，还从某种程度上折射出整个夏朝的文学和社会发展历程。司马迁曾在《史记·太史公自序》中指出：随着秦汉更迭，在和平世代，若有人寿可齐国，那么，此人必将是那个时代的缩影。必须承认，这份预言具有惊人的前瞻性。

而接下来，我们将会看到，为何吴承恩恰好是它的出色证明。

从阿房宫到《东山伏魔录》

吴承恩出生在江淮流域的商贾家族，在同辈中位列第三。吴家本来世代官宦，却在吴承恩的父辈手中沦落，吴承恩的两位兄长又不幸早夭，其父吴锐因而对吴承恩寄予厚望，为他取名承恩，希望他能读书做官，上承皇恩，下泽黎民。

吴家主营歃器[1]生产，因手艺精湛，颇得官家赏识。家族产业在取得许可后，日积月累，到承恩时，已联合当地另外两家，组成了制造—运输—贩卖的完整链条。父辈的期待和家族的底蕴为吴承恩的未来奠定了基础。他也不负众望，不仅博览群书，通读前朝经史，还积极参与家族事业。一方面“髫龄，即以文鸣于淮”，另一方面，还曾在观览歃器的烧制过程后，参考医馆常用的角法[2]，提出了“虚管汲液”的改进方案，大幅提升了抽血效率。

吴承恩对神怪传说和稗官野史的喜爱始于一场沿长江逆流而上的远游。在夏朝的官位制度中，入朝做官除了基础科目考试外，还需要得到不少于三名州

[1] 歃器：抽取血液的器具。据夏《工物志》记载，歃器通常“取中空银针，尾承虚管，银针入体，血自出”。

[2] 即拔火罐。先秦医学著作《五十二病方》曾记载道：“牡痔居窍旁，大者如枣，小者如枣核者，以小角角之。”

郡长官的推荐。吴锐于是自夏乾化百一十三年起，多次乘船出访，拜会友人，谋求上荐的机会。

在第二次西上途中，父子二人取道骊山。在此，吴承恩首次见到了阿房宫的遗址。始皇帝嬴政在徐福带回长生不老之术后，于在位第三十五年开始建造这座天下第一宫。后经汉、魏两朝逐步扩建，最终形成了覆压一千七百余里，连接南北东西，隔天蔽日的恢宏楼宇。虽然在魏、唐两朝间，建筑群因战乱而被付之一炬，但气势磅礴的废墟却依然深深震撼了吴承恩。目睹这座庞然大物，他在想象之中感受到了时空的喘息。

要还原那些活生生的人，向来惜字如金的史书自然力有不足。民间口耳相传的故事却恰恰相反，虽然离经叛道，其人其事却栩栩如生。自此，吴承恩的学识分裂成真实与虚构两个方向。他博古通今，在与吴锐促膝夜谈后，决定成为史官，并为此发奋读书；而同时，他也“尝爱唐人如牛奇章、段柯古辈所著传记，善模写物情，每欲作一书对之”。从《山海经》中，他认识到地理、博物与社会间的关系；从《庄子》《老子》中，他学会了如何编织寓言……到了而立之年，不论是文学素养还是文史积淀，吴承恩均已经远超同辈之人。

乾化百一十九年，吴锐取得了靖州令的承诺。吴承恩只要撰文上拜，水平得到其认可，即可得到举荐资格。为此，吴承恩创作了两篇作品，一篇是论述性杂文《野党杂论》，另一篇以前者为基础发挥想象，是一部歌颂前朝平叛功绩的小说。

这便是《东山伏魔录》——《西游记》雏形——的由来。

在《野党杂论》中，吴承恩围绕秦末发生的动乱，展开了对人口、外交和选官制度的评析。“始皇虽获彭祖之寿，然饮血养颜，人所不容。故纳文武，授长生之法。郡县丞属，长官征授。另废田租，以血代之。”吴承恩认为：地方自治的选官模式造成了权力的分散，使长生之法在秦末“流于乡野”，再加上中央政府的苛政，最终导致了秦末的大规模起义。到了汉代，官府清剿乡党，鼓励生育，重新调整赋税结构，施行察举征辟，均是对前朝做出的修正。

《东山伏魔录》则舍去了上述论述，以水怪无支奇[1]为核心反派，讲述了一场天庭祸乱。全文分为“猴王出世”和“天庭之变”两部分。无支奇是东山上的一块灵石，修炼成精，本性顽劣，拜师学艺也未曾悔改，在接受招安失败后，大闹天庭，逃回下界，自立门户。主人公项公明则是与无支奇同门的正统子弟，渡劫飞升，历经千辛万苦，成为天兵中的一员，最终参与大战，率军击败了叛党[2]。

《东山伏魔录》的情节无疑精彩纷呈，但是从残篇来看，故事过于侧重项公明的刻画。无支奇被描绘成赤面獠牙的怪物，大闹天庭也只是肆意妄为之举；同时，讨伐无支奇的大战又过于强调项公明发挥的作用（尽管他的军阶并不高），缺乏格局。相比于同时期的《汉中演义》《百鬼谭》等流行作品，这无疑落了下风。同时，虽然意在暗讽，但是在《野党杂论》中提到的各项弊端却均未得到有效的体现。从文学成就上看，这部处女作并不成功。它最重要的地位，在于为《西游记》奠定了基础。

乾化百二十年春，吴承恩将《野党杂论》交送靖州令。同期，他开始关注另一件重大历史事件——玄奘西游。靖州令在通读全文后，对吴承恩大加赞赏。通向朝堂的路重新向吴家敞开。这并非一趟直通车，在此之前，吴承恩还要接受培训与考试。

不过，举家欢庆的吴家显然对此毫不担心。他们在淮明的江畔沙洲张灯设宴。这件光宗耀祖的事也在家族会议上被记入了族谱。

这一年，吴承恩二十七岁。

[1] 无支奇，传说中的怪物。据《唐国史补》记载：“楚州有渔人，忽于淮中钓得古铁锁，挽之不绝，以告官。刺史李阳大集人力引之。锁穷，有青猕猴跃出水，复没而逝。后有验《山海经》云：‘水兽好为害，禹锁于军山之下，其名曰无支奇’。”

[2] 梗概摘录自《侩言录》，原书《东山伏魔录》手稿已散佚。

玄奘取经：从西征到西游

举荐只完成了做官的第一步。接下来，等待吴承恩的，是夏朝漫长的进学之路。

在这一时期，吴承恩完成了《东山伏魔录》的续作《西征记》。二者存在诸多共通之处，除了参照的历史事件不同外，主要的区别在于《西征记》中，对长生之法的描写更加真实生动，同时，故事的内容也更加充实。

这一变化与吴承恩的个人体验息息相关。根据夏法，长生之法会在书院的入学仪式上以血液交换的方式传授给学生。仪式完成后，学生将在后续的修学过程中，陆续克服随长寿而来的各项缺陷。吴承恩在《汝忠杂记》中清晰地记述了有关体验："虽耳张目明，神清气爽，跌打损伤愈于须臾。然须日饮生血二两，如啖铜臭……畏光，日光尤甚。昼伏夜出，昼出则披玄甲。甲甚重，多有不便。"其中，作息翻转和对太阳的不耐最为痛苦："尝昼夜不息，翌日，昔时所学尽忘，领仗责二十，同舍生皆笑……"

克服这些缺陷的方式取自佛经。这与吴承恩当时的精修议题十分类似。在修习中，他将《严楞经》《法华经》等佛法同《唐书》《魏史》《域外志》等史册进行了对比，并通过亲身验证，将长生之法的缺陷归为心理和生理两类。其中，作息翻转与日光不耐同根同源，均属生理缺陷[1]。

修学期间，他还结识了出身官宦世家的宋彝。二人志趣相投，吴承恩赠给宋彝《西征记》的手稿，宋彝在翻阅数页后，日夜通读。最终，二人决定综合《野党杂论》与《西征记》，编写一部长生之法演变简史，作为竟学之作。这不仅需要翻阅经典，还需要寻访各地进行调查。在书院总管葛木的指点下，二人

[1] 其他生理缺陷表现在接触银制品、大蒜、芫荽等时会出现皮肤溃烂。相关介绍可参阅张仲景《五毒总谱》。

决定暂且将范围限制在交通便利的江淮流域，以确保能够按时交稿。

时任淮安知府的葛木还指派了一名护卫随行保护二人。护卫是一名武僧，法号圆忠，为人自律，沉默寡言。相反，宋彝则主张享受生活，尤好各地美食[1]。据梅祯《高甸吴氏传》记载，此二人即《西游记》中唐僧身边的猪悟能与沙悟净的原型。

而随着田野调查不断深入，二人愈发意识到：此前的论述过于闭门造车。在秦汉交际之时，江淮流域动荡不安。原本归顺秦朝统治的地方官尉纷纷各立门户。而从地方志上看，在这一时期，由长生之法衍生而来的政治理论百家争鸣，比战国时期更甚，甚至还曾流行着庶人统治士人的叛逆学说[2]。

待到三下江南时，在吴承恩眼中，与群雄厮杀的乱世相比，《西征记》中的远征不过一场儿戏。在《西征记》中，西天取经的唐僧玄奘在使团与护卫的簇拥下，一路向西，途中浩浩荡荡，四处征讨。夏明帝治世有方，漫长的和平限制了作者的想象力，但这并没让吴承恩感到沮丧，相反，他反而从中看到了新的浪漫，新的宏大。

在返程途中，船行过合虚县时，吴承恩和宋彝交代了他的新构思——取消远征，以深入未知之地的探索取而代之。前接大闹天宫——对无支奇来说，这将是赎罪；后起西天取经——对唐王朝来说，这将是一场夸父逐日之旅。合虚县有山，日月所出。二人坐在船舱里，感受着朝阳的温度自山顶倾泻而下。即便在层层乌袍的包覆下，他们也感受得到它的炽热和光明。

回到书院后，二人立即着手整理收集到的资料。《长生志·南淮篇》用编年史的形式，以行政区划为总纲，按时间顺序，细致地罗列了各地的名人与

[1] 据李裔所编《前夏书》，宋彝“少好珍羞，尝随高甸吴氏三下江南，知天下品类，后撰《彝园食单》”。

[2] 秦末，有无名氏著书称：“江北陈国，人御二子，子长生陋智。”史学家认为这之中的“子”即士人。不过，虽然传说长生之法会造成神智衰退，但这往往出现在高龄士人中。至于为何陈国的士人会出现这种症状，史学家暂无定论。

重大历史事件。虽然事件间缺乏充分的联系，但作为一部学生作品，已足够合格。

同时，吴承恩开始着手创作《行僧西寻记》。依照历史，唐贞观年间，天竺国的僧侣们发现了能让士人耐受日光的法门，唐王朝则解决了银制品带来的困扰。两国各遣使者，带回大乘法门的使命落在了玄奘这位使者的头上。《西征记》以此为蓝本，《行僧西寻记》亦然。

从标题上即可看出《行僧西寻记》与《西征记》的核心差别。故事中，簇拥在唐僧身边的人只剩下了三名徒弟。同时，师徒几人的身份也正式从自然神转向佛家。一行人遭遇的苦难则从《长生志》中汲取灵感，变成了盘踞在一片朦胧莫测的广袤大陆上的妖魔鬼怪。困难重重，一行人的丰功伟绩因此得到了强化。

这部作品的一大特点在于：吴承恩突破了士人的惯常视角，跳出了士人因长寿、自愈迅速等特质而自命不凡的认知，塑造了一群在充满变数的未知世界战栗前行的旅行者。放在生命脆弱的庶人创作的文学作品中，这并不算出众，但对吴承恩自己来说，却已经堪称自我突破。在士人文学中，《行僧西寻记》也算得上是一部值得咀嚼的作品了。

不幸的是，该作却未能成稿。

乾化百三十二年，吴承恩和宋彝完成了《长生志·南淮篇》的编写。书稿提交后不久，二人便收到了来自京城的诏书。二人奉命上京，在金陵城接受了大乘之礼，正式脱去了随身十载的沉重盔甲，重返阳光之下，如愿以偿地前往史馆就任。然而朝廷虽然认可了二人的工作成果，却分派了一项令他们始料未及的工作——参考《长生志》及若干禁书，校订史馆的全部正典。匹配内容一经发现，即刻删除。

燃烧的盛夏：立场的翻转与崩塌

太史公虽然在《史记》中强调了士人特有的长生史观，却也综合先秦与秦汉的历史文献，指出：士人与庶人的历史观念存在诸多相近之处，其中重要的一点在于，即便拥有彭祖之龄的士人，也难以参透治世之道。在国家这个庞然大物面前，所有人都在管中窥豹。

让我们暂且将视角放远，离开昏暗的书房。在夏朝，史馆兼行修史与部分文教工作，后者让这个本应遗世独立的部门的处境显得十分微妙。文字的分量在这里格外沉重。教化万民的师尊，同时也可以是妖言惑众的乱党。《长生志·南淮篇》本身便足以证明此事。吴承恩与宋彝不知道的是，葛木在同意他们的修书申请时，是得到了上级的许可的[1]。

吴承恩自然无法接受此事。他修书上劝，以齐国大夫崔杼三斩史官[2]为据，试图让时任史馆总簿的刘允撤回成命。刘允断然拒绝。吴承恩于是越级上奏，奏疏却被宋彝截获。也正是在宋彝的苦口婆心之下，吴承恩才平息了怒火，没有在愤懑中辞官而去[3]。

风波平息，吴承恩心中的不满却未能完全消除。小说创作成了他发泄情绪的渠道。《天宫怪话》就此诞生，其中出现了众多里程碑级的变化——在该书中，吴承恩改换视角，将讲述天宫祸乱（前十五回）的主视角完全扣在了“齐天大圣”孙悟空身上。唐僧身边的二徒弟猪悟能的形象也发生了变化，不仅不再是

---

[1] 《前夏书》有云：“乾化百二十三年，葛木奏允，请修长生志，以正经史。允诺。遂谴门生，暮夜九载，书成。”

[2] 据《左传·襄公二十五年》所记：“大史书曰：‘崔杼弑其君。’崔子杀之。其弟嗣书而死者二人。其弟又书，乃舍之。南史氏闻大史尽死，执简以往。闻既书矣，乃还。”

[3] 据《汝忠杂记》记载，宋彝的建议是“昼以屈伸，夜以抒怀，得免祸患”。吴承恩则听取了他的建议，“虽有怀瑾不遇之感，犹枕西游以娱”。

大师兄的得力助手，反而处处唱反调。这一变化的原因显而易见——宋彝处事圆滑，在此期间颇得刘允赏识，被提拔成了刘允的直系助理。

虽然上述变化大幅提升了故事的戏剧冲突，还首次创造出了一位反英雄，但是就意图而论，这一版本的作品依旧十分不成熟，甚至比不上它的前一个版本（尽管在篡改历史的过程中，吴承恩利用通览禁书的机会，进一步丰富了作品的内涵。禁书中多有怪力乱神，远甚于《长生志》）。它的讽刺目标也仅仅局限在言论控制、学术诚信这些肤浅的问题上。在民间，类似的讽刺作品早已汗牛充栋。江陵七子的相关杂文数以百计，下里巴人中也传有《阴阳歌》《乱病谭》等。

不过，从另一方面讲，负面的情绪也让吴承恩得以重新审视旧日的一些著作。巧合的是，虽然他所刻画的天庭腐败滋生，外争内斗，佛国虚伪冷酷，睥睨众生。但始终未能统观全局的吴承恩，却阴差阳错地完成了一场精准而细腻的魔幻现实主义叙事。

这埋下了祸乱的种子，也为几个版本中文学成就最高的《西游记》打下了现实基础。自此，历史开始从多个维度分岔，岔口位于乾化百五十七年的一场外交事故。

夏朝虽然表面上政通人和，而且已经在夏明帝的统治之下存活了四百年之久，但这却是持续不断的博弈的结果。博弈在七个甲子间一直持续不断。到了吴承恩时，平衡已经出现了新的裂痕——夏明帝的神智开始衰退，在皇子勾心斗角的同时，欧阳氏和杨氏两大官宦家族也产生了矛盾。

两大家族的矛盾核心出在一项核心国策——兵役——的征调对象上。夏朝西部与北部的国境线外并不安稳，以至于长久以来，对外交流几乎完全绝迹。在出兵征讨一事上，左丞相欧阳宁认为应当组建庶人军队，以在提供便携军粮的同时，让粮草自身也参加战斗。右丞相杨肖则认为应当让更多士人参军，积极征讨外夷，以他国庶人为粮[1]。双方争执不下，最终付诸政治斗争[2]。而伴随着夏明帝开始出现精神衰弱，由皇家控制的情报系统也逐步卷入了朋党之争中。

吴承恩对此事颇为关注，因为它为他的创作提供了大量素材。毫无主见的玉皇大帝、把持天庭的西王母和太上老君……《天宫怪话》逐步发展成了群像故事。起初，在宋彝的警告下，他曾一度封笔，将原稿付之一炬。但后来，他索性创造了一种密码，在纸上打孔，针孔模式匹配文字在《辞林》中的位序。这部讽刺文学的集大成者正是以这种方式诞生的。

但实际上，这不过是自作聪明而已。只手遮天的欧阳宁早已让密探取得了吴承恩的密稿，完成了破译，杨肖则疏通了欧阳宁身边的丫鬟，实施了二次盗窃。

历史上，史官一向不问朝政，安心修史。主簿刘允之所以不惜一切代价贯彻这一传统，正是因为一旦参与其中，便会牵一发而动全身，甚至有可能让整个史馆全军覆没。在刘允看来，这才是对历史的大不敬。宋彝对此深以为然。

然而，局面却愈发朝着失控的方向发展，即便是记录历史之人，也无力改变。最终，在乾化百五十七年七月，波澜再起。一个史称大秦[3]的国家跨越了半个世界，走进了夏朝王廷。

大秦国的出现在首都掀起了轩然大波。据《前夏书》记载，“秦使苍颜白发，有好事者夜观，实为庶人。所乘轿甚奇，无驱自行，轿有四轮，饮生血，与士人无异”。在入朝后，百官全体无不骇然——四个车轮里竟然各坐着一名士人。

[1] 欧阳宁与杨肖虽然政见不和，但目的却十分一致。据《伯阳杂论》记载，乾化末期，夏朝人口年龄结构出现失衡，出现了大量“禄禄而不为”的高龄士人。这些人极大地影响了士人阶级的统治效率。两党的政策一方面皆可满足征兵需要，另一方面也能适当地缓解人口压力。

[2] 《前夏书》中对此事多有记述，内容较多，在此不做赘述。

[3] 此处的大秦国是一个地处西域的国家。据《后汉书》记载，“大秦国一名广鞬，以在海西，亦云海西国。地方数千里，有四百余城。小国役属者数十。以石为城郭。列置邮亭，皆垩塈之。有松柏诸木百草。”

活生生的禁史堂而皇之出现在朝堂之上。夏明帝震怒，将来使打入监狱，焚车毁舆，却在当晚暴死东宫。比年老的昏聩父亲更像傀儡的太子在内忧外患中继位。杨肖当即上书揭发欧阳宁秘密修撰反书，妄图颠覆朝政，证据便是在其家中发现的密经。

朝堂之上剑拔弩张。史馆主簿刘允放下心来——他选择了亲近杨党；宋彝却顿觉局势不妙，不仅因为在这场对赌中，刘允让他押了欧阳宁，还因为作为证据的反书正是《天宫怪话》。

欧阳宁锒铛入狱在即，宋彝快马加鞭赶回史馆警告吴承恩。局势却陡然生变。斩杀夏明帝的凶手忽然遭到逮捕。欧阳宁并未在朝堂上公布此事，相反，他将此事栽赃给了杨党，并告知了禁军总管和觊觎皇位已久的定王。在定王的作证与主持下，禁军连夜入宫。金陵城顿时陷入腥风血雨，乾化这个年号维系了一百五十七年零七个月，承安却仅存活了不到四个时辰。

宋彝冒死将吴承恩藏了起来，至于藏在了何处，无人知晓。意识到天下即将大乱的刘允则开始一边指挥手下转移档案，一边委托宋彝帮忙护送他的亲眷出城。禁军闯入史馆时，他刺穿了自己的心脏。

来自异域的使团趁乱越狱逃走，两年后，从庶人奴役士人的国度带回了妖魔大军。夏朝陷入了漫长的动荡期。吴承恩在茫然之中烧掉了他的书稿，却已于事无补。

吴承恩究竟是如何从这场祸乱中脱身的？我们无从得知，只能从现存的史书中寻找蛛丝马迹，拼凑出某些琐碎的线索。根据最新的考古发现及历史学家的推测，宋彝在这之中发挥的作用或许远不止提供藏身之所。他可能在转移刘允的亲眷时，杀掉了其中一人，从而将吴承恩调换进了逃难的队伍中[1]。

《天宫怪话》成了颠覆夏朝的一根撬棍，夏朝的崩塌又反过来压垮了吴承

[1] 在考察刘允的家族墓葬时，考古学家发掘出了一本族谱。族谱上提到了一位在“承安之乱”中走失的亲戚，身材与吴承恩相近。王瑶、巫载民等史学家因此做出了类似的推测。

恩的价值观。政治在他的眼前变成了一团浓稠的雾，比他的善恶观更加复杂，比他所讽刺的敌人更加混沌沉重，以至于从某种意义上讲，他的价值观可谓一无是处。

这一年他五十四岁，如果一切如常，本该在六年后娶妻生子。但如今，为了保全家族，吴家却彻底与他划清了界限。当战火燃过国境，大秦国的军队踏上秦始皇奠定的江山时，通缉令和国家律法一同失效。这位几乎失去了一切的史官，便从世人的眼中彻底消失了。

士死节，庶何辞

至此，因动荡逐步扩散，夏朝的历史开始出现断层。流亡四方的吴承恩在此后究竟经历了什么？这个问题已经无法通过正史予以回答。留给我们的，只有来自全国各地的乡野逸闻和吴承恩本人的三部代表作：杂文集《汝忠杂记》、文化史《长生志》，以及他最后的作品《西游记》。

在《天宫怪话》和《西游记》之间，还有另两个中间版本。这两部作品均已经散佚，其存在之所以流传至今，全要仰赖一位名叫法智的童僧。有关这位童僧的来由我们所知甚少。在《汝忠杂记》中，有关其身世的记载仅有寥寥数语："于常阳遇小僧，年十四，善言语。寺毁，引为书童。"二人在乱世中相依为命，四处流浪。吴承恩提供保护，法智担任他的助手，同时也担任他的食粮。

据《汝忠杂记》记载，吴承恩在离开朝廷以后，对国家失望至极。他并非因抱负不得认可而郁郁寡欢，而是为看不到未来而感到绝望。在《汝忠杂记》中，他认为历史一直在不断重复自身，改换到下一个朝代，政治也依然是政治。自屈原起，不论成败，历史上没有任何一位知识分子能逃过这个怪圈。

同时，中央政府对许多地区失去了控制，造成了豪强辈出，盗匪横行的局面。庶人和士人变得同样危险，复杂的关系交织成一张错乱的网。《汝忠杂记》

中曾多次出现“朝为秦虏，夜奔，复遇士贼。同渡皆死。智以舍利赠魁首，方得赎”之类的险情。危险的关系进一步加深了吴承恩的失落。据推测，自天启二年起，日记体的《汝忠杂记》出现的“诗词涌现，杂文锐减”的现象，与此不无关系。

随着战乱不断发展。这片土地也开始发生剧烈的变化：大秦国的自行机将士人与机械融为一体，在供士人食用的血液中加入了乐天[1]，进而借助这种以士人为动力的机械抢占了战争的先机。为了收复国土，夏朝的军队最终舍弃了尊严，打造出了一模一样的机械，以精神衰弱的年长士人为“燃料”。这虽然一举两得，同时解决了军事上的不利和长久以来困扰夏朝的人口结构问题，却也彻底推翻了自秦汉起华夏民族的精神风貌。

庆阳五年,《天时法》[2]颁布，自此,“金人合一”式的手工业不断发展,“自转”的机器逐步接管一切。既有的社会阶级中的剥削关系从此被放大到了极致，士人与庶人的差异也变得愈发模糊。吴承恩早在战争开始时便敏锐地捕捉到了这一趋势，在《汝忠杂记》中发出了“呜呼哀哉！人之不人，魂在金木”的感慨。

《长生志》的编写又进一步佐证了这份感慨。吴承恩意识到，世上出现了一种新事物，在其面前，不论是士人还是庶人，都正在逐渐遭到奴役。对于这种新出现的社会形态，吴承恩同法智曾多次展开讨论。讨论的范围不断扩大，最终转向士人和庶人的关系。

吴承恩以此为消遣，却从中收获了意料之外的经验。在讨论中，身为庶人的法智不仅事无巨细地讲述了庶人眼中的士人形象，还揭示了庶人对永生之法和双方共同缔造的历史的解读。历史规律很多时候是归纳而来的，寿命短暂的

---

[1] 一种由鸦片、罗勒、寒冰和士人的血混合，酿制而成的复方药，能大幅提升体力，却也会对心智造成严重危害。

[2] 该法典奠定了夏朝后半阙的人口政策，在秉承欧阳宁一派的政策的同时，制定了将抵达“天时”的士人充归国有资产的规则，并阐明了相关分配政策。

庶人对长生的渴望便是其中一项。然而令吴承恩感到异常有趣的是，虽然对这些规律颇有了解，但法智本人却反其道而行之。他对庶人的身份异常执着，以之为傲[1]。在流亡途中，吴承恩曾多次试图授予其长生之法，均遭到法智婉言谢绝，理由除了个人志向外，还包括吴承恩的饮血需要等[2]。

法智的这份执着为他带来了严重的伤害，却因此成就了吴承恩，不仅让他重新抖擞精神，还让他确立了后半生的志向。

秦夏之战总共持续了六年。在第三年夏至，二人被夏军俘获，强征入伍。这支军队以步兵为主，采用了欧阳宁的策略，吴承恩因此得以“与智同途”。然而在与夏军交战时，部队却遭遇了秦国的自行战车。法智为了保护吴承恩，被车轮轴承上安装的卷镰斩断了左臂。夏军几乎全军覆没，二人落水，得以幸免于难。

对此后发生的事，《汝忠杂记》记载有三。其一是“百里无人。引火止血，哭声震天”。其二是法智高烧不退，吴承恩欲以长生之法化解危机，却被其断然拒绝，称“士死节，庶何辞！”吴承恩只得凭借对年轻时家族产业的依稀回忆“寻草乌、陀罗以镇痛”。

第三段记载与前两段稍有脱节，讲述了法智痊愈后二人的经历。吴承恩仅书“豁然开朗”四字。法智则在注解中指出：是夜，皓月当空，吴承恩酒醉落水，上岸后，对月大哭。这并非身临绝境的哭号——三份记录实际上暗含着吴承恩精神思想的重大转变。“士死节，庶何辞！”法智的六字真言一语道破天机。上苍面前，众生平等。悟出了这番道理的吴承恩，最终立下了“人道如水，天道恒常。故以史为鉴，为天下文”的志向。

竟宁四年五月，他重拾尘封数十年的《长生志》，再次上路。

[1] 据《汝忠杂记》，法智一反常理，认为“士庶同尊”，理由在于不论是士人与士人、士人与庶人，还是庶人与庶人，通过行房产下的子孙依旧是庶人。“天伦之享，唯在庶人。国之根基，其位毋下”。

[2] 见《汝忠杂记·人道篇》其十三。

重修的《长生志》与早前的淮南篇差别迥异，最大的不同在于吴承恩此番格外注重长生之法在演化过程中的内在规律。这让修史工作变得难上加难，再加上交通不便，仅考据便耗费了吴承恩的大量精力。最终，就连《汝忠杂记》也转由法智代为记述[1]。《长生志》奠定了吴承恩史学家的名望，不仅成为为他正名的重要工具，还成为《西游记》的重要设定参考。不过，由于其内容过于庞杂，在此不做赘述。

战争结束了。时代已经忘记了沦落天涯的史官。夏光武帝继位，国号庆阳。《天时法》颁布，这个国家的官僚体系内首次出现了由庶人掌管的部门。国家一方面积极鼓励庶人生育，另一方面，将囚犯和年龄超过二百岁的新晋老者悉数投入生产制造业。吴家自战乱中幸存下来，吴锐却在行商途中落水罹难，落入上天之手，逃过了成为燃料的劫数。同样自战乱中幸存下来的宋彝迁居到了渝州，归隐山林，潜心研究民俗文化，编纂了涵盖了饮食、历法、土木、农耕、服饰、刑罚、宗教等领域的大量著作，甚至还开发了一道名叫毛血旺的川渝名菜[2]。

吴承恩并不知道这些，据《汝忠杂记》记载，在此期间，他曾两次路过阿房宫遗址，最终独自一人前往西域，不知所踪。《汝忠杂记》就此戛然而止。几十年间，一僧一士，经历何事，除寥寥数语外，无从得知。

庆阳二十一年，江宁城的集市上出现了一位独臂僧人。僧人“负箧独行”，在城东的同文书馆外拦住了在当地小有名气的说书人沈彦才，“饮水三碗而去，遗书两卷，其中多玄妙”。

沈通宵达旦，屡屡拍案叫绝。而在首次公开说书后，同文馆的听书人数迅

---

[1] 《汝忠杂记》由法智代笔是史学家陈士昌、顾汝之等人的观点，他们的理由是该作在竟宁六年出现了长达三个月的空白期，此后文风大变，以叙事为主，减少了抒怀的成分。

[2] 该菜肴本以熟鸭血和毛肚为主，辅以花椒、香油、蒜泥、葱姜而成，因蒜泥不可或缺，所以本为庶人食品。宋彝除去了其中的花椒，以“蜀葵研乳代之”，冲蚀掉了蒜泥的味道，并以人血取代鸭血，将这道菜肴推广到了士人群体中。

速增长，几乎达到了万人空巷的地步。沈彦才的名声，也随着这部作品的流传而名垂史册，位列后夏四大说书人之首。

毋庸置疑，这部作品便是《西游记》。

最后的西游

《西游记》的流传迅猛至极，到庆阳二十二年春，已传遍全国各地，上至天子，下至夷狄，无人不知，无人不晓。

作品采用白话文言，几乎没有任何阅读障碍。其流通程度远甚四书六经，仅次于《三字经》这类歌谣式的育儿读物。

平易近人的语言却只是作品广受欢迎的表层原因。更重要的是：与早前作品相比，《西游记》大幅脱去了作者的个人立场，借用神话、史诗和怪谈，以近乎悲天悯人的口吻，冷静甚至颇具幽默地讲述了一场声势浩大的长途苦行。

全书共计一百回，其中，前七回讲述了灵猴孙悟空修行、改命、闹海、受禄、大闹天宫、迎战天军，最终被佛祖只手降服，困于五行山下五百年；八至十三回讲述唐僧置之死地而后生的身世，十三回至二十二回则讲述了他先后遭遇和招揽孙悟空、猪悟能、沙悟净与白龙马的过程。自此，四人一马，经历九九八十一难，最终取回真经，普度众生，修得正果。

吴承恩一生跌宕起伏的经历在书中昭然若揭。早年对秦汉魏唐时期的历史的浪漫狂想、少时与宋彝和圆忠的亲密关系（第三十六回：心猿正处诸缘伏，劈破傍门见月明）、做官期间的不得志（第四回：官封弼马心何足，名注齐天意未宁）、动乱期间对国政的失望与对个体渺小的感慨、晚年与法智的精彩论辩与反思（书中与妖魔鬼怪的战斗大多半文半武）……所有这些都能够在作品中找到零零碎碎的对照。这些私人经历与感悟在当时的知识分子之间激起了强烈的共鸣，甚至成为了他们著书立说时的论据。

而对布衣百姓而言，《西游记》与早前的众多作品不同，不预设任何种族立场，以各地的长生之法演化历程为本，向世人描绘出一幅五彩斑斓、气势恢宏的山河绘卷。庶人对长生的渴望、曲解（以吃唐僧肉得永生尤甚）、憎恨、利用、认同，士人对庶人的漠视、压迫、贪婪、悲悯、亲近，乃至士人与士人、庶人与庶人间的复杂关系，均在书中得到了全方位的呈现。

同时，与着力刻画主要人物的早期作品相比，《西游记》中引入了大量对底层人民和边缘人士的描写。在这些下级角色中不乏形象丰满之人，但是在伴随着西天取经而来的不温不火的清剿过程中，却往往只有头目得以幸存，其余小妖小怪大多只能落得被“悉数打死”的命运。由此产生的强烈宿命感深得人心。刚刚从风雨飘摇中恢复过来，却又被历史裹挟着前进的世人，或多或少都能从《西游记》中找到自己的影子。

如果说《天时法》改变了夏朝的政治、经济与社会结构，并进一步带来了精神风貌上的变革。那么，《西游记》一定是这场变革在文化领域的重要推手。它更进一步促进了上下阶级的意识融合，并以自身为梁柱，成为了后续大量衍生作品的支撑。士人与庶人都开始参与这场文化创作的盛宴。据统计，在庆阳年间，可考的衍生作品有小说三百九十六部，剧本一百七十七部，诗词歌赋四万零六百五十首，议论文六千七百八十一篇。

仅就叙事类文学来看，其延伸方向分为角色（包括《罗汉谱》《大唐白龙传》《西天演义》等，其中，《西天演义》独树一帜，以地方妖魔为主要角色，而非唐僧师徒）、情节（代表作品有《西游记续》和《西游净坛篇》等）、思想（诸如《佛国外史》与《金木魂》）等，此外，还有围绕吴承恩的生平展开的传记性的历史故事（这类作品多以吴承恩与法智的经历为核心情节）。作品还促进了考据学的繁荣，其中，吴承恩的友人宋彝也参与其中，创作了《西游山水考》，以表对友人的缅怀。

笔者不才，于十年前斗胆著书一部，名为《金木魂》，以“人之不人，魂在金木”为主旨，讲述了一场虚构的秦夏之战。战时，双方倾举国之力，以自行机为砖石，创造出比肩五岳的巨像之城。军队与军队间的杀伐因此变成了城池与城池之间的战斗。

该书三版后不久，正逢吴家修谱之盛事。家主诚邀有关文人出席仪式。笔者有幸收到邀请，并在会议期间与吴家长老们密切交流，得知筹备编写《江南吴氏全书》的计划。昨日夜里，该书终于付梓。自冤情昭雪，二十七载已逝，天道昭昭，实属可歌可泣。

《江南吴氏全书》糅合多方史料，还原并汇总了《西游记》全部九个版本的可考文字。为该书撰写序言的重任落在了笔者的肩上。于是，带着对文忠公的至高崇敬，笔者决定在这篇序言中，列数其生平履历，并详述其一生起伏与创作之间的联系，以彰西游之志。在了解这段历史以后，读者也能更好地了解其思想对其著作的影响。把握住这条脉络，便无须倚仗任何解读阅读本书。

本文成稿时，笔者正站在江南吴家的庙堂之下。旭日东升，佛光普照。负责祭祀的司仪沐浴晨曦，面朝东方，焚香祭祖，香灰在声声梵唱中滚滚西去。万丈佛光引人浮想联翩，二十七年前，就是在这里，这个活过了三个朝代，寿命已近千载的古老家族的族人们，在此齐聚一堂。

化解了老龄化危机的《天时法》已被废除。层层飞檐之下，隐居多年的高祖曾祖内祖外祖悉数到场，在为他们准备的座位上正襟危坐，以数朝元老的身份，接受子孙后代的赠礼、歌颂和朝拜，用或年轻或苍老的声音，祝福宗族的后人们。

文忠公的座位空无一人，但是他的福泽却传达给了在场的所有人。如今，长老们已经再度隐居山林，亲戚们也已经重返中州各地，但是消逝之人的痕迹却仍旧流淌在山川草木间，传唱在街头巷尾，在史官的墨笔下，在说书人的慨叹中，在孩童的歌谣声里，成为永恒。

在《西游记》的末尾，师徒四人把真经护送至长安，而后再赴天竺，在万丈佛光中修得正果。如今，目睹眼前空茫盛景，笔者感慨万分，已然不知所云。遂在这篇推荐序的末尾，援引《西游记》的文末诗句，聊表对汝忠先生的尊敬与认同。其诗云：

如是等一切世界诸佛，
愿以此功德，庄严佛净土。
上报四重恩，下济三途苦。
若有见闻者，悉发菩提心。
同生极乐国，尽报此一身。
十方三世一切佛，
诸尊菩萨摩诃萨，
摩诃般若波罗蜜。

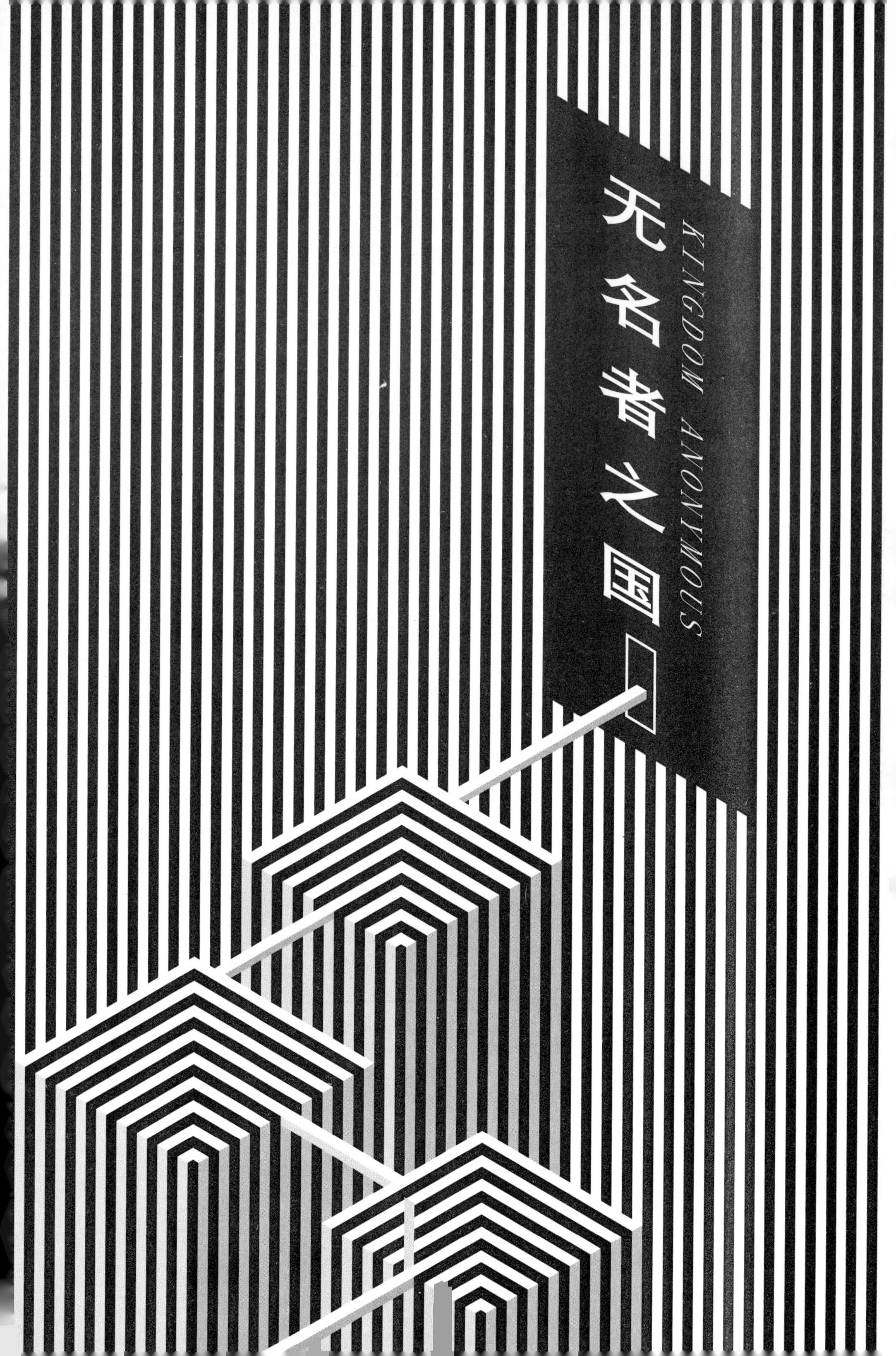
无名者之国
KINGDOM ANONYMOUS

清华北大异闻录

LEGENDS AND MYTHS OF THU AND PKU

2018 年清华北大联合征文优秀作品

未名湖底是否有水怪蛰居？

博雅塔会发射激光吗？

邓香兰会梦见听涛香锅吗？

六教九层有怎样景致？

天文台夜在守护什么？

“当睡者醒来”

来源：杨枫　地点：北京大学未名湖　事件等级：I 级

水木死后，我放弃生活，醉生梦死，直到声音找上门。

“你看起来不太好。”

“滚。”我嘟囔着，翻身接着睡。

声音却没有放弃我，反而嘘寒问暖个没完。

我爬下床，吃了心理医生开的药，恼人的幻觉却迟迟不肯消失。我翻身上床，把脑袋插进被褥，看不见的口舌却生在了鼓膜上，嗡嗡作响。

室友不在，最后我索性大吼大叫。

“你要是真想帮我，就去找外面拆迁队的麻烦。”

“好。”

于是，半小时安宁过后，未名湖逃跑了。

巨大的史莱姆腾空而起，死气沉沉的燕园顿时活了过来。

我来到新博雅塔。这是我的伤心地，看到拆迁队沦为落汤鸡，我却暗自窃喜。

保安姗姗来迟，要我们离开这里。这时，湖水恰到好处地打了个嗝，把泥巴吐了他们一身。

接着，未名湖掉头飞出了学校，路上撞倒了 3D 打印的新博雅塔，把水渍涂在每一座被拆迁队推倒重建的千篇一律的建筑上。

水草纷纷扬扬落下。我捡起一把留作纪念。

“看起来你心情好些了。”

回去的路上，声音恰到好处地响起。

“滚。”我知道我笑了。

我拿出手机，久违地打开社交网络。这时，声音告诉我，它还有一些后续的计划。

“想不想把拆迁队赶走？”

我想了想：“怎么做？”

“我有一个计划，”它说，“你会画画吗？”

不久后，一场寻宝游戏出现在了校园中。

在校园的每一座建筑上，都出现了相同的简笔图腾，和一段支离破碎的文字。

找到第一批碎片时，人们的热情迅速燃遍线上线下。让我感到诧异的，却是当我在深夜去廖凯原楼藏宝时，发现有人已经捷足先登。

“你不是一个人。”声音告诉我。

不久后，校方加强了监管，但为时已晚，行为艺术已经风靡全校。紧接着，有人开始把文字组装成语言——

“拆迁队会被撵走的。”

“拒绝翻建，寸土必争。”

“团结起来，保护我们的校园。”

我不知道这之中有多少出自声音之手。但必须承认的是，对我来说，这个秋季无比难忘。这却不仅因为在城中耍猴的未名湖带来了欢乐，还因为在拆迁队横行的日子里，我终于找到了一些期待。尽管这份期待和闯进学校，把燕园翻了个底朝天的拆迁队一样不讲道理。

最后一片谜语是一个日期。2019 年 3 月 1 日。声音做出承诺，将在这天完成计划。

行人们的眼睛亮了起来。心存期待的并非独我一人。

不幸的是，国庆前夕，我被捕了。

辅导员痛心疾首地闯进我的宿舍。我的父母再次被拿来要挟我，而我又一次满盘皆输。

寻宝带来的热情降温了，出卖了我的人又让局面变得更加复杂。人们的意见开始分裂。节后，似乎只有未名湖才能为我们带来一些宽慰。

如今，未名湖已成了北大的一道风景。起初，它被烈日烤得七窍生烟，但很快，在众目睽睽下，它像夸父一样喝干了什刹海，不久后又跑到清华串门，甚至还趴在十号线的车厢上，绕四环周游城市。

人们对它围追堵截，但是超自然的力量势不可挡。

校内却是另一番风景，虽然声音成竹在胸，但是挡在拆迁队面前振臂高呼的人却变少了。翻新的进展并未减速，熟悉的旧楼仍在不断消失。

但这些都无关痛痒，因为一天夜里，我忽然惊醒，觉察到了真正的灾难。

秋日濒死，距离立冬只剩不到一周。

果不其然，骤然袭来的寒潮打破了一切幻想。

我们的敌人迅速采取行动，在西郊的野地里捉住了正要冬眠的湖水。那时，它已经结了壳，昏昏沉沉地瘫在群山深处。

沉寂的热点又上了头条。我们心急如焚地看着直播，不知道他们打算如何处置它。但是对我而言，结果却似乎显而易见。

“不。”关掉直播前，我第一次听见声音的叫喊。

为了方便搬运，他们把湖水砸得粉碎。

自此，万事皆休。

我恢复了宅女的身份，但是日子过得却比以前更糟。无名的火气攫住了我，因为声音仍在纠缠不休，仿佛什么都没发生过。

年底，翻新过半。博雅塔废墟上长出了方尖碑，直插天际。

二月二十八日，有人高价兜售未名湖的残骸。是真货。我买了一块，放在小冰箱里。

墙上挂着我和水木的合影。看着爱人灿烂的笑，抑制不住的情绪忽然喷涌而出，我抓起他送的抱枕，痛哭失声。博雅塔倒塌的前夜，他说要去护塔，便再也没有回来。愚蠢的送死，他昔日的同学事后如此评价。

“他不愚蠢，你也一样。”声音趴到我耳边。

“那就证明给我们看，证明这不是你的过家家游戏。”

片刻沉默，然后时针指向零点。

“好。”声音说。

大地颤抖起来，声音要我离开这里，到外面去。

“在这之前，把耳朵贴在墙上。”声音说。

“听听我真正的声音。”

于是我跑出楼外，加入人潮，跟随队伍向东方有序前进。

“去护校。”声音唤醒人们的意志。

大地在颤抖，公寓楼纷纷站起来，带着蒸腾的热浪加入大军。

体育馆和实验楼携手并进。我们走在行伍最前，和苏醒的铜像一起直逼张牙舞爪的工程机械。

对峙并没持续很久。五四操场披挂着四百米长的舌头冲将过去，吓得拆迁队丢盔弃甲。我们迅速夺下载具，将他们团团包围。

东门依然敞开着，我们驱赶着俘虏，将他们赶到门口。蹦蹦跳跳的 Exit 标牌叠成一堵墙，齐头并进，直到将最后一名敌人撵出门外。

天亮了，房屋肩并肩，围着校园筑起高耸的城墙。

晨风中，属于我们的燕园巍然矗立。

我们完成护校，重返日常。

声音消失了，变成无处不在的声音。

“诶？我冰箱里的冰块呢？”

“啥冰块？”

“别管冰箱了，快走。”

“干什么？”

“去看未名湖啊。水滴正在校门口排队，可壮观了。”

“燕园消却者”

来源：雪糕掉地　地点：清华物理系　事件等级：II 级

老韩从钱包里抽出了前女友的最后一张照片。

此时宿舍地上已经满是其他照片的碎片：一分为二的未名湖、情人坡、大小自习室和食堂……它们如今沉默着，和我一道准备见证一段清北跨校恋的落幕，以及老韩的最后一撕。

“冷漠、无情、不可理喻。”他对感光印纸上的前女友指责，接着却将照片收进了口袋。

“啧。”我向舍友投去鄙夷的目光。

“这张是她独照，还给人家比较好。”他解释。

但他没解释为什么地上那些照片遗骸上，撕开的也全是他自己。

应对情伤的药方很多，老韩选择投身书本。

他的阅读轨迹像人类哲学史的复盘。周一是孔孟老庄和苏格拉底，周二是程朱陆王与哥白尼……五天后，桌上的书目收束到了佛经与量子论，我感觉这不是好迹象。

果然在第七天，他对我说：“我找到告别失恋的方法了。”

“出家还是搞物理？”

“勉强算后者，我要皈依哥本哈根，具体讲，皈依观察者理论。”

“没人讲这个了，现在都信退相干。”

他无视了我：“观察者使叠加态坍缩。首先，人就是观察者。其次，人有主观能动性。最后，人还是万物的尺度。所以人只要发挥主观能动性去观察，就能步入想要的世界。”

我真担心先贤们晚上从书里蹦出来掐他脖子。

“那什么是发挥主观能动性的观察？”

“有目的地筛掉不想看的。换句话说就是自我欺骗，不断地。”

很快老韩就宣布第一次实验成功，内容为让北大东门那位门卫左下巴上的痣不复存在。他说和恋情相关的事物过于深刻，要循序渐进，先掉痔，再到北大，再到前女友。

我立刻骑着自行车去了北大，三十分钟后，门卫的照片被我递到他面前。

“你看，痣还在。”我说。

“很可能是你 PS 上去的。”老韩意志坚定。

“我觉得这理论有漏洞，如果人都能选择，我们怎么活在同一个世界？”

“很简单，以薛定谔的猫为例，假设箱子打开后，A 见到了死猫，B 见到了活猫，会有什么问题？他们可以照常生活，只要不讨论猫就行。”

“如果讨论了呢？”

“三种情况。第一种，不坚定的一方被说服；第二种，认为对方是开玩笑，或者嘴硬，就像现在的我们。”

“如果我坚持要和你讨论这颗痣呢？”

“那算第三种，只能把意见不合者也筛出世界。”

考虑到他并没向别人散布这套歪理邪说，我也没把这事上报辅导员。这顶多算一种唯心主义，我想。

最初发现情况不对是在某次班级聚餐时，几个同学谈起了一桩最近的北大轶闻。

回寝路上，老韩问我：“你们说的 běidà 是个地名吗？”

我大惊失色，他看上去是真的很困惑。

“你到哪一步了？有关她的事你忘了多少？”

“我说不好。你看，忘了的都不会留在我的脑子里。”

“北大是她就读的学校。”

“这样啊……没事，我知道总要牺牲些什么。”

然而真正的牺牲远比这要惨烈。

一周后，老韩将前女友的身份修正为不知名国度的交换生。两周后，清华的半数食堂和景观作为曾经的约会地点被驱逐出他的脑海。一个月过后，老韩开始说不清现今身处的城市和自己的教育背景——他不仅消去了“北京大学”，还进一步消去了“北京”和“大学”。

尽管如此，某些时候他还是会拿出那张照片，只看一眼，又收起来。

我终于下定决心将他拖出了宿舍。

“坐上来，我带你去找她。”我擦了擦自行车后座的灰。

天色已近黄昏，我们沿中关村北大街一路南下。对于有经验的清华学生，混过北大门卫不难。使我纠结的反倒是看不清那人的痣还在不在。

我将自行车拐上未名北路，想再做一点尝试：“那边是未名湖，你们在这约过会，有印象吗？”

他茫然望去，接着一些事情开始变化。

湖水在他的注视下开始迅速蒸发，留下的坑洞也如桌布褶皱般被抚平，博雅塔伴着瀑布般的轰鸣声开始崩塌消散。老韩惯性般继续环顾四周，石雕屏风、体育馆、元培像……它们相继如泡沫般破碎。以自行车路径为轨迹，荒原蔓延开来，直至覆盖地平线。我意识到，此刻视觉和听觉所捕捉到的都只是表象。这是正在老韩眼中坍缩的世界。

北大正在从概念上消却。

如果早一点承认他是对的，一切或许还来得及。

如今老韩神功大成了。

我真恨他谈的不是网恋。

失去方向的我只能习惯性地在荒原中奋力蹬车，我们仿佛被困于某人的梦。

“如果北大不在了，这算哪啊？”我喃喃自语。

一直沉默的老韩突然应声：

“燕园。”

他伸手指向某处，那有一栋小小的建筑，像宿舍。随着距离拉近，我看清了建筑下站着一个人。很显然，那是她。比起北大不复存在，突然而至的我们似乎更让她惊讶。

“是你啊，”她对我笑了笑，“好久不见。”

我不太记得我们是否见过，但这不是重点。

“我把他带来了。”我拍着自行车后座说。

然而转身看去，老韩却不见了。与之相反，一座座建筑由远及近地重新出现在视野中。它们在落日里留下长长的影子，像一群从未离开的孤独巨人，只是不久前偶然被雾气遮蔽了身影。

“你在说谁？”她似乎有些困惑，眼中的迷茫一如不久前的老韩。

我才明白发生了什么。老韩消解了北大的一切，却在最后一步退缩了。就像那天撕照片时一样。

于是，她先消去了他。

曾经的指责并不公平，这不是冷漠、无情或不可理喻。

这只是成熟。

我们一起呆站了一会，直到太阳完全落下。

“所以，你找我有什么事？”黄昏余晖中，她又问了一次。

“还你点东西。”

我从衣兜里抽出照片，递了过去。

“燕大花园”

来源：张宇成　地点：北京大学教学楼　事件等级：II 级

那段时间，我常去燕大蹭课，都在晚上。晚上其实也应该是加班，只是那段时间里，我的磁场常成为办公室的负极，怎么也回不去。

夜里的燕大，空间被无数个湖和小亭遮蔽、切割，因而到处都是小路。小路两边点着昏暗的灯。大大小小的灯圈交叠在地上斑斑驳驳，很容易迷路。我就常在走向教室的途中，迷失在这些圆圆的光晕中，好像我会下意识地识别和踏上它们的轨迹，好像它们是某种隐形的漩涡。

教学楼的明亮和这些鬼魅般的存在则形成鲜明对比，每当上课时间临近，无数条快速闪动的人流就从那些小路中冒出来，涌向光亮。老师都很准时，分针每到六点四十，他们的嘴唇便开始有条不紊地上下开合。我也会慢慢进入一种状态，好像自己的脑电波也随着那些语句开始奔腾跳跃。

大部分学生也应该如此，我这么猜想。因为教室很安静，他们的脖子随着老师的步伐转动，而且，我蹭的好多是哲学课。

一个陌生人的话证实了我的猜想。他也是蹭课的，那天天气冷，我们都有点晚到，被几排厚重的衣服挤在中间的角落。

“你有看到那些不断升起的想法吗？”课间他突然开口。

我有点没听懂。

“或者用你们的话说，意识？”他说，“那些闪着火焰一样的光芒的。”

他说这话的时候，并没直接看我（第二遍解释的时候也没），而只是把几根明显突出的下颌骨和颧骨，还有覆于其上的苍白皮肤向我这边微微转了一下。他的眼窝也是深陷进去的，里面倒是没有什么光亮射出来。

“有一点？”我说。

“也不是全部。”他苍白的皮肤牵动起同样苍白的嘴角，好像是笑了一下。“但你能感受到自己这样，就很好了。”

“是啊。”我敷衍着。

“我能大概猜到你来蹭课的原因。”他不折不挠，我从没见过这么搭讪的人。“你恨你现在的生活，你也恨这个世界。你从原先工作的金融街搬到了这附近的 IT 中心，又发现这两个地方没什么不同。

“不论到哪里，社会的结构都是一样的，世界的结构都是一样的。因为人性决定着这些，而后你又发现，你恨人性。”

“你来这里不是因为你想听课，而是因为逃避。”

他连珠炮似的说着，我本来想打断，最后却发现自己深陷到这番话里。在生活中，只要每个人都在追求利益，追求个人利益的最大化，社会自然就是最合理状态，这是谁说的来着？

他究竟是谁？

“我是一个花匠。”他好像动了动嘴唇，也好像没有。

这时候一段优美的钢琴曲传来，上课了。他没说话，而是在我眼前挥了两下手，周遭一下陷入黑暗又一下明亮起来，景象和之前完全不同——人的皮肤好像变得透明模糊，而内脏都在跳动着某种光芒。大脑是光芒的聚集处，脑干、脊髓都是暗的，再下面肠道也有一些，奔涌全身的动脉血也带着光。

“这是另一个角度的世界，你可以理解为某种对意识的透视图。”

果然，大脑是意识的中枢，听课的人大脑周围也能看到跳动的光芒。脑干、脊髓都没有意识，那血液呢？血液里应该没有神经元。

“神经元只是意识传导的方式之一，你们还没有发现血流的作用。”他随即解释。“你们平时只会看到一种社会结构，却忽略了另一种。”场景切换了，我们似乎瞬间位移，面前出现了整个 P 城的透视图，好像是浮在高空向下俯视。

他指了指我以前工作的北京 CBD。下面一幢幢高楼外形也变得模糊了，整体呈圆锥形，内部也变成了一块块方格形的结构，像是金字塔的砖块。里面的人影太小了，就像昆虫，都在沿着方格向上攀爬，偶尔会互相碰碰，驻留一会儿，但更多的动作是双手互相摩擦、摸一摸脑袋——这个动作也很像昆虫。

“他们在做什么？”我问。

“他们在计算路径。”他说。

整个 P 城，大部分的高楼都黑漆漆的，倒是在高楼顶端有些光亮，少数的“昆虫”在那里聚集。不远处的大学区则是光亮的聚集处，光亮也在不断跳动，像是火焰表演。

“这些高楼里的人，就没有光吗？”

“他们也有，但只有楼层高的一部分人有。”

视角又一次切换，我们好像是在俯视整个东亚大陆。光亮分散在城市和乡村，亮度并没多大差异。

“这些光亮还包含着利他。”他说，“人类没有善和恶，因为一切都源于生存，所以只有利他和利己。”

最后是一瞬间，我们返回到了教室，课程还在继续。

“为什么要带我看这些？”我问，“你说你是……花匠？”

他仍拿侧脸对着我，只是笑容似乎更深了：“那些东西在你看来是光亮，在我看来，是花卉，我就是这片区域的花匠。”

“那为什么要带我？”

“你最有潜质。”他顿了顿，“部分是因为你的恨、你的不满。”

“有潜质做什么？”

“做肥料。”他毫无停顿地说。我迟钝了很久，他也沉默着。之后他又开口：“这些花彼此都可能做肥料，你看到的那些光亮会彼此助长，而我们会挑出一些作为大多数人的肥料。

“你会经历最癫狂的想法，所谓癫狂就是你的意识完全超越你的物质实在。”

“这些花卉，最后会怎样？”

“当然是结果，不过你们还没到那一步。破解意识的机制那天，你们才会明白自己是花卉。”

我大概猜到了：“所以你的目的是果实。”

他点点头。

“那果实收获之后，人类会怎么样？”

“会进入下一轮的施肥、开花、结果。”他想了一会儿说，“这就是自然。”

我又沉默了一会儿，这时候下课的音乐响了起来，钢琴声像流水一般进入我的头脑，我眼前那些火焰开始碰撞、互相缠绕、偶尔打出淡蓝色。

“我愿意。”我说。

他点点头，我仍然只看到他的侧脸。

“航迹云”

来源：兔酱　　地点：清华大学美术学院　事件等级：III 级

潘玉不懂许多的事。

比如自己娘里娘气的名字，来源于何处。

比如环境学院门前草坪上的歼 6，究竟有何用处。

比如眼前扭来扭去的模特，怎样才能画出他的神采。

比如，如何道出最好的告别。

学堂路树上的叶子萌发又脱落，身边的人来了又走，这些问题他却一直都没有想明白过。

他还记得他是在军训期间认识的雪华，飞班历史上第一个女孩子，众星捧月的存在。

对于他这样一个对生活不敏感的人，是很难得的。

他还记得，他们的初遇是在七月流火的操场，那是她难得的放松时间，她用帽子遮住阳光，凝视着几条斜斜的航迹云。

超凡脱俗的英气，牢牢地刻印在他的心底。

他们彼此的路径是一对不相交的平行线，不管是生活，还是人生。

雪华五点起床训练，一上午的课，下午接着上课或是训练，日程课程排得满满，乐此不疲。

潘玉八点上课七点五十起床，明德路上常见他亡命突袭的身影，课表上除了专业必修不愿再选其他一门课。

他也偶尔会跑到操场上，假装不经意地与她擦肩而过。

他把他对她这种情感与对艺术品的情感化作同类，既省事，又养眼。他也从来没有打过哪怕一声招呼。

没有人想到过，一贯只是在口头上相互调侃的两所大学，竟然会动起真格来。

这有关个人意志和抉择，却强加在了所有人的头上。

那是循序渐进的。

先是西门与隔壁的东门关得严严实实，再不许人进出。

接下来，学校里的国防生一夜之间都不见了踪影。

而维学馆不富裕的场地，被各类军火、物资堆得严严实实。

陪伴学校的夜晚的再也不是风情夜与阿甘，取而代之的是漫长的宵禁与隐隐约约的枪炮声，吵得人心惶惶。

而唯一的好消息是，一向活力无限的清华体校学生在战争的初期是占尽优势的，势如破竹的他们眼看就要突破。

不过，此时，坊间开始传言隔壁的博雅塔其实是一座巨大的光棱武器，这幢高大的建筑仅仅作为水塔存在过于浪费其战略意义了。传言道：北大正在为博雅塔进行最后的电力抢修，一旦完成，多半个清华都将沦为它的打击对象。

一时间人人自危，博雅塔成为了清华人集火的靶子，却因北大死士的顽强抵抗而久攻不下，引得人人上火。

而他呢？

“美院离北大远得很，地方又偏，学校又不重视，征召轮不上我，再说也打不到这里来。”

他把这些置身事外，无形中把她也置身在了保全之外。

很多人趋向于远离政治，但潘玉想不到的是，离政治最远而最无能为力的，会是军人。

他再次见到她已经是博雅光棱塔开始运行之后了，自从那座伪装得很好的建筑开始运行，清华人他们先前的人数和技术优势尽失，取而代之的是时不时从西边袭来的光束与倒塌的建筑，一时间军心涣散人心惶惶。

那是。谁能知道，自己哪一天就会被激光烧成灰烬呢？

而心大的潘玉呢，他在先前的一次针对主楼的打击中无视警报执意穿行，报废了自己的自行车，还顺带着伤了右臂。

想着接下来一段时间都无力完成作业的他闷闷不乐地被舍友挽去先前遭受过光束打击而毁坏的校医院。校医院靠着临时支起来的帐篷苟延残喘着。穿过来来往往的人群和杂乱的物资与声音，在那里，他还见到了先前离开的人。

只不过不一定还活着就是了。

昔日鲜活的同学们，在此刻只是白布罩着的冷冰冰的物体，连轮廓都朦胧不清。

迟疑与震惊中，他似乎想起来什么似的，突然开始快步走起来。

在某个集中释放着矛盾的人群中，他再次看见了站着的她和她倒下的同学们。

有时候留下来不一定是件好事。

“飞班的不到一百人……全在这里了。“

“大不了去拼个同归于尽！“

吵吵嚷嚷。

“只有空中打击才是伤亡最小的打法。”

“我们需要飞行员，去开那架歼 6，撞掉那座塔。”

先前一言不发的武装部教员突然开口，激昂的人群突然平静下来，一齐扭过头去，用一种像是大象看待蚂蚁一般悲悯的眼神看着缩在一旁角落里的雪华，飞班唯一活下来的人。

而他也在看着这一切。

看着一旁抱着双臂，低着头，看不见表情而又一言不发的她，对周围事物无痛不痒的他，第一次产生了对战争的怨恨。

但他又能做什么呢？他无能为力。

“你死心吧，这是她逃不掉的命运。”

夜晚的明德路，路灯把潘玉的影子拖得很长很长。

每个艺术家都拥有一条痛苦而又敏感的灵魂。

他最后还是走出了那一步，虽然仅仅只是道别。

在对她来说没有回程的校车上，他对她说，再见。

声音淹没在了骊歌中。

她离开的那一日，他很难得地记得那是个阳光很好的傍晚。

行动时间刻意选在了是对面交接时间的傍晚。当那架凝聚着全校人希望的装满炸药的歼 6 在日新路完成了它的滑行，一跃而起，踏上它一去不复返的旅程时，潘玉觉得：这架冰冷的杀人兵器此刻竟是带着感情的。它怀着沉睡几十年后得以再次起飞的欣喜，以及对此时此地此景最后的一丝眷恋，离开了它停留几十个年头的大地。

那两条拖得长长的航迹云，是这场战争留给清华人的最后纪念。

离开的人离开了，而留下来的人——

他坐在美院 A 座的第五层楼，飞机座舱玻璃反射的暖暖的阳光，晃得他泪流满面。

次年的全国美展上，伤痕、悲痛与控诉是展会的主旋律。

这样阴霾的主调性中，他的一张温暖的画夹杂在其中，极为突兀。那是一张坦培拉，用古典的手法绘制出在战斗机机舱中小憩的年轻飞行员，暖暖的阳光透过玻璃笼罩在她的周身，恬静的神情囊括着满足。

“老王炸了”

来源：旦旦　地点：北京大学未名湖　事件等级：I 级

老王炸了！

领导非常生气！本来今天很高兴，组织儿子和老婆去香山，走一走，感受生命。还没出发老王就炸了，怎么能这个时候炸？谁允许他炸的？必须处理！

“谁允许他炸的？！”

领导问，一边问一边揪张博士的头发，张博士很淡定，手没停，还在焊电路。

“没人允许，他自己就炸了。”助理小李说。

“没人允许，怎么能炸？无组织无纪律！”

“他导员是谁？有没有电话？”

“是老周，上个月叛逃，前天就被击毙了。”小李说。

“不行！本校学生就是不行！从来不为学校想想。不行！”

领导连说着不行，手里不停，张博士焊完电路开始绕线圈。

“不行，还是要问问老王。”

“走，去前线把老王找回来。”

领导一挥手，实验室里呼啦啦站起来十几个人，高矮胖瘦都有。张博士没起来，很淡定。

不行，老王炸了，科研不能停。领导做出指示，来两个能打包的本科生，小李也来，硕士生帮忙叫车，博士生不要动。十几个人像泄了气的皮球，哗的一声就垮下去。小李赶紧打电话，小赵，小刘开始从宿舍往李兆基赶。

领导开始打电话，儿子接的，很兴奋。什么时候去香山？

“不去香山了。”领导说。

电话开始嚎叫，哇哇哇，嘎嘎嘎，刺啦刺啦。

“改去未名湖。”

电话不叫了，儿子很兴奋，没去过，十岁以前没见过湖。老婆也很兴奋，没去过，清华不让领导家属进北大，怕被抓。

很快，车来了，老婆儿子坐后面，领导坐前面，小赵小刘小李蹬着自行车，拖着领导家属带来的物资跟在后面，出西门沿着街垒穿过博雅大酒店就进了北大战场。

打开车门，儿子滋溜一声就不见了，老婆跟过去窜进林子里，晃一晃也不见了。

领导很高兴，老王炸了也是有好处的，未名湖比香山好，近，放出去就不用管。

前线的战士很高兴，领导来视察，口粮能吃好点。

他们没想到，领导是来调查的。

“老……王呢？”气喘吁吁追上来的小李代替领导问。

战士很迷茫：“炸了啊。”

“炸哪了？”领导问，一边问一边揪头发，张博士不在，改揪小李，小李年轻，表情有变化，头会晃动，手感不好，但是领导能吃苦耐劳，没有抱怨。

战士向前把双手张开，画了个大圈，眼中含着泪水。

领导顺着看过去，看见老王的热血和大便在未名湖里飘荡。

“你为什么要炸？”

领导对着未名湖喊话。

未名湖没有回话，很严肃，不像是和领导讲话。

“他为什么要炸？”领导转过头问战士。

“不知道，昨天晚上和北大物院的人交火，打到一半突然就炸了，没有预兆。”战士说。

“北大物院的人呢？有没有抓起来？”

“没有，都被老王炸死了。”

领导开始思考，一边思考一边揪头发，这时候小赵和小刘也赶过来，一左一右救下小李。

“老周被击毙会不会跟老王炸了有关”小刘问。

“没关系，老王和老周关系一般，老周被击毙那天往外喊话，让我们‘放过兄弟一回’，老王听见声音就开枪了。”战士说。

“老王平时有提到过自己要炸吗？”小赵问。

“没有，从来没有，他只说他要做岳武穆，要做华盛顿。从没说过自己要当董存瑞。”战士说。

阳光穿过雾霾洒在未名湖畔，林中响动着叽叽喳喳的咀嚼声和哗啦啦的枪响，硝烟味中，松鼠和竹叶青争相鸣叫，一切仿佛猛地活了过来。

“老王是烈士。”领导下了结论。

“好，小李你加个班，把老王炸了这件事写成报告，明天早上放我办公室，有没有问题？”

“没有问题！”小李敬了个军礼。

领导拍了拍小李的肩膀，然后把西装一脱，像猴子一样窜进树林里不见了。

“寻找杨枫”

来源：折刀　地点：清华大学逸夫图书馆　事件等级：II 级

杨枫，我不知道怎么失去了你，正如我不知道这个世界究竟发生了什么。

你一定还记得这间咖啡馆，这里原本是个叫“独峰”的二手书店，改建成咖啡馆之后，就成了我们每周原创部笔会的场所。现在我就坐在这里面，桌子对面没有人，吧台上的那台电脑后面也没有店员在那里熟练地敲键盘，准确地说，这间咖啡馆里现在只有我一个人。

旁边那个饭点经常爆满的观畴园，门口积压的落叶已经厚若地毯；对面的李文正图书馆门前停放的自行车东倒西歪，互相挤压、变形，在深秋的冷风中一点点生锈。图书馆二楼还时不时会有灯光闪烁，双目无光、脚步虚浮的人在那些书架间来回走动，仿佛是服从标准布朗运动的质点般，毫无目的，不知方向。

抬起手腕，手表上的时间已经到了下午两点半，我眯着眼睛盯着小表盘看了一会，指针指在“SAT”上。距离我们部门每周笔会的时间——星期六下午两点，已有半个小时之久，然而，坐在这里的还是只有我一个人。

我习惯性地从大衣口袋里掏出手机，解开了锁屏，映入眼帘的却只有“电池电量低”和信号全无的标志。我这才想起来，早在三个星期之前，最后一点4G 信号就已经消失了，电力供应也于两个星期之前停了，就连暖气片都冰凉了。紧握的手轻轻松开，曾被我视若珍宝的深蓝色薄片坠落地板，而我头也不回地走了出去。

三个星期前，还有五位部员赴约；两个星期前，在这里碰头的就只有三人了；一个星期前，只有我和代号“骑士姬”的部员面对面地窝在卡座的沙发里。

那些没能来的部员，或许是失踪了，在这个规则已然爆裂、常识已然无效的世界里，失踪是司空见惯的事情。或许他们只是失去了时间的概念，正在凛风中漫无目的地游荡，直到身体完全冰冷。

我们俩简单的交换了一下各自的消息，基本都是些坏消息——住在隔壁寝室的人失踪了，自来水供应越来越不稳定，夜里经常被冻醒……

以及，我们仍然未能找到任何有关你的线索。

“如果我们能找到杨枫，也许事情就会有转机吧。”

这是他留给我的最后一句话，也是我们所有部员心中的希望。

杨枫，四个星期前的例会，身为部长的你究竟去哪里了呢？

那一天和以往的周六没什么区别，我们五个部员挤在一张木桌上，桌上还摆着笔记本电脑、夹着厚肉饼的汉堡和冒着热气的咖啡。旁边那桌还坐着一群清华附中的学生，她们围着一张 16 寸的披萨有说有笑。外面的人工草地上，还有些孩子在过生日。

杨枫怎么还没来？有人这样问道。我低下头看了看手机，屏幕右上角处的 4G 信号却空了。那个带了笔记本电脑的部员也开始嘟哝“网页怎么打不开了”，还有一些像是电流不稳的杂音敲打着我的耳膜，旁边女生的说笑、窗外孩子的欢腾，却逐渐从听觉中消失。

等我再次抬起头的时候，咖啡馆里只剩下我们五个人，浓厚的黑色雾气在窗外翻腾，像是一锅煮开的水，或是一团蠕动的未知生物。雾气散去后，窗外嬉戏的孩子也不见踪影了。

我知道，就在我低头看手机的空当里，有什么很大的东西……溜走了，跟着身为部长的你一起，从我们的世界里溜走了。

杨枫，现在你究竟在哪里呢？在这支离破碎的世界里，又会有怎样的文字在你的脑子里发芽？

一边自问着，一边漫步于至善路上，没有人声，没有车声，只有落叶被压碎时噼里啪啦的响声。我抬起头来，身旁的图书馆已经完全被笼罩在黑雾里，被黑雾吞噬的人，就会莫名其妙的消失，这是我们在第二个星期就已经彻底确定的结论。

我抬起头环顾了一下四周，学堂路以东的清芬园、六教和文图，通通被那头黑色的巨兽吞入腹中。往南北两个方向看过去，除了黑色之外也没有其他的颜色。只有西边还能一眼看到路尽头的红砖建筑，也许一路向西走，还能从西门出去，到隔壁北大去找到其他幸存者。

不过就算找到了其他幸存者，也没什么意义。表情茫然的保安徒劳地调着收音机，好像想从那杂音里听出些东西来；偶尔还能看到坚持跑步的学生，不过他们似乎完全听不到我说话，只是自顾自地跑着，然后一头扎进蠕动的黑雾中。

现在就连每周六的笔会也终于完全告吹。我想，能够正常交流的人类，也许再也找不到了。

除非我能再一次找到你，杨枫。

就在这个时候，我却非常不合时宜地想起，你说你曾经做过一个梦。梦里，你买下了图书馆的一个小夹层，每天躺在书架上，醒了就随手取一本书来读，困了就把厚厚的词典当枕头，把大开本的读物打开当被子，就这样在书架上入眠。

杨枫，你现在会不会就躺在一个书架上睡觉？这个光怪陆离的世界也许只是你的一个梦，只要你能醒过来，或许一切就能恢复原样了。

笼罩着图书馆的黑色雾气在我面前翻滚着，无数稍淡的线条在那团纯黑的背景里扭动、拼接。线条组合成的无数图景——高达翱翔于宇宙、少女温婉的笑容、假面骑士的变身动作……在我眼前一帧帧的放过，但是，最终通过我的视网膜、映入我视神经的图景却只有一帧。

我看到你在书架上小憩的样子，杨枫。

我甚至可以从那图景里看出你的位置，那是逸夫馆三楼四楼间的夹层，你正捧着的那本书——上世纪 80 年代的科幻杂志刊物合集——就储存在那个夹层最靠外的书架上。

双腿不由自主地迈动，此行也许无法回头，我很清楚。

但是，我相信你就在图书馆里面，杨枫，作家当然会选择图书馆作为隐居之地。

很快我就会和你见面了，但愿如此，杨枫，但愿如此。

“六教之夜”

来源：星渊　地点：清华大学第六教学楼　事件等级：II 级

不知是哪位名人曾经说过，学校大了就会有校园传说。作为科幻协会本学期活动的一部分，我被安排去搜集关于校园传说的资料并进行“实地调研”。本校的校园传说不胜枚举又真假难辨，而以造型奇特、结构复杂、楼层设置怪异著称的六教，很自然地成了诸多校园传说的发生地。

六教传说流传已有几年，和大多数校园传说一样，它并非一个固定的故事。根据我搜集到的信息，六教传说主要有以下几个版本：

最著名传说的信徒们声称六教其实有隐藏的十层，不过它并不存在于我们的空间，到达十层的唯一方法是按从一到九的顺序快速按下六教 B 区电梯的按钮，电梯在停靠完所有这些层后就会进入异空间中的十层。

另一个版本的故事是：在夜里十二点至一点之间进入六教，按 A 区、B 区、

C 区的顺序绕行三圈，如果继续绕行下去可能会进入一个奇怪而陌生的区域，那里所有的教室编号都是 6D 开头。类似但不那么夸张的另一个传说则称，同样是在半夜，同样是绕行三圈，会发现六教 A 区凭空多出一个教室 6A219。这传说还画蛇添足地补充说，千万不要进入 6A219。

关于六教的所有传说有一个共同点，就是提及以某种方式能够进入其中一个存在于异空间的所在，无论那是一层、一个区还是一间教室；当然还有一个共同点，所有这些故事的主角永远是“有人”，没有一个能说出究竟是谁在哪一天进入六教时遭遇了这样的超自然事件。这些传说的可信度也就不言自明了。

当然，本着眼见为实的原则，也为了完成协会布置的任务，我需要亲自证明这些传说的虚假。我选择了一个好日子，准备在深夜十二点亲自前往六教，用亲身经历证明这些所谓的异空间并不存在。

可能是因为协会的宣传工作做得好，就在我行动的前几天，有一不愿透露姓名的神秘学长要添加我为好友，说是关于六教传说，他有非常重要的信息。

直觉告诉我这是一个神棍。

我和他的聊天没有持续多久，只是简短的几句话我就确定了这确实是个神棍：

“我劝你最好不要在深夜去六教，就算去，千万不要按传说中的方式来行动。”这是他添加我为好友后的第一句话，倒是开门见山。

“为什么？你认为传说是真的吗？”

“那些传说只说对了一半，他们说那样会进入异空间，但事实比那可怕得多。”

“……你有什么证据？”我感到无聊，但竟然耐着性子和这人聊了下去。

“我自己就尝试过，我劝你千万不要尝试。因为当时我就花了好一番功夫才回来。”

“从哪里回来？”

不知为何，我这个问题仿佛让他突然不悦："唉，跟你讲这么多你还不懂！"

我没有再理这个人，删了好友。

午夜的新民路空空荡荡，只有乌鸦偶尔的啼鸣打破宁静，一轮上弦月的银光和路灯的橙光相映。六教 A 区大门紧锁，我绕到 C 区后门才得以进入。

一切按计划进行，我来到 B 区一层，走进电梯，快速从一按到九。

电梯一层层上升，每层开一次门。我拿手电筒照了几次，电梯门外只是教学楼漆黑而普通的楼道而已。随着按钮逐个熄灭，电梯离九层也越来越近。尽管不相信传说，我还是有点紧张的。不管怎么说，这深夜的教学楼本身就自带一种恐怖效果，我想这也是众多传说出现的原因之一。

电梯升到九层，门打开，然后关上。

没有发生任何事，所有的按钮已经熄灭，电梯也不再移动。显示屏上的数字停留在 9。等待了一会儿，我按下了 1 层的按键，电梯开始下行。

计划的第二部分是从 A 区开始绕行三圈，这一点在二层很容易实现，只是 C 区二层比另外两区高一截，使得我不得不频繁上下楼梯。有几次我恍惚中觉得这教学楼里除了我的脚步声还有其他声响，于是停下脚步，却只是静得能听见自己的呼吸。我明白那不过是一种心理暗示罢了。

黑暗而空旷的环境让我忘记了计数，已经不知道走了多少圈，显然不止三圈了，但没有任何"D 区"的影子，我所经过的仍然只是被弧形墙分成两部分的 A 区、展示着一台巨大机器的 B 区和有着两间大教室的 C 区。我还特意关注了一下 A 区每个教室的门牌号，并没有所谓的 6A219 存在。

计划完成，现在我终于可以以实证的精神宣布六教传说的虚假。我看了看表，没费多长时间，才十二点半。

走出六教，我试图寻找我那辆富有特点的自行车。然而并不能找到。

奇怪了，我明明刚才就停在这里，而且这里总共也没停几辆车，难道这大半夜还有人偷车？

我是不是记错了？也许我把车停在了 A 区门口。我走到那边，门口稀疏地停着几辆自行车，其中并没有我的。

我注意到一些不正常的事，那一排自行车当中有几辆奇怪的交通工具，我说不清它们是什么，居然没有轮子，但直觉告诉我那应该是交通工具。

我环顾四周，寻找自行车，突然瞥见六教以南、校史馆以东位置的那栋楼。那栋楼不是应该在施工吗？现在不仅看不到任何脚手架，而且那楼拥有圆角的外观，与它本来方方正正的样子显著不同。

这又是什么情况？

然后我看到主楼，或者本来应该是主楼的地方，矗立着一座高度相当于主楼两倍的建筑物，造型倒是和主楼相似，但至少有一半被玻璃幕墙覆盖，楼顶有一个突出的尖塔，楼体上还伸出一些仿佛是花园的平台。

见鬼，今天是怎么了？我是不是在梦游？

我狠狠地抽了自己一巴掌，清醒得很。

我抬头看了看天，一轮上弦月挂在天空。在它未被太阳照亮的暗面，闪烁着像城市灯光般的点点光芒……

“W 君与 Y 君”

来源：高高　地点：清华大学物理系　事件等级：III 级

Y 君是我高中同学，长得又高又帅，羽毛球打得很厉害，是那种可以带着我这个羽毛球小白打两个系队高手的水平。他说话抑扬顿挫，辅以丰富的手势与肢体动作，颇有把日常对话变成演讲感。

在高中，他就非常反感清华的芯片制度，对其嗤之以鼻。“你知道吗，清华那个芯片，”我们有一次在食堂吃饭，他边扒着滑蛋饭边说，“很不行。”说到这里的时候，他停下了筷子，一只手用力朝下比着大拇指，“通过颈后植入芯片，监控个人隐私，这明显——不自由嘛！”

后来他又跟我讲，“清华还有一点不好，如果你考试挂了，直接用芯片给你电一下。还检测你的心理活动，一旦不对劲，立即约谈——你说说，这算什么！”

当然，最后Y君还是选择了清华，原因似乎是北大那边没有给他好专业。入学之后，他也和大家一样正常地接受了芯片植入。我问他感想，他说：“既来之，则安之。反正，我觉得我努努力，还是不至于挂科的吧，不会被电嘛。”说这句话的时候，他瘫在椅子上，摊摊手，耸耸肩。

Y君曾多次谈过他的理想，讲他希望去北大学物理，权当做科学家的一次尝试；如果不行，反正物理转专业也方便，转个金融啥的也是极好。当然，最后是没去成北大物理，不过来了清华也学物理，相差不远。

Y君延续了他在高中时的良好学习习惯，每天定点起床上课学习社团活动，非常美好充实。但是生活中也渐渐的透露出不如意来，似乎那理想织成的华丽桌布破了洞，露出底下油腻的现实了：Y君常常有微积分或是力学作业不会。他有时候来问我题目，紧皱着眉头，小声地问，“你现在没事嘛？”我答没事，他就把纸小心地放在我桌子上，手指着题目，“这道题怎么做啊？”我一般是把题目抄到我自己的草稿纸上，解出来之后再拍照发给他。

这种事情次数多了之后，Y君就不像之前那么乐观了。原本讲话抑扬顿挫，一句话恨不得变十个调子；后来，无论如何变调，总是以降调、叹气结尾，感染力依然强大，仿佛前面的抑扬顿挫都成了最后叹气的铺垫，闻者同悲。

期中考试来了，我在努力地复习之余，和Y君的联系也渐渐少了。待期中季结束之后，我就很少在线下见到他了；平时自习的地点都不见人。他也不再向我询问题目了；和他仅有的见面只是在食堂、在操场的几次偶遇，远远的打个招呼。作为高中同学，关系到这个样子可以说是很疏远了，但是我自问没有什么冒犯到他的地方，平时待他的态度也没什么变化，为何疏远，是百思不得其解。

到了临近期末季，我是彻底联系不上Y君了。QQ消息和微信消息都不回，最后的一条票圈是“删微信专心学习，有事电话xxxxxxxxx”，但是我照着那个电话发消息也没回应。我不由得开始担心起他来；在期末考之后，就开始向他同学打听他的近况。按照他舍友的说法，期中Y君考挂了，挂了不止一门，因此被电了长久，还得靠舍友把他按在椅子上；之后心态爆炸，作业也做不动了，常常是坐在桌子前长久做不出一道题，然后就接到约谈通知，也做不下去了。期末考之后，Y君就不在宿舍了，具体发生了什么也不好对我讲，只是说舍友几个都保研了。我猜测，应该是被迫退学了吧。

我对此感到惋惜。在我的印象中，Y君在高中时实在是“成功”这个词在现实的映射，无论是从学业上，从生活上还是从业余活动上；我认为，他或许期中考失败了一次，但是如果不是受到了过大的压力，也不至于沦落到如此境地。向他致歉，因为我在他艰难的时刻没有能够帮助到他；同时致以祝福，希望他来年能够考上理想的大学和专业。

W君瘦瘦高高的。第一次见到他，戴了帽子，穿着格子衫，鼻子上挂着黑框眼镜，俨然一副清秀学生相；后来和他渐渐熟了，他也不戴帽子了，露出来宽阔长方的脑门和高抬的发际线，就不再像学生，反而像教授了。他常日在紫荆操场上踢足球，也是运动健将；在宿舍也见过他不着上衣的模样，身体很白，脸和手臂都很黑，估计是晒的。

W君是传统意义上的学霸。在来清华之前就屡屡听说过有关他的江湖传说：初三AK了一个大学生的算法竞赛，总时间3h的比赛他只用了不到30min；高中时候就开始发paper，并且作为大学生的我现在都还看不懂他高中时发的paper；高三时作为中国队队长出征IOI，并且斩获总分第一，带队夺金。他参加 IOI 的时候我们正好军训，他因此得了个缓训，也暂缓了芯片植入——并且，在他参加比赛的当天，我们都围着手机看直播，看他总分第一，看他身披国旗上台领奖。我对他的印象因此建立起来。

有一次，我和 W 君在一起上一堂课。对于我来说，这堂课很艰难，首先纯英语教学，听懂老师的专业名词就不是一件容易的事情；其次，更艰难的任务是理解他到底在说什么。

课堂中途，老师问了个问题。具体是什么问题，我没听懂，只知道在老师问出这个问题之后，其他同学都从或陶醉的频频点头、或百无聊赖的转笔的神态脱离，转而陷入一种紧皱眉头的思索模样。当然，这其中不包括 W 君。老师提问后教室陷入了几分钟的沉默，也有可能少于一分钟，我记不清了。

总之，在一片沉默中，W 君举手，站起来，就以平时和我聊天的语气作出了解答。老师陷入了思索；W 君干脆直接走到讲台上，用熟练的粉笔字写下了几个公式，边写边解释。至此老师终于说出了一句我能够立刻理解的英语："That's the correct answer." W 君走回我身边，坐下。后面我打听到，W 君之所有有一手熟练的粉笔字，是因为他在高中时期经常出去出题、讲课。

在我迷茫的度过大一的期间，W 君已经在四处学术了。他跟着我们院的老师做研究，在我还在担忧微积分挂科的时候，他又发了 paper；在我庆幸期末计算机入门没有挂科的时候，W 君已经依靠诸多优秀成绩申请转学了，最后是去了 MIT 学 CS。

Y 君曾跟我讨论过芯片问题。他觉得，清华的芯片制度可能对最顶端的人士无所谓，但是对那些普通人而言无异于追赶在他们背后的一只无情铁手。我猜测，他这么快离开清华，可能也与此有关吧。

图例
宿舍（紫荆/南区/北大）
总之都是野战帐篷
食堂
（速食罐头/快餐等一切食物）
防线
水域
四舍五入=未名湖（大雾）
铁道

我们的科幻协会

ABOUT OUR SCIENCE FICTION CLUB

文 / 清华大学学生科幻协会

清华大学学生科幻协会创立于 1999 年初，是属于校内科幻爱好者的团体。这里汇集着一群对于泛幻想类作品（包括科幻文学、电影、游戏等艺术作品，同时也涉猎奇幻、武侠、历史等方向）有着同样的热情与喜爱的人们。这里是科学的先锋，是幻想的源头。

协会累计约有近 800 名会员，日常有数量众多且多元的活动：组织讲座、读书会、观影会、作者笔会；参与或举办国内外科幻相关活动；内部创作并出版成册；进行科幻方向的翻译与学术讨论等。

《科幻世界》刊登清华大学专辑

· 第一辑：1996 年 4 月刊

· 第二辑：1999 年 4 月刊

1999 年初

微电子专业学生孙静与郭进等人创办第一代科幻协会。孙静任会长，郭进任副会长。

2003 年 3 月

在初代会长薛辉的筹办下，3 月 10 日，协会获批重建，并于 3 月 21 日展开招新活动，共招到会员 149 人。第二代科幻协会正式诞生。协会于 3 月 30 日召开迎新大会。科幻作家星河出席了本次大会。

1999 年下半年

协会参加科幻世界校园征文。钱海峰《星系传说》获二等奖，作品刊载于《科幻世界》1999 年 12 月刊上；江波《历史》获三等奖。

2000 年秋

协会管理层交接不善，致使无人接手社团。秋季 学期招新活动停止。协会停运。

1999 年 4 月 18 日

协会协办第十届银河奖颁奖典礼。颁奖大会于当天上午在清华大学蒙民伟楼艺术中心举行。

2003年4月11日

协会赴天津参加天津市大学生科幻节开幕式和作家论坛活动，与兄弟院校科幻协会建交。

首期会刊《青稞》(2003年6月号)发行，以收录名家作品为主，另刊发少量社员作品。

2003年12月7日

协会赴天津参加天津市大学生科幻节开幕式和作家论坛活动，与兄弟院校科幻协会建交。

2003年4月13日

协会主办作家沙龙，活动共有近200人参加。出席嘉宾包括王晋康、星河、韩松、杨平、凌晨五位作家。北京师范大学、北京邮电大学等十余所首都高校幻协参加了此次活动。

部门设置：协会图书馆

协会图书馆成立于2003年4月21日，面向广大会员开放。图书馆初代管理员为郭燕华。馆藏除部分名家作品外，还包括《科幻世界》《惊奇档案》与《星云》等科幻刊物，及部分非科幻文学作品。截至2019年10月，图书类馆藏共计229本，另与清华大学校图书馆建立合作关系，并在图书馆内设立了“宇宙奇趣”科幻专题书架。

2005年5月20日

协会在二教401举办九州幻想文化论坛，嘉宾为江南、大角、今何在、杨平、马伯庸、翁子扬、柳文扬、夏笳等。

2005年3月12日

协会在五教5205举办《太空堡垒》爱好者北京聚会。

2004年5月22日

协会在清华大学就业中心大报告厅主办首届首都高校科幻文化节。

2005年12月

第二届全国"原创之星"幻想文学征文大赛落幕，协会成员在本次征文比赛中大放异彩。其中郝景芳《谷神的飞翔》获一等奖；云梦华《神话的终结》和陈小川《带上他的眼睛》获三等奖。

第二期会刊《御风》(2006年5月号)发行，收录了第二届全国"原创之星"幻想文学征文大赛协会获奖作品。

2007年5月27日

协会在北京科技大学与北京科技大学科幻协会合办北京高校科幻舞台剧展演。

2008年11月—2009年1月

协会参加首届北京高校科幻联盟辩论赛，并承办其中一场比赛，最终获得了辩论赛的第二名。

2012 年 5 月 26 日

协会主办《科幻世界》杂志社“科幻进校园”活动清华大学专场，活动期间举办研讨会《科幻文化中的人文关怀和理性思考》。

2012 年 3 月 22 日—2012 年 5 月 17 日

协会作为协办方参与首届全国高校幻想类社团联合征文（即后来的未来科幻大师奖）举办，在参赛作品中，来自清华大学的张宇成的作品《夜的獠牙》获得奇幻组二等奖。

十周年纪念会刊《真子集》

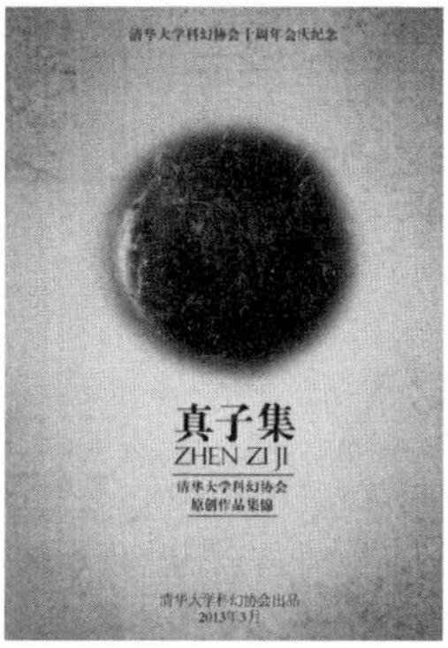

《真子集》是协会的第三本会刊（2013 年 3 月号），也是协会的第一本大型出版物（《青稞》与《御风》的篇幅均不超过 50 页）。杂志采用 16 开大开本，总页数 106 页，其中收录了修新羽、陈梓钧、张宇成等新锐作家的佳作，还收录了科幻作家星河的《我与清华科幻协会》。著名科幻作家夏笳为本会刊作序，题为《相信未来》。

科幻协会暑期实践队

协会从2013年8月起每年组织暑期实践队，赶赴全国各地进行科幻考察与学习。其中，2013年、2014年和2018年前往成都参观科幻世界杂志社、八光分文化公司、四川大学科幻协会等组织，与当地科幻人士展开深入脚力；2017年赴酒泉卫星发射中心进行科幻与航天文化调研，还会见了初代会长薛辉；2019年赴深圳做“未来城市”主题调研，并与南方科技大学科幻协会联合举办了“2019·赛博朋克”主题科幻微小说征文。

京津冀高校科幻聚会

2014年5月30日，协会于五道口706青年空间主办京津冀高校科幻社团聚会。该聚会为京津冀科幻联盟的年度活动，参加人数众多，主要活动地点即五道口706青年空间，活动内容包括小型沙龙、桌游、观影、读书会、笔会、闲聊等。

2015年5月9日

协会与清华大学手语社合作主办“无声世界”科幻微小说征文，旨在呼吁同学关注聋哑群体，提升人文情怀。

部门设置：翻译部

创立于 2015 年 7 月 25 日，是协会的核心部门之一。主要从事英 / 日译中的工作，翻译作品涵盖小说、杂文、评论等多种类型，译作主要用作社内交流。代表译作包括刘慈欣《圆》、宫泽贤治《银河铁道之夜》、新海诚《你的名字。》、萨姆·莫斯科维茨《永恒的风暴》等。

部门设置：原创部

创立于 2015 年 8 月 30 日，是协会的核心部门之一。活动围绕科幻小说的创作展开，包括线下笔会、线上练笔、会刊修编等。社员的设定和作品将会不定期发表在协会的微型公众号上，社员也会不定期组队参加各大科幻征文，且已取得众多出色成绩，部分优秀作品已获职业发表。

部门设置：观影部

创立于 2015 年 11 月 18 日，是协会的核心部门之一。是协会内科幻影视爱好者的聚集地。部门定期组织校内外观影活动，并鼓励爱好者积极参与讨论，撰写影评，从科幻电影角度入手，推动校内科幻文化发展。

2017 年 8 月 13 日—2017 年 8 月 17 日

协会暑期实践队赶赴酒泉卫星发射中心进行以“奋斗在发射中心的清华科幻人”为主题的暑期实践活动。活动其间实践队成员与 2003 年初代会长薛辉进行了深入交流。

会刊《真子集·一个开集》

《真子集·一个开集》是协会的第四本会刊（2017 年 5 月号），杂志采用 16 开大开本，总页数逾 200 页。本期会刊收录的作品全部为科幻小说，其中包括“未来全连接”征文的优秀作品和陈梓钧的银河奖入围/获奖作品《海洋之歌》和《闪耀》。

2016 年 7 月—2016 年 8 月

以协会原创部成员为主力的创作团队参加了由青蜜主办的华为杯“未来全连接”超短篇科幻小说征文大赛，共计投稿九篇，最终共获得四个优秀奖和一个入围奖。

2017 年 11 月 21 日

协会与微象文化共同邀请加州大学旧金山分校医学院荣休教授，业余科幻小说作家，美国集团心理治疗协会研究员，旧任 NASA 和 ESA 主导的涉及宇航员的国际心理研究项目的首席研究员 Nick Kanas 教授在第二教学楼 402 举办“太空漫步时的内心戏：太空心理学漫谈”主题文化素质讲座。

2017 年 11 月 11 日

协会派遣代表参加在成都召开的中国科幻大会暨第四届中国国际科幻大会。

2018 年 5 月 20 日

协会出席由未来事务管理局主办的首届亚太科幻大会（APSFcon），与北京大学科幻协会在创意集市展区设立摊位，并邀请修新羽、孙望路、钟宜峰、张宇成等作者，举行了科幻新秀作者茶话会。

会刊《Nekomancer》

亚太科幻大会特刊《Nekomancer》是协会的第五本会刊（2018 年 5 月号），杂志采用 16 开本，共计 38 页，按照协会的部门设置分为了原创部、观影部、读书会等板块。考虑到本届大会有海外友人参加，本期会刊邀请科幻译者 Wendy 将所有稿件译成了英文，并请社内计算机专业同学开发了官方外文博客，用于刊登协会作品的英语译文。

部门设置：艺术家部

2018 年秋季招新期间，协会举办了招新创作活动，允许美术作品参赛。受比赛影响，新社员中出现了来自美术学院的同学。以此为契机，协会创办了艺术家部，并在微博和微型公众号上同步开设了“每日一图”栏目，每天发布一张经典科幻画，或由协会画手创作的美术作品（右图为招新创作活动优秀作品：兔酱《机器人开车床》）。

2018 年 9 月 17 日

协会与《科幻世界》杂志社联合主办了“从量子到宇宙”主题讲座，邀请著名科幻作家罗伯特·索耶与德里克·昆什肯作为嘉宾出席讲座。

2018 年 10 月

协会入围微像的高校科幻基金项目，翻译企划（萨姆·莫斯科维茨《永恒的风暴：美国科幻圈发展史》）和会刊企划（杂志书《无名者之国》）获得赞助。

2018 年 11 月 26 日

协会与北京大学科幻协会联合举办“2018· 清北漫游”主题微小说征文。征文要求以清华和北大元素为背景创作不超过 2048 字的科幻小说。优秀作品将被收录在《无名者之国》会刊中。

2018 年 12 月 22 日

协会在暑期实践期间受四川大学科幻协会的启发，邀请重影乐队和清华大学口琴协会，于冬至晚间在 706 青年空间举行了科幻主题音乐会。

2019 年 5 月

协会与清华大学图书馆合作，在清华大学图书馆开设“宇宙奇趣”科幻专题书架，并以此事和同期召开的亚太科幻大会为契机，汇编了会刊特刊《歧世集》(2019 年 5 月号)。

2019 年 8 月

协会成立“壮阔七十年”专项支队，围绕文化、社会等重要领域对深圳展开了调研，在调研期间参观了南方科技大学的科学与人类想象力研究中心和吴岩教授的办公室，并同南科大科幻协会和三丰老师展开了交流。实践队返回北京后，协会又与南科大幻协联合举办了题为“2019· 赛博朋克”主题微小说征文。

2019 年世界科幻大会

2019 年 8 月 15 日，协会原创部部长杨枫出席了在爱尔兰都柏林召开的第 77 届世界科幻大会，在为期六天的大会期间深入领略了爱尔兰科幻文化和世界科幻文化的氛围，参会期间翻译了大会手册之《爱尔兰科幻简明指南》，追随雷 · 布拉德伯里的足迹游览了都柏林，并同三丰、慕明、双翅目、英国科幻研究协会的两名成员、爱尔兰科幻权威 Jack Fennell、意大利科幻学者 Steph Bianchini 等人展开交流。这是协会首次出现在世界舞台上。

致谢

2018 年 10 月，在我和会长刘子文的推动下，清华大学学生科幻协会被微像公司创立的“微光计划”选中，获得了一笔数额可观的高校科幻社团基金赞助。以此为契机，我们想要就此编制一本“前无古人”的精品会刊。

当时的幻协正处在一个令人飘飘然的时期——艺术家部刚刚成立，原创部则高度活跃，社员的创作积极性令人欢欣鼓舞，社内积压的稿件总字数已接近 20 万。于是，经过一段时间的调研、策划以及近半学期的各类原创活动的铺垫，我们决定：这本会刊的规模应当与同年问世的《银河边缘·奇境》相当，形式集各种科幻杂志书之大成，质量上对标国内一线杂志书，内容则以世界科幻文化和清华大学学生科幻协会的社团文化为核心，目的是展现社团魅力。

然而，令人沮丧的现实却很快扑面而来。随着筹备工作不断深入，各种问题接连暴露出来。首先，选题策划、约稿选稿、版权外联、平面设计、排版校对、印刷出版、市场营销……我们对出版流水线上的任何一个环节都一窍不通；其次，协会囤积的大量稿件均系作者自由创作，大部分质量都达不到公开发表的水平，达标作品的版权又大多分散在各方手中，难以汇总；再加上参与该项目的社员大多受到课业和拖延症的影响，于是，会刊的制作工作可谓寸步难行，到 2018 年秋季学期结束时，整本会刊只勉强凑出了一份尚不成型的目录，甚至连会刊的题目都还未确定。

值得庆幸的是，我们正处在一个繁荣的科幻时代的起点。有太多的前辈愿意向一群懵懂无知的学生伸出援手，有太多的朋友愿意尽自己的努力去把一件事做得尽善尽美。在前辈的指导和同学们的努力下，我们渐渐了解了图书制作这个我们曾经一无所知的领域，我们为本书筹备的稿件和美术作品的质量也渐渐得到了提升……这本名为《无名者之国》的会刊之所以能够按期完成，很大程度上要感谢他们。

感谢清华大学副教授兼科幻作家飞氘，他在清华大学开设的科幻文学创作课程孕育出了《它曾活着》这篇出色的故事，祝愿《科幻文学创作》越办越好；感谢三丰老师、张冉老师、梁清散老师、慕明老师和八光分文化的田兴海编辑，他们为本书中的作品提出了许多宝贵的意见，让很多作品的质量得到了保障；还要感谢三丰老师愿意在百忙之中为本书的大会展示样书作序。

感谢中国科普作家协会的张志敏老师，她慷慨授权协会将2017年科普科幻青年之星征文的优秀作品《生而为人》和《毕业讲稿》编入本书；感谢腾讯科普科幻空间，它们不仅让《它曾活着》和《奇观的终结》得以在专业平台上发表，还主办了世界观设定比赛，催生出了“云中世界”这个趣味横生的奇妙宇宙；在此，我们还尤其要感谢来自中国人民大学科幻协会的钟天意，正是在他的指导和引荐下，部分作品才得以公开发表，得见天日。本书中的《技术宅的天梯：30年代的载人登月计划》也是出自他的手笔。

在本书的制作方面，感谢豆瓣阅读的不知知编辑、微象文化的王千紫和颜妍、日知图书的令狐充编辑和她的朋友们，在和他们交流的过程中，我们逐渐了解了图书制作流水线上的各道工序和应当注意的细节；感谢我从事UI设计工作的同事，她教会了我如何使用排版工具，并向我提供了诸多教程和素材；感谢《银河边缘》《时间不存在》《罗生门·未来》《离线》《全民九州幻想》和《我成为怪物那天》的制作方们，他们成熟且优秀的图书为我们的工作指引了方向。

书中的非虚构作品引用了许多外文资料，没有这些资料，这些作品将无从写起。为此，我们还要感谢fanac.org、fancyclopedia、efanzine.com、ZineWiki、archive.org、File 770、古登堡计划和史密森尼学会等组织以及萨姆·莫斯科维茨、杰克·斯皮尔、达蒙·奈特等一代又一代科幻迷们所付出的努力。

在制作本书的过程中，协会得到了许多社团成员的帮助。感谢为本书提供文字作品的作者修新羽、张宇成、薛芃、旦旦、刘子文、杨枫、折刀、星渊、二妹、兔酱、一氚、一条咸鱼、绝寰、高高、鹰羽、陈鲲羽和二妹，以及为本书绘制插画的五位画手 Niall、宋郁、59、兔酱和唁狼柒；虽然在这本最终问世的合集中，并非所有人的努力都得到了呈现，但是没有他们的倾情帮助，本书的制作便将无从谈起。

高校科幻社团的发展和高校科幻迷的前途一直是中国科幻界的热议话题之一，但是培养未来编辑和图书出版人的议题却始终备受冷落。通过本书的制作，我们希望能够让社团在科幻创作和科幻出版领域积攒经验，从而开辟出一条属于科幻迷的崭新道路。行至此处，我们相信，我们已经在这条路上走出了关键性的第一步。愿所有真心喜爱科幻的人能长久地在科幻之路上走下去。

Science fiction is a way of life.

Live long and prosper.

杨枫

清华大学学生科幻协会原创部部长

2020 年 3 月 21 日于清华园